Den Himmel täuschen
um übers Meer zu gehen

Für meine Söhne
Michael, Jens und Alexander

Haylo Karres

Den Himmel täuschen um übers Meer zu gehen

Kriminalromane aus dem Reich der Mitte

1. Fall
von
Detektiv Jang Guan Long

Bibliografische Information der Deutschen Nationalbibliothek:
Die Deutsche Nationalbibliothek verzeichnet diese Publikation in der
Deutschen Nationalbibliografie;
detaillierte bibliografische Daten sind im Internet über
http://dnb.d-nb.de abrufbar.

© 2011 Haylo Karres
Satz, Umschlaggestaltung, Herstellung und Verlag:
Books on Demand GmbH, Norderstedt
ISBN: 978-3-8391-6005-3

China 1999

Detektiv Jang Guan Long saß im Restaurant »Beijing« und studierte die Speisekarte, die in diesem Lokal eine englische Übersetzung besaß, was in der Stadt Changzhou keineswegs eine Selbstverständlichkeit war. Auch wenn die Stadt vier Millionen Einwohner besaß, so hielten sich doch nur 1000 Ausländer in ihr auf.

Bevor Detektiv Jang seine Bestellung aufgeben konnte, flog die Eingangstüre des Lokals mit einem kräftigen Schlag auf und sechs schwarz gekleidete und maskierte Männer, mit Krummsäbeln bewaffnet, stürmten in das Lokal.

Die Gäste des Lokals erstarrten. Die Bedienung wich an die Wände zurück. Man glaubte, alle hätten das Atmen eingestellt.

Die sechs vermummten Männer schauten sich im Raum um. Einer der Männer zeigte auf einen Gast. Der Gast sprang in panischer Angst auf und versuchte zu fliehen. Da war schon einer der Vermummten bei ihm. Die anderen verteilten sich im Lokal. Der Gast wurde durchs Lokal getrieben, und immer wenn er an einem der Vermummten vorbeilief wurde er mit dem Krummsäbel geritzt, geschlagen und gestochen.

Nach drei Minuten lag der Gast blutüberströmt am Boden.

So schnell wie sie gekommen waren, so schnell verschwanden die schwarz Vermummten mit ihren Krummsäbeln auch wieder.

Die Polizei, die der Wirt alarmierte hatte, fand nur noch den schwer verletzten Chinesen, ein verstörtes Personal und verängstigte Gäste vor.

Die Anwesenden wurden von der Polizei befragt, die sich ein Bild vom Geschehen machen wollte. Als sie bei Detektiv Jang ankam, stutzte der Leiter dieses Polizeiaufgebotes, schaute nachdenklich drein, verzichtete auf die Angaben zu seiner Person und bat ihn lediglich, sich am folgenden Tag im Polizeipräsidium zu melden. Anscheinend kannten sich die beiden.

Nach dem Fortgang der Polizei reagierten die Restaurantbesucher unterschiedlich auf das Erlebte.

Die chinesischen Gäste beglichen schnellstens ihre Rechnung und verließen überstürzt das Lokal, als hätten sie Angst, in irgendetwas verwickelt zu werden.

Die Ausländer dagegen blieben sitzen. Sie setzten ihr Essen fort, bestellten sich weiter ihre Getränke und diskutierten angeregt über die Tische hinweg das Geschehene.

Das Erlebte wurde kommentiert, von allen Seiten beleuchtet, gedreht und gewendet. Jeder hatte noch etwas gesehen, was andere nicht mitbekommen hatten. Die Vermutung wurde laut, dass es sich hier um einen Auftrag der Triaden handeln könne. Dafür wurde die ganze Aktion viel zu professionell durchgeführt. Warum wurde der Betreffende nicht getötet und nur verletzt? Dies sollte bestimmt nur eine Warnung sein.

Diese Warnung wäre jedoch nicht so radikal ausgefallen, hätte es sich um Kleinigkeiten gehandelt. Denn Warnungen können in China auch verbal wirksam angebracht werden.

Zum Beispiel:

– dass der Gegner selbst, oder seine Familie, nicht mehr lange gesund bleiben werde, oder

  – seine Versicherung nicht glücklich sei, wenn seine Firma in
    Flammen aufgehen sollte.

Oder:

– Es gebe in China so viele schlechte Verkehrsteilnehmer, dass
    es nicht verwunderlich sei, wenn er von einem Auto überfahren werde.

Und so weiter und so fort.

Höchst wirksame Drohungen bei Zwistigkeiten.

Dass ein Schlägerkommando auf den Gegner angesetzt wurde, kam selten vor.

2

Detektiv Jang ist Deutscher. Sein vollständiger Name lautet: Kai Jung. Sein chinesischer: Jang Guan Long. Kai Jung ist 36 Jahre alt, schlank, blond, 1,88 Meter groß, hat ein angenehmes Äußeres sowie ein solides Auftreten. Er strahlt eine gewisse Ruhe aus, die man auch mit Phlegma verwechseln könnte.

Bevor Kai Jung sich in China niederließ, arbeitete er bei der Frankfurter Polizei. Sein Beruf: Polizist. Sein Anspruch an sich: bei der Spezialabteilung der Mordkommission Karriere zu machen.

Privat war er versprochen und lebte mit seiner Freundin Ute zusammen, die er noch aus seiner Schulzeit kannte. Er selbst wollte schon länger eine Familie gründen.

»Ich bin noch nicht reif für die Ehe«, kam es dann von Ute.

So zogen beide, ohne zu heiraten, zusammen. Mieteten eine Wohnung in Bornheim. Ein Altbau, in dem die Küche groß und die Bäder klein waren. Die Wohnung wurde liebevoll von ihnen eingerichtet. Zwei Zimmer, Küche und Bad. Die Miete teilten sie sich.

Die große Wohnküche entwickelte sich schnell zum Mittelpunkt für gemeinsame Abende mit Freunden.

Eines schönen Tages ging dieses Paradies zu Ende.

»Kai, ich habe mich in einen anderen Mann verliebt und ziehe morgen aus«, eröffnete ihm Ute eines Abends.

Kai war sprachlos. Was war passiert? Was hatte er übersehen? So eine Anbahnung lief doch schon länger, ohne dass er etwas bemerkt hatte – unglaublich.

Wenn er nachdachte, so war Ute in letzter Zeit öfters spät nach Hause gekommen. Auch ihre Mutter, die in München lebte, wurde durch mehrere Besuche von Ute beglückt. Eine erstaunliche Anhänglichkeit der Tochter, dachte sich Kai seinerzeit. In der Werbefirma, in der Ute arbeitete, fielen Unmengen von Arbeit an, womit Ute ihre Überstunden erklärte. Natürlich litt auch ihr Liebesleben unter diesem Stress. All das war für Kai erklärbar. Aber Betrug? Das hatte er von Ute nicht erwartet.

»Wer ist denn der Glückliche?«, konnte Kai sich nicht verkneifen zu fragen.

»Manni«, antwortete Ute.

Nach dieser Eröffnung zog sich Ute ihren Mantel an, angelte sich ihre Handtasche vom Stuhl und verließ die Wohnung mit den Worten: »Mein Entschluss steht fest, daher gibt es nichts mehr zu besprechen. Morgen werde ich meine persönlichen Sachen abholen. Alles andere kannst du behalten. Manni hat eine fertig eingerichtete Wohnung. Alles neu. Daher kannst du diese Flickschusterei hier behalten.«

Dann fiel die Türe ins Schloss und es wurde still in der Wohnung. Alleine das Ticken der Wanduhr und der Straßenverkehr aus der Berger Straße waren noch zu hören.

Kai saß wie vom Donner gerührt am Küchentisch. Manni war ein Arbeitskollege von ihm. Anscheinend war er nicht nur in seinem Privatleben blind gewesen, sondern auch an seinem Arbeitsplatz.

Eine Wut überkam ihn, die er fast nicht mehr bändigen konnte. Der Verrat von zwei Seiten war zu viel für ihn. Er packte seinen Mantel und verließ die Wohnung in Richtung nächste Kneipe.

Dort kannte man ihn. Mit einem lauten »Hallo« wurde er begrüßt. Am Tresen bestellte sich Kai ein Gedeck. Ein Schnaps und ein Bier wurden ihm gebracht. Sein mürrisches Gesicht und seine abwehrende Haltung schreckten die Anwesenden so weit ab, dass sie ihn in Ruhe ließen.

Nach zwei Stunden lallte er nur noch sturzbetrunken: »Die beiden bring ich um.«

Wie er nach Hause gekommen war, wusste er am nächsten Tag nicht mehr.

3

Der gewaltige Kater am nächsten Tag brachte ihm seinen Kummer wieder in Erinnerung. Er schwang die Beine aus dem Bett und fiel wie vom Donner gerührt zurück in die Kissen. Kreislaufstörungen und Kopfschmerzen ließen ihn langsam in das Bad wanken, wo ihn eine heiße und kalte Dusche wieder unter die Lebenden brachte.

Langsam kam die Erinnerung an den gestrigen Abend zurück. Der Abgang von Ute musste verarbeitet werden. Und wie sollte er mit dem »Schleimer Manni« auf seiner Dienstelle weiter verkehren?

»Als Erstes werde ich mich krankmelden«, dachte er.

Auf dem Weg zum Telefon fiel ihm ein, dass Ute ihre Sachen abholen wollte. Das Letzte, was er jetzt benötigte, war, ihr zu begegnen. Also begab er sich nach einer Tasse Kaffee ins Präsidium.

Jeder, dem Kai anschließend begegnete, machte eine Bemerkung über sein miserables Aussehen. In seinem Dienstzimmer angelangt, setzte er sich an seinen Schreibtisch. Ihm gegenüber saß Albert, mit dem sich Kai das Dienstzimmer teilte.

»Bist du krank?«, fragte dieser.

»Nein«, kam es mürrisch zurück.

»Was ist passiert? Du siehst beschissen aus.«

»Das haben mir freundlicherweise schon einige Kollegen gesagt. Ist jedoch nicht sehr hilfreich.«

»Nun erzähl mal und lass dir nicht die Würmer aus der Nase ziehen.«

»Ich weiß nicht, ob ich zum Mörder werden soll«, knurrte Kai.

»Wenn du mich fragst, sollst du Mörder jagen, aber nicht selbst morden«, erwiderte Albert amüsiert.

»Nun ja, so steht es in den Büchern. Das Leben tickt jedoch anders«, kam die verbitterte Bemerkung von Kai.

Albert ließ eine Kunstpause entstehen, in der Kai rülpste, worauf Albert einen neuen Anlauf nahm, um mit Kai ins Gespräch zu kommen. Nicht weil ihn die Neugier trieb, nein, nur um die Situation besser einschätzen zu können.

»Kai, du stinkst.«

»Wir geben ein prima Pärchen ab. Ich stinke und du laberst.«

»Nun gut. Ich hole uns eine Tasse Kaffee und dann schauen wir uns den Tagesplan für heute an.«

Albert verließ ihr gemeinsames Dienstzimmer und begab sich zum Kaffeeautomaten. Dort stand eine Gruppe von Kollegen zusammen, die leise miteinander sprachen. Als Albert sich zu ihnen gesellte, wurde es abrupt still.

»Was ist denn los?«, fragte er in die Runde. »Heute ist der Wurm drin. Kai hat eine Laune wie eine Schwuchtel, der ihr Liebhaber abhandengekommen ist, und ihr hört auf zu reden, wenn ich komme.«

»Ja, hat Kai dir denn nichts erzählt?«, wurde er gefragt.

»Was soll er denn erzählt haben?«

»Nun, dann zieh dich warm an. In den nächsten Tagen wird sich die Laune von Kai nur unwesentlich bessern.«

»Hört auf in Rätseln zu sprechen und sagt mir was los ist«, knurrte Albert.

»Du wirst es ja sowieso irgendwann erfahren und es ist besser, du erfährst es gleich von uns, denn dann kannst du besser mit der Stimmung von Kai umgehen«, meinte einer aus der Rund und ein anderer eröffnete ihm: »Ute, seine Freundin, ist ein Überläufer.«

»Was heißt hier Überläufer? Zu wem ist sie übergelaufen?«, fragte Albert verdutzt.

»Nun, Manni sitzt in seinem Zimmer und verkündet jedem, der

es wissen will, und auch denen, die es nicht wissen wollen, dass Ute zu ihm gezogen ist. Und nicht nur das, auch dass sie von ihm schwanger ist.«

»Das glaube ich nicht«, kam es entsetzt von Albert.

»Dann geh und schau dir bei Manni dieses widerliche Schauspiel an. Wenn ich dir jedoch einen Rat geben darf, dann erspare dir das. Gehe lieber mit deinem Kaffee zu Kai und krame deine ganzen psychologischen Kenntnisse zusammen, wie man mit Angehörigen bei einem Todesfall umgeht. Wir anderen werden versuchen, alles von eurem Zimmer fernzuhalten.«

Albert schüttelte den Kopf, nahm beide Kaffees in die Hand und ging langsam zu Kai zurück. Bei sich dachte er noch: »Für diese beschissene Situation hält sich Kai noch ganz gut.«

»Kai, komm, trink den Kaffee und sage mir dann, was los ist. Draußen stehen die Kollegen und tuscheln über dich.«

»Tja, wenn die Kollegen da draußen schon tuscheln, scheint mein Elend bereits die Runde gemacht zu haben. Ute hat mich verlassen.«

»Hm.«

»Was heißt hier ›hm‹? Nicht nur, dass sie mich verlassen hat. Nein, sie ist noch zu unserem Kollegen Manni gezogen. Zwischen beiden muss es schon eine ganze Weile gegangen sein«, bemerkte Kai verbittert. »Und stell dir vor, ich habe nichts davon gemerkt.« Kai trank einen Schluck vom Kaffee und fuhr fort: »Gestern Abend hat sie ihre Tasche geschnappt und mir mitgeteilt, dass sie mich verlässt und zu Manni zieht. Zweimal Verrat – ein Kollege, dem ich täglich im Dienst begegne, und meine Freundin.«

»Hm«, kam es wieder von Albert.

»Stell dir vor, ich wollte Ute heiraten. Ich kenne sie seit meiner Schulzeit, und beide betrügen mich. Ich fasse es nicht.« Dabei schüttelte Kai den Kopf. »Wie ich mit dieser Situation umgehen soll, weiß ich noch nicht.«

Kai schaute trübe vor sich hin und von Albert kam wieder ein »Hm«.

»Heute Morgen wollte ich gar nicht zum Dienst kommen. Aber die Möglichkeit, Ute zu Hause zu begegnen, die ihre Sachen holen will, hat mich aus der Wohnung getrieben. In die Kneipe kann ich ja schwerlich schon morgens gehen. Also sitze ich hier im Präsidium und muss die Kollegen ertragen, die draußen über mich tuscheln. Tuscheln, so sagtest du doch?«

Albert stutzte. Konnte es sein, dass Kai von Utes Schwangerschaft nichts wusste? Das wäre ja ein Ding. Der arme Teufel. Irgendetwas mussten sich die Kollegen einfallen lassen. Einmal, um Kai aus dem Haus zu bringen, damit er diesem aufgeblasenen Manni nicht über den Weg lief, und zweitens, ihn mit einem Fall zu betrauen, damit er auf andere Gedanken käme. Zusätzlich tat diese ganze Situation dem Betriebsklima im Präsidium bestimmt nicht gut.

»Ich komme gleich wieder. Ich habe den Zucker vom Kaffee vergessen. Rühr dich nicht von der Stelle. Bin gleich wieder zurück«, rief Albert und verließ im Laufschritt den Raum.

Draußen, auf dem Flur, traf er seine ganzen Kollegen noch an. Gespannt wurde er aus der Runde gefragt: »Na, was hast du erfahren?«

»Ihr glaubt es nicht. Kai scheint von Utes Schwangerschaft nichts zu wissen. Erstens das, und zweitens ist er auch ohne dieses Wissen am Boden zerstört«, fing Albert mit seinem Bericht an. »Einmal, weil es einen Kollegen von ihm betrifft, der ihn hintergangen hat, und zweitens, die Art und Weise, wie Ute sich von ihm getrennt hat, macht ihm zu schaffen.« Albert holte Luft und meinte weiter: »Und soll ich euch noch etwas sagen? Es ist auch eine Schweinerei. Hier muss etwas passieren. Dies müssen wir alle zusammen schultern. Mit ein paar warmen Worten und abends ein paar Bier in der Kneipe ist es hier nicht getan.«

Es entstand eine nachdenkliche Pause.

»Wir sollten den Chef bei dieser Sache mit einbinden«, wurde in der Runde bemerkt. »Er wird es ja doch irgendwann erfahren, dass bei uns etwas nicht stimmt, und dann sauer sein, wenn wir ihn nicht von Anfang an mit eingebunden haben. Immerhin ist es seine Abteilung und er muss dafür Sorge tragen, dass hier alles klappt.«

»Albert hat recht«, meinte ein anderer aus der Gruppe.

»Wer soll es ihm sagen?«

»Am besten Albert. Der sitzt mit Kai in einem Zimmer und hat am meisten mit ihm zu tun.«

So marschierte Albert zu Kommissar Bensen.

Bensen saß hinter seinem mit Papier übersäten Schreibtisch und schaute über seine Lesebrille hinweg Albert entgegen.

Bensen mit seinen 55 Jahren war ein alter Hase im Polizeigeschäft. Er legte großen Wert darauf, alles zu erfahren, was in seiner Abteilung vor sich ging. So hatte er sich zu einem Übervater entwickelt, zu dem man mit all seinen Problemen kommen konnte, um die er sich dann auch kümmerte, mit viel Mutterwitz und Einfühlungsvermögen.

»Na, Albert, was führt dich zu mir?«

»Chef, wir haben eine kritische Situation in unserer Abteilung.«

»Mach die Tür zu und setz dich. Also, was gibt's?«

Nach erfolgtem Bericht lehnte sich Bensen in seinem Sessel zurück, faltete die Hände über seinem kleinen Bauch und dachte nach.

Er vermisste seine Zigaretten. Vor zwei Jahren hatte er aufgehört zu rauchen. Mit diesem Schritt hatten sich ein kleiner Bauch und ein gesunder Appetit eingestellt.

An die Zigaretten dachte er nach zwei Jahren noch. Manchmal spazierten rauchende Menschen durch seine Träume.

»Albert, geh wieder in dein Zimmer zurück. Schau, wie du Kai in einen Fall verwickelst. Wenn ihr beide, Kai und du, momentan nur Schreibarbeiten habt, so kümmere dich darum, dass ihn jemand aus einer anderen Abteilung anfordert«, befahl Bensen.

»Das ist doch wirklich zum Kotzen, dass der liebe Gott manchen

Menschen zu viel Hormone und zu wenig Verstand mitgegeben hat, sodass sie jeglichen Anstand verlieren«, polterte er vor sich hin. »Also, mach dich davon, ich muss nachdenken.«

Manni wurde noch am selben Tag in eine andere Abteilung versetzt.

Einen Tag später erschien Kommissar Heck im Zimmer von Kai und Albert.

»Herr Jung, ich habe für Sie eine Sonderaufgabe. Morgen kommt eine Delegation von Chinesen nach Frankfurt. Die muss betreut werden. Ich weiß, dass Sie gute Englischkenntnisse besitzen und auch sonst nicht auf den Kopf gefallen sind«, eröffnete Heck im Stehen sein Ansinnen. »Das chinesische Konsulat in Frankfurt hat uns für diesen Besuch um Unterstützung gebeten. Durch den Personenschutz, den das Konsulat manchmal von uns erhält, kennt mich der Konsul persönlich«, erläuterte Heck und erklärte weiter: »Die Delegation besteht aus chinesischen Polizisten, die unseren Polizeiapparat kennenlernen wollen. Die Delegation trifft morgen in Frankfurt ein. Sie muss vom Flughafen abgeholt und ins Hotel gebracht werden.« Heck holte Luft und fuhr fort: »Im Holiday Inn in der Darmstädter Landstraße sind Zimmer von China aus reserviert worden. Die Chinesen bleiben zehn Tage bei uns. Ihre Aufgabe, Herr Jung, wird sein, diese chinesische Delegation zu begleiten, vom Aufstehen bis zum Schlafengehen. Tagsüber vermitteln Sie ihnen unsere Polizeiaufgaben, führen sie durch unsere Räumlichkeiten, essen mit ihnen in der Kantine, zeigen ihnen die Stadt und abends das Nachtleben.«

»Großartig«, dachte Kai. »Fehlt nur, dass er meint, ich sollte noch ihren Nachtschlaf bewachen.«

Heck fuhr fort: »Die Ausgaben reichen Sie bei mir ein. Wir wollen uns doch von der besten Seite zeigen.« Mit ein paar Schritten war Heck beim Schreibtisch von Kai und legte ihm ein paar Blätter auf den Tisch. »Hier sind alle nötigen Unterlagen für diese Aufgabe.

Angefangen von den Namen der Teilnehmer sowie ihrem Rang, den sie bekleideten. Wenn Sie Unterstützung für diese Tätigkeit benötigen, fordern Sie bitte entsprechende Kollegen an. Falls Sie noch Fragen haben sollten, so wissen Sie, wo meine Räumlichkeiten liegen. Auf Wiedersehen, meine Herren.« Damit verließ Heck den Raum und ließ zwei verdatterte Polizisten zurück.

»Was war denn das?«, fragte Albert.

Kai zuckte die Schultern, griff nach den Unterlagen, die ihm Kommissar Heck dagelassen hatte, und blätterte diese durch.

Verflixt und zugenäht. Was hatte sich Heck dabei gedacht, ihm so eine Delegation anzuhängen? Als hätte er selbst nicht genug Probleme. Oder hatte man ihn eventuell als besonderen Diplomaten bei der Polizei ausgemacht?

Bei der Durchsicht der Unterlagen stellte er zusätzlich fest, dass die chinesische Delegation einen Dolmetscher mit deutschen Sprachkenntnissen besaß, sodass seine englischen Kenntnisse gar nicht vonnöten waren.

Die Delegation kam aus der Stadt Changzhou und bestand aus zehn Personen. Wenn er das richtig verstand, so war diese Stadt in sechs Distrikte aufgeteilt und jeder Vorgesetzte eines Polizeidistriktes befand sich bei dieser Delegation. Die restlichen vier Teilnehmer bestanden aus dem Polizeichef der Stadt, dem Bürgermeister, dem Dolmetscher sowie einem Funktionär der kommunistischen Partei.

Die Besucher kamen mit einer Maschine von Shanghai über Peking nach Frankfurt und wurden morgen im Laufe des Nachmittags erwartet. Viel Zeit blieb ihm also nicht mehr, sich auf diese Besucher vorzubereiten. Er zog ein Blatt Papier aus seiner Schublade und plante:

– Abholung, Unterbringung, Bekanntmachung, Abendessen, Einführung in die Aufgabengebiete der Polizei, örtliche Besichtigungen des Polizeiapparates, Stadtteilniederlassungen der Polizei, Stadtbesichtigung, kultureller Einblick in unsere Gesellschaftsstruktur und so weiter und so fort.

Nun, so weit, so gut. Ein Bein würde er sich bei dieser Aufgabe jedenfalls nicht ausreißen. Im Gegenteil, mit diesen Delegierten würde er sich ein schönes Leben machen. Das nahm sich Kai jedenfalls jetzt schon vor. Speziell, weil ihn sein Kater ungemein plagte.

»Albert, ich glaube, ich benötige für diese Delegation noch einen Helfer. Wärest du sauer, wenn ich dich dafür anfordern würde?«, fragte Kai über den Tisch hinweg seinen Zimmerkollegen.

»Ich wollte dich schon fragen – wenn du jemanden für diesen Job benötigst, denke an mich«, antwortete Albert. »Auf jeden Fall wäre ich froh, aus dem alltäglichen Trott herauszukommen und mich zusätzlich vor dem Schreibkram drücken zu können.«

»O. K., dann lese ich dir kurz vor, was wir in den nächsten Tagen mit dieser Delegation abarbeiten sollen, und anschließend machen wir eine Arbeitsverteilung.«

4

Tags darauf fuhr Kai mit Albert zum Flughafen. Dort angekommen, parkten sie im hinteren Bereich der Parkebene Abflug. An dieser Stelle konnte man auch bei Hochbetrieb noch freie Parkplätze finden.

Kai bat seinen Kollegen, der den Wagen fuhr, zu warten, bis er mit den chinesischen Gästen erschien. Er selbst und Albert gingen eine Etage tiefer zum Ausgang C, bei dem die meisten chinesischen Flugpassagiere die Gepäckausgabe verließen.

Das Flugzeug war bereits seit 30 Minuten gelandet. Es kamen einige chinesische Personen aus der Abfertigungshalle heraus, jedoch eine Delegation aus zehn Personen konnte Kai nicht ausmachen.

Auf sein Schild »Police Department Frankfurt«, das er in der Hand hielt, reagierte kein einziger Chinese. Er wollte schon zur Auskunft, um in Erfahrung zu bringen, wo seine Gäste blieben, da steuerte eine Gruppe von Chinesen auf ihn zu: Männer, alle zwischen 30 und 50 Jahren, fast identisch angezogen. Dunkle Anzuge, weißes Hemd und dunkler Schlips. Schwarzer Koffer und schwarze Aktentasche. Adretter Haarschnitt, gleich groß. Nicht zu dick und nicht zu dünn. Für Europäer schwer auseinanderzuhalten.

Aus der Gruppe löste sich ein Mann, der sich in fließendem Deutsch als Herr Tao vorstellte. Er sei der Dolmetscher dieser Gruppe, für die er in den nächsten zehn Tagen das sprachliche Verbindungsglied zwischen Deutschen und Chinesen bilden sollte.

Kai hieß alle willkommen. Herr Tao übersetzte die Willkommensgrüße und dann ging es ins Hotel.

Aus China waren fünf Doppelzimmer für die zehn Delegierten reserviert worden.

Kai sah diesem Treiben etwas hilflos zu. War es möglich, dass sich zwei wildfremde Männer für zehn Tage ein Zimmer teilten? War die Stadt Changzhou so arm, dass sie sich die Einzelzimmer für jeden Teilnehmer nicht leisten konnte? Oder mussten die Teilnehmer ihre Zimmer selbst bezahlen und taten sich aus Kostengründen zusammen?

Wie dem auch sei, Kai würde diesem Rätsel in den nächsten Tagen schon noch auf den Grund gehen.

(Später sollte Kai erfahren, dass Chinesen keine Intimsphäre kennen. Chinesen finden nichts dabei, voreinander ihre Notdurft zu verrichten sowie im selben Zimmer oder sogar im selben Bett zu schlafen.)

Bevor jedoch die Chinesen auf ihren Zimmern verschwanden, verabredete man sich noch auf ein Glas Bier an der Bar.

Die Delegierten verschwanden in dem Aufzug und Kai sowie seine Kollegen gingen rechts vom Eingangsbereich ins Bierstübchen, wo sie sich je ein Bier vom Fass an der Theke bestellten.

Der Barkeeper zapfte die Biere und fragte dabei Kai, was mit den Chinesen sei, die im Hotel abgestiegen wären und einen Polizeischutz benötigten.

»Wir sind kein Polizeischutz. Wir betreuen nur eine chinesische Delegation.«

»Ah«, machte der Barkeeper, »verstehe.«

»Wie lange werden die Herren Chinesen bei uns bleiben?«, fragte er weiter.

Kai: »Circa zehn Tage.«

»Na, dann werde ich mal ein Auge auf die Herren Chinesen werfen, damit sie den richtigen Eindruck von unserem Land bekommen«, war sein Kommentar.

Nach 15 Minuten erschien der Erste aus der chinesischen Gruppe. So lange hatten Kai und sein Kollege schweigend bei ihrem Bier gesessen. Keiner seiner Begleiter wusste, mit welchem

Thema man Kai ansprechen sollte, nachdem die Nachricht seines persönlichen Unglücks die Runde gemacht hatte.

Nach und nach gesellten sich die übrigen Chinesen zu ihnen. Über den Dolmetscher, Herrn Tao, wurden sie gefragt, was sie trinken wollten.

»Wir trinken viel Bier in China«, kam die Antwort vom Dolmetscher.

»Vom Fass oder aus der Flasche?«, fragte Kai.

»Wir kennen nur Bier aus der Flasche. Wie schmeckt das Bier vom Fass?«, wurde Kai gefragt.

»O. K., dann versuchen wir mal, wie Ihnen das Bier vom Fass schmecken wird«, schlug Kai vor.

Als das Bier serviert wurde, jeweils mit einer schönen Schaumkrone, ging ein anerkennendes Gemurmel durch die chinesische Gruppe.

»So ein Bier kennen wir alle noch nicht. In China bekommen wir immer das Bier in der Flasche. Ich habe mir jedoch erzählen lassen, dass auch in Shanghai, in deutschen Lokalen, eine große Kiste aus Eisen unter dem Tisch steht und von oben, wie aus einem Wasserhahn, das Bier herauskommt. Es schmeckt uns allen sehr gut«, übersetzte Herr Tao.

Innerhalb von fünf Minuten waren alle Gläser ausgetrunken und Kai bestellte die nächste Runde.

»Wenn das so weitergeht«, dachte er, »werden sie nicht mehr in der Lage sein, das Abendessen zu sich zu nehmen.«

Inzwischen war es 19.30 Uhr geworden, und so fragte Kai, ob die Herren hungrig wären, und wenn ja, ob sie lieber in der Stadt essen gehen würden oder das Abendessen heute lieber im Hotel einnehmen möchten.

»Wir sind alle sehr müde und würden gerne im Hotel essen.«

So bestellte Kai an der Rezeption einen Tisch für 13 Personen. Danach bewegte sich die Gruppe nach dem dritten Bier recht fröhlich Richtung Essensraum.

Dort hatte man zwei Tische zusammengeschoben, um die

Gruppe nicht zu trennen, damit der Dolmetscher für alle verfügbar war.

Die Speisekarte kam. Es entstand ein Gemurmel unter den Chinesen, das Herr Tao wie folgt übersetzte:»Herr Jung, es wäre das Beste, Sie würden für uns alle das Essen bestellen. Das ist so üblich in China. Auch wissen wir nicht, was die einzelnen Speisen auf der Karte bedeuten.«

»O. K.«, sagte Kai, »dann wollen wir mal. Zuerst zu den Getränken: Wollen wir alle beim Bier bleiben oder zu Wein übergehen?«

»Bier. Genau dasselbe Bier, wie wir in der Bar hatten«, war die einhellige Meinung.

»Zum Essen würde ich vorschlagen, etwas speziell Deutsches zu wählen. Wiener Schnitzel mit Bratkartoffeln und Salat. Einverstanden?«, fragte Kai weiter.

Herr Tao übersetzte und alle nickten.

Die Bestellung erfolgte. Das Bier wurde gebracht.

Die Chinesen schauten sich im Speiseraum des Hotels um und Kai und Herr Tao unterhielten sich.

Kai erzählte, dass das Hotel an einer Straße liege, die schon immer als Zufahrtsstraße nach Frankfurt genutzt wurde.

»Oberhalb vom Hotel steht noch ein Beobachtungsturm aus dem Mittelalter, ›Sachsenhäuser Warte‹ genannt. Der Turm ist heute ein Restaurant. Dieses Restaurant wird gerne von vielen Friedhofsbesuchern genutzt, nachdem sie ihre toten Familienmitglieder besucht haben. Gleich gegenüber unserem Hotel liegt der Südfriedhof«, erzählte Kai.

Der Dolmetscher übersetzte das von Kai Erzählte, worauf ein aufgeregtes Gemurmel unter den Chinesen entstand.

»Wir Chinesen fürchten uns vor den bösen Geistern der Toten. Deswegen haben bei uns zu Hause die Häuser Schwellen unter den Türen, damit die Geister nicht ins Haus kommen können. Geister können über keine Schwellen und auch nur gerade Wege gehen. Darum haben unsere Häuser Schwellen und unsere Wege im Garten sind krumm«, kam die Erklärung der Gäste.

»Hat dieses Hotel auch eine Schwelle, damit wir vor den Toten geschützt werden?«, wurde Kai gefragt.

»Ich glaube nicht, dass der Architekt beim Bau des Hotels darauf geachtet hat, die bösen Geister am Eindringen ins Hotel zu hindern«, meinte Kai.

Diese Aussage von Kai löste wieder eine Diskussion bei den Teilnehmern der Delegation aus.

Zum Schluss übersetzte Herr Tao: »Wir wissen jetzt, wie wir uns vor den schlechten Geistern schützen können. Wir werden einfach die Öffnungen unter den Türen unserer Zimmer mit Decken verstopfen. Dann können die bösen Geister nicht zu uns kommen.«

Das Essen kam und es wurde still in der Runde.

»Bekommt jeder sein Essen alleine?«, fragte Herr Tao.

Kai: »Ja, so ist das bei uns üblich.«

Die Gastgeber begannen ihr Mahl in Angriff zu nehmen. Von der chinesischen Seite wurden diese beobachtet, um es danach ihnen gleichzutun. Dem einen gelang es besser, dem anderen nicht so gut, mit Messer und Gabel zu essen. Derjenige, der es gar nicht schaffte, spießte sein Schnitzel auf die Gabel und biss davon ab. Den Salat rührte keiner an.

»Schmeckt Ihnen der Salat nicht?«, fragte Kai.

»Bei uns in China essen wir nichts Ungekochtes. Wenn die Speisen nicht gekocht sind, besitzt das Essen zu viel Gift«, erklärte Herr Tao.

Als alle fertig gegessen hatten, bestellte Kai für alle noch ein Bier. Bei der Frage, ob sie noch ein bisschen die Stadt besichtigen wollten, bekam er zur Antwort: »Ich glaube, wir gehen heute lieber bald schlafen. Bei uns zu Hause ist es bereits drei Uhr morgens, und wir sind alle müde.«

»O. K., dann komme ich Sie morgen Vormittag um neun Uhr abholen. Im Polizeipräsidium werde ich Ihnen dann den Plan für die nächsten Tage erklären.«

In der Hotellobby zeigte man der chinesischen Gruppe noch

den Frühstücksraum und erklärte ihnen, dass ab sieben Uhr morgens gefrühstückt werden könne.

Man verabschiedete sich mit einem Händedruck und die Delegation der Chinesen bewegte sich Richtung Aufzug.

5

Am nächsten Morgen holte Kai, in Begleitung von Albert, die Delegation im Hotel wieder ab. Beim Empfang warteten bereits alle auf ihn. Herr Tao erklärte, dass sie bereits seit Stunden auf den Beinen wären. Sie hätten Schwierigkeiten mit der Zeitumstellung. In China wäre es bereits 15 Uhr nachmittags.

Im Polizeipräsidium angekommen, bat Kai die Delegation in ein Besprechungszimmer. Dort wurden sie von Kommissar Heck willkommen geheißen.

Herr Dao, von der Kommunistischen Partei, hielt eine kleine Dankesrede und übergab Heck sein Präsent: eine gewaltige Flasche mit chinesischem Schnaps.

Herr Tao übersetzte, dies sei ein Moutai. Ein Schnaps, der in China gerne getrunken würde. Heck bedankte sich herzlich für die Gabe aus dem Reich der Mitte und verabschiedete sich anschließend von der Delegation mit der Erklärung, dass auf ihn noch andere Verpflichtungen warten würden. Bei seinen Kollegen Jung und Albert wären sie für die nächsten zehn Tage in den besten Händen, worauf Kai sich erhob und die Leitung übernahm.

»Wie ich aus den Unterlagen ersehen kann, die man mir übergeben hat, werden Sie zehn Tage bei uns bleiben. Sie sind gekommen, um die deutsche Polizeiarbeit und ihre Organisation kennenzulernen. Ich und mein Kollege Albert sind in der Zeit Ihres Aufenthaltes Ihre Ansprechpartner. Wenn Sie Fragen und Wünsche in den nächsten zehn Tagen haben sollten, so kommen Sie zu uns. Wir beide werden unser Bestes geben, damit Sie sich bei uns wohlfühlen«, meinte Kai und fuhr in seiner Ansprache fort, wobei er bei jedem Satz eine Pause einlegte, damit Herr Tao das Gesagte übersetzen konnte.

»Wie auch bei Ihnen in China ist die Polizei ein Teil der Gesellschaft. Bei uns in Deutschland sagen wir unserer Bevölkerung: Die Polizei ist dein Freund und Helfer. Mit diesem Spruch wollen wir der Bevölkerung die Angst vor der Polizei nehmen.«

Nach der Übersetzung durch Herrn Tao kam die Frage aus der Gruppe der Chinesen: »Warum sollen die Menschen in Deutschland keine Angst vor der Polizei haben? Bei uns in China sind wir froh, wenn die Menschen vor der Polizei Angst haben. Wenn sich die Menschen vor der Polizei fürchten, dann werden sie bestimmt nicht so viele schlimme Sachen machen.«

»Nun, die deutschen Polizisten werden ausgebildet, um der Bevölkerung zu helfen, indem wir darauf achten, dass unsere Grundgesetze eingehalten werden. Wer sich durch sein Handeln strafbar macht, den müssen wir vor ein Gericht bringen. Der Richter muss dann entscheiden, ob und welche Strafe dieser Mensch bekommen muss. Der Richter selbst muss an der Universität alle Gesetze studiert haben, damit er weiß, welche Strafe er bei welchem Vergehen einem Angeklagten geben muss. Wenn nun die deutsche Bevölkerung vor der Polizei Angst haben sollte, so würde sie diese bei einer Gefahr nicht rufen. Und wenn wir nicht gerufen werden, wie sollen wir unsere Bevölkerung vor den bösen Menschen schützen?«, erklärte Kai, bevor er in seinem Vortrag fortfuhr.

»Als Erstes werden Sie heute das Polizeipräsidium kennenlernen. Hier werden Sie die einzelnen Abteilungen besichtigen, vom Betrugsdezernat über Wirtschaftskriminalität, Gewalt, Mord, Sitte, Jugend und so weiter und so fort. Damit die Polizei ihren vielfältigen Aufgaben nachkommen kann, bilden wir Spezialisten aus. Zum Beispiel die Spurensicherung, die Hundestaffel, die Urkundenprüfstelle, Internet-Fachleute, Taucher, Sondereinsatzkommando und Flugsicherung«, fuhr Kai in seiner Erklärung fort und endete mit der Bemerkung: »Mittags werden wir dann bei uns in der Kantine essen.«

Als der Dolmetscher seine Übersetzung beendet hatte und sich keiner mehr zu Wort meldete, stand Kai auf und begann mit der Führung durchs Präsidium.

»Dieses Gebäude der Polizei haben wir erst vor Kurzem bezogen. Davor lag das Polizeipräsidium in der Mainzer Landstraße, mitten in der Stadt. Das alte Gebäude wurde vor über 100 Jahren gebaut und konnte den Anforderungen der heutigen Zeit nicht mehr standhalten. Daher wurde dieses Gebäude für uns neu erbaut. Dieses neue Haus hat die Form einer Acht, mit zwei Innenhöfen. Wenn Sie im Helikopter über unser Gebäude fliegen, können Sie die Zahl 8 gut erkennen.«

Einige der chinesischen Besucher fingen an zu flüstern und der Dolmetscher übersetzte: »Wir alle in China wissen, dass die Deutschen sehr kluge Menschen sind. Dass sie jedoch so klug sind, dass sie ihr Polizeihaus wie eine Acht bauen, wussten wir nicht. Sie müssen wissen, dass die Zahl 8 in China eine wichtige Zahl ist. Diese Zahl bringt den Besitzern viel Glück. Für diese Zahl bezahlen in China viele Menschen viel Geld, damit sie ihre Hausnummer, ihre Telefonnummer oder Autonummer mit einer Acht bekommen. Wir Chinesen glauben, dass Sie mit diesem Haus, das wie eine Acht gebaut wurde, alle schlimmen Menschen fangen werden. Nicht nur das, sondern dass auch alle Menschen, die hier arbeiten, in ihrem Leben viel Glück haben werden.«

Kai, der an sein Unglück mit Ute dachte, schaute Herrn Tao skeptisch an.

Auf dem weiteren Weg durchs Präsidium sahen sich die Chinesen aufmerksam um und lauschten den Ausführungen Kais. Der Dolmetscher musste dabei des Öfteren ermahnt werden, seinen Job als Übersetzer nicht zu vergessen und alles Gehörte auch weiterzugeben.. Herr Tao, der von den Erklärungen Kais dermaßen fasziniert war, vergaß seine Übersetzerrolle und behielt alles für sich, als würde die Führung nur ihm gelten.

Das Mittagsessen in der Kantine war der Gruppe von zu Hause aus vertraut. Anstehen, um sein Mittagessen in Empfang zu nehmen, kannten sie. Dass man jedoch zwischen diversen Essen wählen konnte, fanden sie doch sehr luxuriös. Getränke nach Wahl, die sauberen und hellen Räumlichkeiten, das reibungslose und lockere Miteinander beeindruckte sie zutiefst.

»Wo ist denn das Zimmer, wo nur die Chefs essen?«, wurde Kai gefragt.

Bei der Antwort von Kai, es gäbe keine Extrazimmer für Chefs, alle Polizeimitarbeiter würden zusammen in der Kantine essen, gab es ein Kopfschütteln unter den chinesischen Teilnehmern.

»Das verstehen wir nicht. Bei uns in China bekommen wichtige Leute mehr Geld, fahren ein besseres Auto und bekommen ein Zimmer für sich alleine zum Arbeiten. Diese wichtigen Leute bekommen auch ein schöneres Zimmer und besseres Essen als die anderen. Wichtige Menschen in China bekommen auch viele Unterstützer, die ihnen bei ihrer Arbeit helfen sollen. Diese wichtigen Menschen haben auch zwei Sekretärinnen im Büro.«

»Das ist auch in vielen Dingen bei uns so«, meinte Kai. »Was ich jedoch nicht verstehe, Herr Tao, sind die zwei Sekretärinnen bei den wichtigen Leuten in China.«

»Das ist ganz einfach«, antwortete Herr Tao. »Die eine Sekretärin muss alles gelernt haben, was ein wichtiger Mann in seinem Geschäft braucht, um Geld zu verdienen. Das ist die große Sekretärin. Die zweite ist die kleine Sekretärin und für das Wohlergehen dieses wichtigen Geschäftsmannes verantwortlich. Mit der kleinen Sekretärin geht er abends essen, tanzen und auch ins Hotel. Diese kleine Sekretärin muss aufpassen, dass dieser wichtige Geschäftsmann glücklich und gesund ist, damit er gute Geschäfte machen kann.«

»Bei uns würde man die kleine Sekretärin als Freundin des Geschäftsmannes bezeichnen. Ist das üblich in China, eine kleine Sekretärin zu haben?«, fragte Kai.

»Die kleine Sekretärin ist genauso wichtig wie die große Sekretärin. Beide Sekretärinnen haben andere Aufgaben. Wenn zum

Beispiel der große Geschäftsmann etwas von anderen Menschen erfahren möchte, so schickt er seine kleine Sekretärin zu diesen Menschen, damit sie sehr nett zu ihnen ist. So bekommt ihr Herr viele Informationen, die für seine Geschäfte sehr wichtig sind. Die kleine Sekretärin muss auch dafür sorgen, dass ihr Herr immer lustig ist. Das ist auch gut für die große Sekretärin, wenn ihr gemeinsamer Chef immer lacht und nicht schimpft.«

»Das muss ich unserem Chef erzählen«, dachte Kai. Wenn sich diese Idee der kleinen Sekretärin auch in ihrem Präsidium durchsetzen würde, hätten sie in kürzester Zeit aus ihrem Polizeiladen ein Freudenhaus gemacht.

»Herr Tao, diese Idee der kleinen und der großen Sekretärinnen beschäftigt mich etwas. Wie ist das mit Chefs, die Frauen sind? Haben die auch ihren großen und kleinen Sekretär in China?«

»Was wichtige Frauen in China machen, wird von diesen Frauen abhängen. Frauen und Männer sind in China gleich. Mao hat uns gezeigt, dass alle Menschen gleich sind«, kam die diplomatische Antwort.

Abends ging es nach Sachsenhausen ins »Gemalte Haus« zum Apfelwein. Kai bestellte für jeden eine Schweinshaxe mit Sauerkraut und Brot. Als das Essen kam, waren die Chinesen ungemein beeindruckt von der großen Haxe, wobei sich diese Essensbestellung von Kai im Nachhinein als Fehler erwies. Chinesen sind gewöhnt, ihr Essen mundgerecht in kleine Teile geschnitten zu bekommen und sich mit Stäbchen diese in den Mund zu schieben. Wie sollten nun die Chinesen mit Messer und Gabel diesen Riesenberg Fleisch zerkleinern und sich in den Mund schieben?

Der Apfelwein war ihnen zu sauer, das Fleisch konnten sie nicht zerkleinern. Zaghaft ernährten sie sich vom Brot, das auf dem Tisch stand. Kai, der das beobachtete, rief nach dem Ober.

»Willi, sei so lieb und bring Frankfurter Würstchen für unsere chinesischen Gäste, ansonsten verhungern sie mir in den zehn Tagen, in denen sie sich bei uns aufhalten. Zu den Würstchen gib keinen Senf dazu, sondern Ketchup. Wenn ihr noch Pommes frites habt, wäre das grandios. Und sei so lieb, räume die Haxen sowie den Apfelwein fort und bring uns Bier.«

»Bier haben wir jedoch nur in Flaschen.«

»Das kennen sie am besten. Also her damit.«

Als die Schweinshaxen abgeräumt, die Frankfurter Würstchen mit Pommes frites und Ketchup sowie Bier aufgetischt wurden, ging ein freudiges Gemurmel durch die Gruppe. Die Welt der Chinesen war wieder in Ordnung.

Kai erzählte der Gruppe, dass solche Lokale eine typische Frankfurter Einrichtung seien.

»Im südlichen Deutschland, wie zum Beispiel in Bayern, trinken wir viel Bier. Da gibt es die Biergärten und die vielen Bierbrauereien. Bei uns in der Mitte Deutschlands wird der Wein bevorzugt. Hier liegen die Weinberge. In den nächsten Tagen werden wir einmal ein Weingut besuchen und Weine probieren, damit Sie auch das kennenlernen.«

»Das wäre sehr interessant zu sehen. Darüber würden wir uns sehr freuen«, kam die Bemerkung aus der Gruppe.

»Im Norden von Deutschland«, fuhr Kai weiter fort, »wo es dann kälter wird, trinkt man wegen der Kälte gerne Schnaps. Hier in Frankfurt trinken wir noch zusätzlich den Wein, der aus Äpfeln gemacht wird, Apfelwein genannt. Wir haben für diesen Apfelwein spezielle Lokale, so wie das, in dem wir jetzt sitzen. In diesen Lokalen kann sich jeder hinsetzen, wo er Platz findet. Dann kann es passieren, dass ein Bankdirektor mit einer Putzfrau oder ein Araber mit einem Amerikaner einen lustigen Abend verbringt«, erzählte Kai, trank einen Schluck Wein und fuhr fort: »Die Äpfel für den Apfelwein werden im Herbst geerntet und gepresst. Der Saft von den Äpfeln wird anschließend in diesen Lokalen als ›Süßer‹ serviert. Einen Monat später fängt der Saft der Äpfel an zu gären und aus dem Saft wird der Rauscher. Der Apfelsaft wird bei der Gärung trüb. Den Alkohol, der nun in dem Saft steckt, merkt man beim Trinken gar nicht. Aus diesem Grunde bekommt man ganz schnell einen Rausch. Deswegen wird dieser

Saft auch Rauscher genannt«, beendete Kai seinen Vortrag und versicherte der Gruppe: »Den meisten Fremden, die das erste Mal in unserer Stadt den Apfelwein trinken, schmeckt er nicht. Allen ist er viel zu sauer.«

Zum Abschluss ging es noch durch »Alt Sachsenhausen«. Die Gruppe bewegte sich durch verwinkelte Gassen, in denen eine Kneipe neben der anderen lag. Aus jedem dieser Hauser drang ihnen Stimmengewirr und Musik entgegen. Internationale Besucher kamen ihnen entgegen. Für Kais chinesische Gäste ein Erlebnis.

Am nächsten Tag um neun Uhr holte Kai seine chinesischen Gäste wieder im Hotel ab. An diesem Tag wollten sie die einzelnen Polizeidienststellen der Stadt besichtigen. Der Gruppe wurde erklärt, dass jeder Frankfurter Stadtteil seine eigenen Probleme hatte, entsprechend der Bevölkerung und den Einrichtungen, die sich dort befanden.

»Das ist auch bei uns in China so«, wurde aus der Gruppe der Chinesen bemerkt.

»Im Bahnhofsviertel zum Beispiel, mit den vielen Bars und dem Bahnhof, muss die Polizei öfter Streife gehen als in anderen Stadtteilen«, fuhr Kai fort. »Das, denke ich, wird, wie Sie erwähnen, auch in China so sein. Ein Problem, das China bestimmt nicht hat, sind Stadtteile mit einem hohen Ausländeranteil. Arme Menschen aus vielen Teilen der Welt, die in Deutschland Arbeit suchen. Ganze Familien mit vielen Kindern. Wenn diese Kinder mit 14 Jahren zum Beispiel nach Deutschland kommen und hier in die Schule gehen müssen, wird das nicht funktionieren. So bekommen wir Gruppen von Jugendlichen aus Russland, der Türkei oder Jugoslawien, die den Anschluss an die hiesige Arbeitswelt verpasst haben. Diese Jugendlichen, die im Saft und der Kraft ihrer Jugend stehen und nicht wissen, was sie machen sollen, schließen sich zu Banden zusammen und werden kriminell.«

»Sind diese Menschen aus diesen Ländern alles Deutsche oder Ausländer?«, wurde Kai gefragt.

»Manche davon haben einen deutschen Pass und andere wiederum nicht«, gab Kai zur Antwort.

»Warum schickt die Regierung diese Ausländer, die keinen deutschen Pass haben, nicht nach Hause, wenn diese Menschen so viele Probleme machen?«, wurde Kai weiter aus der Gruppe gefragt.

»Das ist eine gute Frage. Unsere Gesetze erlauben das nicht. Als Deutschland den Zweiten Weltkrieg verloren hatte und wir uns eine neue Grundlage für den neuen Staat schaffen mussten, haben sich kluge Leute zusammengesetzt und unser Grundgesetz geschaffen. In diesem dicken Buch steht unter anderem drin, wie wir mit Menschen, die in Not geraten sind, umgehen sollen. So sind viele Flüchtlinge aus anderen Ländern zu uns gekommen, in deren Heimat Krieg herrschte. Diese Flüchtlinge haben dann mit der Zeit Kinder bekommen und fühlen sich nun in Deutschland zu Hause«, erörterte Kai mit einfachen Worten Probleme, die es in China in dieser Weise bestimmt nicht gab.

»Eine dieser Ausländergruppen kam nicht als Flüchtlinge nach Deutschland, sondern als Arbeitskräfte. Auch diese Gruppe von Ausländern hat mit der Zeit Familien in Deutschland gegründet und mit der Zeit ihre Verwandten aus der Heimat, die dort in Not lebten, auch zu sich geholt, und so wurde eine Familie und die Gruppe dieser Ausländer immer größer. Diese Kinder, die in Deutschland geboren wurden, haben die größten Probleme mit ihrer Identifikation. Sind sie nun Türken, wo ihre Wurzeln liegen, oder Deutsche, wo sie geboren sind?«, beendete Kai seinen gedanklichen Ausflug in die Migrantenproblematik in Deutschland. Die Chinesen, die aufmerksam zugehört hatten, dachten dabei an die chinesischen Probleme mit der »Vielvölkerproblematik« in ihrem Land.

Nach dem Besuch der einzelnen Stadtteile mit ihren Problemen gab es eine Stadtbesichtigung.

Das Sportstadion mit seinen Sportveranstaltungen.

Der Flughafen mit seinem gewaltigen Umschlag an Waren und Menschen. Die Messe, der Bahnhof, die Oper, die Universität, die Wasserschutzpolizei. Eine Stadt, die einen Transfer von Menschen täglich zu bewältigen hat. Nachts 690.000 Menschen, die hier wohnten, und tagsüber ca. zwei Millionen, die zur Arbeit nach Frankfurt kamen. Eine Bevölkerung, die in Frankfurt arbeitet, jedoch im Umland lebt.

»Soll das heißen, dass es auch in Deutschland Wanderarbeiter gibt, wie in China? Die jeden Tag nach Frankfurt zum Arbeiten wandern?«, übersetzte der Dolmetscher die Frage der Delegierten.

»Ja, Sie haben richtig gehört, was die arbeitende Bevölkerung von Frankfurt anbetrifft. Die könnte man mit den Wanderarbeitern aus China vergleichen. Der Unterschied unserer beiden Länder liegt jedoch darin, dass unsere Wanderarbeiter jeden Tag hin und her fahren und, soviel ich weiß, die chinesischen Arbeiter nur einmal im Jahr nach Hause fahren.«

»Und dass Frankfurt keine Millionenstadt ist, können wir auch nicht glauben, Herr Jung. In der ganzen Welt spricht man von Frankfurt. Wenn man über eine Stadt so viel spricht, so muss diese Stadt wichtig und groß sein.«

»Nun, Herr Tao, unsere Stadt hat zwar nicht viele Einwohner, aber unsere Stadt ist eine wichtige Stadt in Deutschland. Wir besitzen den größten Flughafen Europas. Zusätzlich beherbergt Frankfurt die Europäische Zentralbank. Frankfurt besitzt ein ganzes Stadtviertel mit Banken. In dieser Stadt dreht sich viel um Geld.«

»Ah, jetzt verstehen wir. Frankfurt ist nicht groß und wichtig, weil so viele Menschen hier leben. Frankfurt ist wichtig, weil hier viel Geld liegt.«

»Nicht nur wegen des Geldes spricht man viel von Frankfurt. Diese Stadt ist alt. Durch ihr Alter besitzt sie eine lange Geschichte. Im Mittelalter wurden in Frankfurt Könige und Kaiser gekrönt. Und Goethe ist in dieser Stadt geboren. Dichter und Denker, die nicht nur Frankfurt, sondern unsere ganze Nation kulturell beeinflusst haben.«

Die Delegierten nickten anerkennend.

»In Frankfurt liegt auch die Paulskirche, in der unsere Demokratie ausgerufen wurde. Mit dem Namen unserer Stadt verbindet man nicht nur Geld, sondern auch unsere Tradition und Kultur«, erläuterte Kai.

»Die Geschichte mit der Tradition verstehen wir«, meinten die Chinesen. »Die Stadt Xiang in China ist auch so eine Stadt mit einer langen Geschichte. Diese Geschichte zeigen wir mit unserer Terrakottaarmee. Was anderes ist es, wenn eine Stadt viele Geschäfte mit Geld macht und damit auch einen großen Namen bekommt, wie unsere Stadt Shanghai.«

»Herr Tao, Sie dürfen Deutschland nicht mit China vergleichen. Deutschland ist ein kleines Land. Entsprechend sind auch unsere Städte kleiner. Nach Frankfurt kommen auch viele junge Menschen, um Geld zu verdienen, so wie nach Shanghai auch«, meinte Kai und fuhr fort: »Was Deutschland in der Welt bekannt gemacht hat, ist nicht nur unser Geld, unsere Kultur und Geschichte, sondern auch unsere Produkte. Denken Sie nur an BMW, Daimler oder VW«, beendete Kai mit seiner Bemerkung seine Ausführungen.

»Das haben Sie uns sehr gut erklärt, Herr Jung. Unsere Gruppe lernt bei unserem Besuch in Deutschland nicht nur die Polizei kennen, sondern auch, wie unterschiedlich unsere Menschen laufen. Bei uns in China werden wichtige Sachen damit angezeigt, dass viele Menschen bei dieser Sache dabei sind. Wenn ich zum Beispiel zum Bürgermeister gehen muss, um für meine Polizei eine Genehmigung zu bekommen, dann gehe ich nicht alleine zu ihm, sondern stelle mit meiner Polizei eine Delegation zusammen. Da kann der Bürgermeister sehen, wenn ich mit vielen Leuten zu ihm komme, wie wichtig mein Anliegen ist.«

»Herr Tao, nicht nur für Sie ist Ihr Besuch bei uns interessant. Die Unterschiede der Kulturen zwischen China und Deutschland kann ich bei Ihren Schilderungen nur erahnen.«

6

Der nächste Tag sollte für die Gruppe um Kai eine Überraschung bereithalten.

Als sie im Polizei Präsidium ankamen, wurden sie ins Besprechungszimmer gerufen. Dort befand sich Kommissar Bensen mit einigen Mitarbeitern.

»Wer ist der Dolmetscher dieser Gruppe? Der soll sich bitte neben mich setzen. Herr Tao, bitte übersetzen Sie für unsere chinesischen Freunde Folgendes«, wurden sie von Bensen ohne Begrüßung empfangen. »Vor einer Stunde ist bei uns die Nachricht eingegangen, dass in einem chinesischen Lokal drei Tote von der Putzfrau aufgefunden wurden. Nach den ersten Ermittlungen zu schließen, handelt es sich um keinen Raubmord. Es wurde nichts gestohlen. Auch Vandalismus schließen wir aus. Es scheint eher auf eine interne chinesische Angelegenheit hinzudeuten. Besonders weil ein Schriftstück, das wir nicht entziffern können, dort hinterlassen wurde. Nun habe ich mich erinnert, dass wir eine chinesische Polizeigruppe zu Besuch haben, und wollte fragen, ob unsere chinesischen Gäste uns in dieser Angelegenheit weiterhelfen könnten.«

Herr Tao übersetzte das Gesagte.

Nach einiger Beratung unter den Gruppenteilnehmern meinte Herr Tao: »Es ist uns eine große Ehre, wenn wir unseren deutschen Freunden mit unseren bescheidenen Mitteln helfen dürfen. Könnten wir bitte das Schreiben sehen, das die Täter hinterlassen haben?«

Der Zettel ging bei den Chinesen von Hand zu Hand und jeder schüttelte den Kopf. Bei der Rückgabe des Schriftstückes bemerkte Herr Tao: »Dies ist keine chinesische Schrift. Das hat ein Japaner geschrieben.«

»Merkwürdig«, meinte Kommissar Bensen. »Nichtsdestotrotz wäre ich dankbar, wenn sich unsere chinesischen Freunde den Tatort anschauen würden.«

So fuhren sie zum Tatort ins Westend. Der Name des Lokals lautete HAO DIG HEG XIG. Unter der chinesischen Aufschrift wurde das Lokal ZUM GUTEN ESSEN übersetzt.

Bei ihrem Eintreffen empfing sie der Einsatzleiter Steffan. Der fragte Bensen, ob er bei der Besichtigung des Tatortes den Chinesen wirklich alles zeigen solle. Es wäre doch eine sehr grausame Tat. Der Inhaber hänge in der Vorratskammer und zwei Frauen seien erschlagen worden.

»Wenn ich richtig informiert worden bin, so sind alle chinesischen Teilnehmer vom Fach und bestimmt mit Tatorten dieser Art vertraut. Und wie sollen sie uns beraten, wenn sie sich von dem Verbrechen kein Bild machen können?«, bemerkte Bensen.

So wurde die chinesische Delegation durch die Örtlichkeiten geführt.

In der Gaststube standen 15 Tische mit je vier Stühlen, die bei größeren Gesellschaften zusammengerückt werden konnten. Die Einrichtung war in dunklem Holz gehalten. An den Wänden hingen Bilder mit chinesischen Motiven. Drachengestalten wanden sich zwischen den Tischabtrennungen. Ein großer goldener Buddha hockte in einer Ecke und mittig im Raum, für alle gut sichtbar, stand ein Aquarium mit Fischen.

Linker Hand befand sich der Ausschank. Rechts im Raum führte eine Tür zu den Toiletten und an einer zweiten Tür hing ein Schild –»Privat«.

Hinter der Theke lag Frau Sui, die Lokalbesitzerin. Eine kleine, zierliche Person. Kai schätzte sie auf 40 Jahre. In ihrem Kopf befand sich ein Loch. Gleich daneben, mit der gleichen Verletzung, lag eine junge Chinesin.

Die Gruppe wurde in den nächsten Raum geführt, das als

Vorratslager diente. Der Raum besaß kein Fenster. Rechts und links der Wände standen Regale mit Lebensmitteln. Mittig an der Decke war eine Eisenstange angebracht, an der der Besitzer des Lokals, Herr Sui, hing – die Beine mit einer Kordel zusammengebunden, ein Fleischerhaken durch die Kordel geschoben und an der Deckenstange aufgehängt. Unter Herrn Sui befand sich eine Blutlache, die von diversen Verletzungen des Toten herrührte. Dem Toten fehlten die Ohren, Zunge und Augen. Wahrscheinlich gab es noch andere Verletzungen, die jedoch erst nach der Obduktion festzustellen wären.

Einer nach dem anderen aus der chinesischen Gruppe betrat diesen kleinen Raum und machte nach ein paar Minuten wortlos Platz für den Nächsten.

»Dem Toten ist das Leben aus dem Körper gelaufen«, übersetzte Herr Tao den Beitrag eines Chinesen, der auf die Blutlache zeigte.

Die Gruppe musste aufpassen, der Spurensicherung nicht in die Quere zu kommen. Nach ca. 20 Minuten, in denen sich jeder Besucher den Tatort intensiv anschaute, setzten sich die Chinesen zur Beratung an einen Tisch im Lokal zusammen. Ab und an stand einer der Teilnehmer auf, um sich dies und jenes noch einmal genauer anzusehen.

Die Spurensicherung verrichtete inzwischen ihre Arbeit. Es wurde fotografiert, Fremdkörper wurden in Tüten gepackt, Finger- und Fußabdrücke festgehalten.

Das Treiben der Spurensicherung verfolgten die Chinesen aufmerksam.

Wieder im Präsidium, setzten sich alle Teilnehmer ins Besprechungszimmer. Es wurden Kaffee und Tee gereicht. Kommissar Bensen bat die chinesische Gruppe um eine Stellungnahme zu dem Verbrechen.

Herr Tiao Zao ergriff das Wort, das vom Dolmetscher Tao übersetzt wurde.

»Bevor wir sprechen, haben wir eine Frage: In diesem Lokal

vermischen sich chinesische und japanische Kultur. Wir glauben, dass die alte Frau Japanerin und der Mann Chinese ist.«

»Warum glauben Sie das?«, fragte Bensen.

»Erstens weil der Brief in japanischer Schrift ausgeführt wurde, die Frau japanisch aussieht und die Fische auch aus Japan sind. Der alte Mann, der aufgehängt wurde, ist Chinese. Das Lokal hat einen chinesischen Namen und auf der Speisekarte sind nur chinesische Gerichte. Auch die junge Tote ist eine Chinesin«, kam die Erklärung.

Herr Tiao Zao fragte, weiter, ob in Frankfurt die verbotenen Organisationen Triaden und Yakuza bekannt wären.

Kommissar Bensen ließ übersetzen, dass diese Organisationen sehr wohl bekannt seien und vermutlich auch ihre Tätigkeiten in Deutschland ausüben würden, jedoch in Frankfurt bisher mit dem Gesetz noch nicht in Konflikt geraten seien. Bei manchen Taten, wie jetzt zum Beispiel, kämen Vermutungen auf. Er selbst habe jedoch seine Zweifel, ob man die jetzige Tat diesen Organisationen zuordnen solle.

Verdachtsmomente gäbe es, dass manche Lokale Schutzgelder bezahlen müssten. Solange jedoch von den Geschädigten keine Anzeige erstattet werde und bei Nachforschungen der Polizei diese auf eine Wand des Schweigens stoße, seien der Polizei die Hände gebunden.

Wenn also diese Morde mit diesen Organisationen in Verbindung zu bringen wären und man das nachweisen könnte, so würde dies in Frankfurt ein Novum darstellen.

»Wissen Sie, wir haben eine Menge Ausländer in Deutschland. Bei diesen ausländischen Mitbewohnern gibt es auffällige und unauffällige Gruppen. Unter die auffälligen Gruppen fallen zum Beispiel jugoslawische, russische, rumänische sowie türkische Gruppen.

Völlig unauffällig verhalten sich dagegen asiatische Menschen, ob nun einzeln oder in Gruppen. Sie werden bei uns fast keine Chinesen beim Sozialamt oder in den Gefängnissen vorfinden.

Asiaten regeln alles unter sich, ohne dass etwas an die Öffentlichkeit dringt. Wehe, wenn einer aus diesen Gruppen die gesamte Volksgruppe in Verruf bringt. Was heute im Lokal passiert ist, stellt eine große Ausnahme dar, der wir etwas hilflos gegenüberstehen. Insofern sind wir froh, dass wir Sie beratend zur Seite haben«, sprach Kommissar Bensen.

Am nächsten Tag legte die Spurensicherung einige Dokumente, die im Lokal der Familie Sui gefunden wurden, der SoKo vor. Teilweise deutsche Unterlagen wie Mietverträge und Lieferantenrechnungen und teilweise Schreiben in chinesischer Schrift, die erst übersetzt werden mussten. Die Ausweise der Toten befanden sich auch dabei und die Vermutung der chinesischen Delegation bestätigte sich, dass Frau Sui Japanerin und die beiden anderen Toten Chinesen waren. Die chinesischen Unterlagen übergab man der chinesischen Delegation zur Durchsicht, bevor ein Dolmetscher die Unterlagen übersetzen musste.

Nach Prüfung dieser Unterlagen bat der Dolmetscher um eine Unterredung mit der deutschen Polizei.

Vor dieser Unterredung jedoch wollten sie noch einige chinesische Lokale besuchen, um dort mit hier wohnenden und arbeitenden Landsleuten zu sprechen. Nach dem Besuch der chinesischen Landsleute fanden sich anschließend alle Teilnehmer im Besprechungszimmer wieder ein.

Herr Dao ergriff das Wort.

»Meine lieben deutschen Freunde. Wir glauben, dass wir es hier mit etwas sehr Ernstem zu tun haben. Alles deutet auf die Arbeit von verbotenen Organisationen hin. Wir glauben, dass dieses Verbrechen eine Warnung an andere Chinesen oder Japaner sein soll«, begann Herr Dao mit seiner Ausführung.

»Der tote Mann und die junge Frau sind Chinesen. Die alte Frau ist Japanerin. Die deutsche Polizei hat uns gesagt, dass der Chinese und die Japanerin verheiratet waren. Das ist sehr merkwürdig. Wie Sie wissen, lieben die Chinesen die Japaner nicht sehr. Nicht dass wir Feinde wären, aber als die Japaner in der Vergangenheit China besetzt hatten, waren sie sehr grausam zu uns Chinesen.

Wenn viele Jahre vergangen sind, werden auch wir Chinesen vieles vergessen haben. Aber jetzt gibt es in China noch viele Familien, die sehr böse auf die Japaner sind. Aus diesem Grunde ist es auch selten, dass ein Chinese eine Japanerin heiratet.«

»Interessant, diese Erzählung von Herrn Dao«, meinte Bensen.

»Vielleicht ist auch deswegen das Ehepaar Sui nach Deutschland gekommen, weil ihre Familien mit der Heirat der beiden nicht einverstanden waren«, fuhr Herr Dao mit der Einschätzung der chinesischen Gruppe fort.

»In Deutschland nun hat Familie Sui in einem Bereich gearbeitet, in dem beide Nationen, Japaner und Chinesen, sehr gute Geschäfte machen können. Und in beiden Nationen wollen auch andere Menschen bei diesem Geschäft mitverdienen.

Die Fische, die wir in dem Fischbecken des Lokals gesehen haben, sind japanische Fische und keine chinesischen. Auch das ist sehr ungewöhnlich in einem chinesischen Restaurant. Deswegen wollten wir gerne mit anderen Chinesen sprechen, die hier arbeiten, ob das in Deutschland so üblich sei und ob sie uns etwas über das Ehepaar Sui erzählen könnten.

Von diesen Leuten haben wir nun erfahren, dass das Lokal vom Ehepaar Sui ihnen immer komisch vorgekommen sei. Schon alleine wegen der beiden Nationen. Sie haben uns auch erzählt, dass sie nie zu den chinesischen Festen oder Hochzeiten gekommen sind. Daher dachten wir, dass sie vielleicht zu den japanischen Menschen gegangen sind. Dort jedoch kannte man das Ehepaar Sui auch nicht. Sie scheinen auch keine Freunde gehabt zu haben.

Nun ist unsere Gruppe auf den Gedanken gekommen, dass diese Morde eine Warnung sein sollen. Solche Warnungen machen oft verbotene Gruppen. Daher denken wir, dass die chinesischen Triaden oder die japanische Yakuza ihre Hand hier im Spiel haben.« Damit beendete Herr Dao seine Schilderung.

Kommissar Bensen bat einen Mitarbeiter, Informationen über die Organisationen Yakuza und Triaden einzuholen.

»Könnten wir aus China Arbeitsmaterial über diese Organisationen erhalten?«, fragte Bensen die Chinesen.

»Wenn wir in China zurück sind, muss ich dies mit unserer Regierung besprechen«, übersetzte Herr Tao.

Aus den Reihen der deutschen Mitarbeiter meldete sich Wolf, der eine Zeit lang im Rauschgiftdezernat beschäftigt war. Dieser meinte, dass man am besten über die Engländer an Informationen über die Triaden kommen könnte. Aus ihrer Zeit in Honkong hätten diese mit den Triaden zu tun gehabt. Honkong sei noch heute eine Hochburg der Triaden.

Nach einer halben Stunde löste sich die Gruppe auf und Kai mit seinen chinesischen Gästen verabschiedete sich, denn morgen brach der letzte Tag für die chinesischen Gäste an.

Den Abend verbrachten sie auf Gut Neuhof. Der Sommerabend zeigte sich von seiner besten Seite, sodass sie im Freien speisen konnten.

Tags darauf holte Kai seine Gäste im Hotel wieder ab. Sechs Stunden vor Abflug beschlossen sie, noch einen Einkaufsbummel in der Stadt zu tätigen.

In der Einkaufsstraße von Frankfurt, auf der Zeil, besichtigten und prüften die Chinesen die Waren, ohne dass sie etwas erstanden – der Währungsunterschied zwischen ihren Ländern war doch zu gewaltig –, Arzneien und Vitamine dagegen wurden Tütenweise erstanden und an jeder Ecke und in jeder Pose fotografiert.

Am Römer, im Gasthaus »Zum Stern«, aßen sie zu Mittag und dann ging es schon zum Flughafen.

Der Abschied fiel herzlich aus. In den letzten zehn Tagen war man sich doch sehr nahe gekommen.

Herr Tao hatte alle Hände voll zu tun, um als Übersetzer Kai alles mitzuteilen, was die zehn Delegierten ihm alles noch mitteilen wollten.

Nach dem Einchecken ging es noch auf ein Glas Bier. Natürlich vom Fass gezapft.

Auf die Frage von Kai, warum sie nicht den Direktflug nach Shanghai gebucht, sondern den Umweg über Peking nach Frankfurt genommen hätten, bekam er die Erklärung von Herrn Tao.

»Wir sind zehn Personen. Die chinesische Glückszahl, wie Sie wissen, ist die 8. Damit das Unglück bei der Zahl 10 nicht mit uns nach Deutschland kommt, machen wir den Umweg über Peking. Damit schicken wir das Unglück in die falsche Richtung.«

Kai, schon ein bisschen vertraut mit der Zahl 8 und den Eigenschaften der Geister, die keine Kurven laufen können, bekam bei der Erklärung eine weitere Kostprobe der chinesischen Kultur.

Vor der Passkontrolle bekräftigten alle noch einmal ihren Dank für die schönen, leerreichen Tage in Frankfurt und wiederholten ihre Einladung an Kai, nach China zu kommen.

Kai blieb noch einige Minuten an der Passkontrolle stehen und sah der Gruppe nach. Wenn er seine Gefühle richtig deuten sollte, so fehlten ihm die kleinen, freundlichen, bescheidenen, interessierten, lernbegierigen Chinesen schon jetzt.

»Vielleicht nehme ich ihre Einladung doch irgendwann an«, dachte er. »Auf jeden Fall werde ich versuchen, den Kontakt zu ihnen nicht einschlafen zu lassen.«

7

Zurück im Polizeipräsidium, sollte sich sein Wunsch schneller erfüllen, als er geglaubt hatte. Sein Vorgesetzter Bensen kam ihm bereits im Flur entgegen.

»Ach, Kai. Gut, dass du zurück bist. Bitte komm gleich mit mir mit«, empfing ihn dieser.

In dem Raum, den sie betraten, saßen 16 Personen, die der Sonderkommission, die inzwischen für den Fall im chinesischen Lokal »Zum guten Essen« gegründet wurde, zugeteilt worden waren.

Bensen und Kai setzten sich zu der Gruppe.

Kommissar Otto, der Leiter der Sonderkommission, eröffnete die Sitzung: »Willkommen in unserer SoKo, die die Morde im Lokal ›Zum guten Essen‹ klären soll. Ich hoffe, dass wir in den nächsten Tagen, Wochen oder Monaten dieses Verbrechen in dem chinesischen Lokal aufklären können. Dieser Fall scheint uns in Sphären zu bringen, mit denen wir bisher noch nicht konfrontiert wurden. Der Verdacht, dass es sich hier um die Tat von asiatischen Untergrundorganisationen handelt, verdichtet sich immer mehr.

Wir haben zwar unsere Erfahrungen mit der organisierten Kriminalität. Zum Beispiel der Camorra oder der Mafia, aus Italien sowie USA. Diese Organisationen werden jedoch von Menschen aus unserem christlichen Kulturkreis betrieben.

Von den Organisationen Triaden und Yakuza haben wir zwar gehört, hatten jedoch bisher noch nicht das zweifelhafte Vergnügen, mit ihnen zu tun zu haben. Wissen tun wir nur, dass diese Organisationen in einem Ausmaß grausam sein sollen, das unsere Vorstellungskraft übersteigt.

Nun scheint sich mit diesem Fall diese Zeit dem Ende zuzuneigen, denn bei unseren Recherchen weisen etliche Spuren auf diese Organisationen hin, was uns auch die chinesische Delegation bestätigte, die Kai gerade verabschiedet hat.

Kai wird künftig in unserer Kommission mitarbeiten und den Kontakt nach China halten müssen, falls sich unser Verdacht bestätigen sollte, dass Tatverdächtige dieses Mordfalles Deutschland in Richtung China verlassen haben.

Damit wir von Anfang an alle auf denselben Wissensstand gebracht werden, fasse ich kurz zusammen, was wir bisher in Erfahrung bringen konnten.

Dieser Fall besitzt länderübergreifende Formen. Deutschland, wo das Verbrechen verübt wurde, und China sowie Japan, deren Bürger ermordet wurden.

Den Tatort konnten alle Anwesenden besichtigen, daher muss ich diesen nicht mehr beschreiben.

Die Auswertung der Spurensicherung, haben Sie alle schriftlich vor sich liegen.

Diese Morde sollen anscheinend als eine Art Warnung zu verstehen sein. Man kann fast sagen, dass die Täter ihre Unterschrift hinterlassen haben. Bei allen Toten lag eine rote Gladiole.

Alles Merkwürdigkeiten, die uns Herr Quan erklären soll. Herr Quan ist chinesischer Kultur Abgesandten in Frankfurt. Ich habe ihn zu uns gebeten, damit wir aus fachkundigem Mund etwas über Bräuche und Deutungen in der chinesischen Kultur erklärt bekommen.«

Alle Augen richteten sich auf den Chinesen in ihrer Runde. Ein Mann mittleren Alters. Sein Äußeres erinnerte stark an die Aufmachung der chinesischen Polizeigruppe, die sie gerade verlassen hatte.

Herr Quan sprach ein gutes Deutsch, da er sich bereits länger in Deutschland aufhielt.

Otto richtete das Wort an ihn, wobei man anschließend bei den Ausführungen von Herr Quan feststellen konnte, dass er, wie alle

Chinesen auch, bei der Aussprache mit dem Buchstaben »R« seine Schwierigkeiten hatte.

»Herr Quan, können Sie uns aus chinesischer Sicht etwas über diese Morde sagen?«, eröffnete Otto die Befragung.

»Es ist lichtig«, antwortete Herr Quan, »dass in unselel Kultul Walnungen an den Feind gelichtet welden. So ist das Zeichen del Fedel eine solche Walnung: Jetzt habe ich nul ein Hähnchen geschlachtet. Wenn du nicht aufpasst, schlachten wil auch das dicke Schwein, das hintel dem Hähnchen sitzt. Du musst aufpassen, was du tust.«

»Herr Quan, bei einem Toten hat man die Zunge, die Augen und die Ohren abgeschnitten. Was bedeutet denn das?«

»Das sind die dlei klugen Affen. Diesel Tote hat etwas gesehen und gehölt, was el nicht weitelsagen dulfte. Dadulch haben andele Menschen Ploblleme bekommen. Bei uns zu Hause, sind die Affen sehl kluge und angesehene Tiele. Wenn ein Mensch so klug wie ein Affe ist, so splicht el nicht weitel, was el gesehen und gehölt hat.«

»Herr Quan, bei allen Toten wurde eine rote Gladiole gefunden. Hat das auch eine Bedeutung?«

»Ja. Das bekommt eine Pelson, wenn sie stelben muss. Eigentlich bekommen die Menschen, die stelben müssen, diese Blume vol ihlem Tod und nicht danach. Das finde ich sehl melkwüldig, dass die Toten diese Blume bekommen haben.«

»Herr Quan, ist es in Ihrem Land üblich, dass man so deutlich seine Tat kennzeichnet?«

»Nun, wie soll ich meinem Feind zeigen, dass el Angst haben muss und mil keine Ploblleme machen soll. El muss wissen, dass ich das wal, sonst ist es ja keine Walnung.«

»Herr Quan, auf den Körpern der Toten haben die Täter mit Blut Zeichen aufgemalt. Hier haben sie ein Foto von diesen Zeichen. Wissen sie eventuell, was das bedeuten soll?«

Herr Quan sah sich eine Weile die Fotos an. Dann schob er diese Otto über den Tisch hinweg zurück. Sein Gesicht wurde etwas blass und er bekam einen ängstlichen Ausdruck. Herr Quan stand eilig auf und meinte, er müsse nun gehen. Er hätte noch einen wichtigen Termin zu erledigen. Falls man noch Fragen an ihn haben sollte, so muss er ihnen leider mitteilen, dass er eine längere Reise geplant habe und ihnen aus diesem Grund zukünftig nicht weiter zur Verfügung stehen könne.

Inspektor Otto bedankte sich für die informativen Ausführungen von ihm und Herr Quan, der vor lauter Eile kaum in der Lage war, richtig zuzuhören, verließ panikartig das Polizeipräsidium.

»Was war denn das?«, fragte Kommissar Otto und schüttelte den Kopf. »Wir haben ihn doch nicht beleidigt, dass er sich fluchtartig verabschieden musste. Nun, andere Kulturen, andere Sitten. Auch im Verbrechen, würde ich sagen«, bemerkte er, schüttelte den Kopf und setzte sich wieder auf seinen Platz.

»Wer von uns käme auf die Idee, drei Menschen zu töten, um seinen Gegner in Angst und Schrecken zu versetzen? Und wenn ich das richtig verstanden habe, wurden hier die Helfershelfer umgebracht. Als gäbe es Wertungsunterschiede der Menschenleben. Zusätzlich wurden die Toten gekennzeichnet. Sozusagen als Wegweiser der Auftraggeber. Als wäre dies das Selbstverständlichste der Welt. Anscheinend sind diese Zeichen so bekannt, dass selbst Herr Quan ohne zu zögern alle deuten konnte. Wo bleibt hier die Angst der Täter, wenn das alles so eine Selbstverständlichkeit ist – Unfassbar.«

Dabei ordnete Otto seine Papiere und bereitete seine Gruppe mit den Worten vor: »Meine Damen und Herren, hier müssen wir uns auf etwas gefasst machen. Nun zu der Verteilung der Ermittlungsarbeiten. Wir haben Kontakt zu den beiden Konsulaten in Frankfurt, China und Japan, aufgenommen. Herr Jung, Sie fahren auf das chinesische Konsulat in die Mainzer Landstraße. Herr Miao wird dort zukünftig ihr Ansprechpartner sein. Herr Dong, der Konsul, hat mich jedoch gebeten, bei unseren Ermittlungsarbeiten nur mit ihm und Herrn Miao zu sprechen. Er fürchtet um das Arbeitsklima im Konsulat.«

Kommissar Otto betraute einen anderen Ermittler, sich mit dem japanischen Konsulat in Verbindung zu setzen, um über Frau Sui etwas in Erfahrung zu bringen.

Zum Schluss sprach er noch die Presse an, die inzwischen den Tatort belagerte.

Fotografen und Reporter gaben ihre Berichte und Bilder an die Medien durch, sodass die Nachricht dieses Falles inzwischen über alle Grenzen bekannt sein dürfte, falls diese Tat an irgendeinen Gegner gerichtet worden sein sollte.

8

Einen Tag später gab es die nächste Sitzung der SoKo.

Zu den Ermittlern fand sich noch je ein Vertreter der chinesischen und japanischen Konsulate ein.

Kommissar Otto eröffnete die Sitzung, indem er die Mitarbeiter der Konsulate begrüßte und diese den Anwesenden vorstellte: Herr Ookii aus dem japanischen und Herrn Dong aus dem chinesischen Konsulat.

Anschließend folgte eine Zusammenstellung der Fakten, die sie bisher über den Fall in Erfahrung bringen konnten.

»Es scheint, dass sich in unserem Fall zwei Untergrundorganisationen bekämpfen. Zu dieser Vermutung kann man kommen:

1. durch die japanischen Fische in einem chinesischen Restaurant;
2. durch die zwei verschiedenen Nationen der Toten;
3. durch die Art, wie die Menschen umgebracht wurden;
4. durch den tätowierten Drachen auf dem Leib von Herrn Sui, das das Zeichen der Zugehörigkeit zu den Triaden ist:
5. durch den Zettel in japanischer Schrift.

Die Ermordeten stammen aus zwei verschiedenen Ländern, Japan und China. Die Tat wurde in Deutschland verübt, womit Deutschland diese Tat aufklären muss. Deutschland ist angewiesen, mit den beiden anderen Nationen freundschaftlich zusammenzuarbeiten. Es kann nicht im Interesse von einem unserer Länder liegen, dass illegale Organisationen den Rechtsstaat untergraben, indem sie das Recht in ihre eigenen Hände nehmen. Daher bin ich ganz zuversichtlich, was unsere Zusammenarbeit mit den anderen Ländern anbetrifft«, zählte Otto die Fakten und seine Einschätzung des Falles auf.

Es entstand eine längere Diskussion zwischen den deutschen Ermittlern und den zwei Konsulatsmitarbeitern. Hierbei gab es unterschiedliche Meinungen über das Vorgehen in diesem Fall.

Nach einiger Zeit unterbrach Otto die Diskussion und ergriff wieder das Wort.

»Ich glaube, so weit es möglich ist, haben wir unsere Erfahrungen und Meinungen zu diesem Fall ausgetauscht. Bevor wir jedoch auseinandergehen, sollten wir noch Folgendes beschließen:

Herr OOKII, könnten sie sich noch besser über die Vergangenheit von Frau Sui erkundigen?

Herr Jung, Sie werden sich in Berlin beim Auswärtigen Amt um die rechtliche Grundlage diese Falles kümmern.

Ich persönlich sehe, was die Rechtsmedizin inzwischen herausgefunden hat.«

Bevor jedoch Otto die Sitzung schließen konnte, meldete sich Herr Dong vom chinesischen Konsulat zu Wort: »Ich möchte Ihnen nur eine Information weitergeben, die eventuell relevant für Ihre zukünftige Arbeit in diesem Fall sein kann: In China haben wir eine Abteilung der Polizei, die für alle Ausländer zuständig ist. Für Ausländer, die sich in China aufhalten, und für das Ausland selbst. Diese Stelle liegt in Peking. Zurück im Konsulat, werde ich veranlassen, dass Ihnen die nötigen Unterlagen über diese Stelle übermittelt werden.«

»Danke für diese Information, Herr Dong. Damit hätten wir geklärt, wohin wir uns zukünftig in China wenden müssen. Hat jemand noch eine Frage zu stellen oder Mitteilung zu machen?«, fragte Otto in die Runde.

Da es keine weitere Wortmeldung gab, schloss Otto die Sitzung und begleitete die Botschaftsangehörigen zu ihren Wagen.

Kai ging in sein Arbeitszimmer. Als Erstes überprüfte er die Informationen im Internet, was diese über China zu berichten hatten. Eigentlich hätte er dies schon vor dem Besuch der chinesischen Delegation machen sollen, aber da ging alles so überraschend schnell, dass er nur zu dem Nötigsten kam.

Kai surfte im Internet rauf und runter. Nach einer Stunde musste er feststellen, dass die Informationen über China fast nur kultureller und wirtschaftlicher Art waren. Politische Ausführungen, zum Beispiel über Abkommen, gab es keine. Kooperationsabkommen ja. Da gab es einige. Mit der NATO und auch mit Europa. Aber speziell mit Deutschland konnte er nichts finden. Auch der Versuch in Berlin, über das Auswärtige Amt weitere Informationen zu erhalten, verlief enttäuschend. Bei seinen Anrufen musste er feststellen, dass es schier unmöglich war, zu einer qualifizierten Person vermittelt zu werden, die ihn beraten konnte. So beschloss er, Kontakt mit China aufzunehmen. Vom chinesischen Konsul, Herrn Dong, hatten sie ja erfahren, dass es in Peking eine Stelle für ausländische Fragen gab. Vor dem Anruf dorthin überlegte er sich jedoch, ob es wirklich klug wäre, sich gleich an eine so wichtige Stelle zu wenden. War es möglich, dass diese Stelle, ohne Hintergrundinformationen, ihm helfen konnte oder würde er dort, in einem kommunistischen System, etwas in Gang setzen das ihren Ermittlungen nicht förderlich sein konnte? So beschloss er, den ersten Kontakt nach China zu den Menschen zu legen, die er bereits kannte.

9

Am nächsten Tag rief Kai den Dolmetscher Tao in China an. Der erste Anruf erfolgte für chinesische Zeit viel zu spät, stellte er fest, als er auf die Uhr schaute. »Das konnte ja gar nicht klappen«, dachte er. »Jetzt ist es in China bereits 21 Uhr abends.« Zukünftig musste er bei seinen Aktivitäten die Zeitverschiebung berücksichtigen.

Beim zweiten Versuch am nächsten Tag meldete sich eine chinesische Person, mit der er sich nicht verständigen konnte.

Erst beim dritten Versuch winkte ihm der Erfolg, indem jemand viermal hintereinander »Moment« ins Telefon flüsterte. Nach einer Weile meldete sich eine englisch sprechende Dame, die ihm mitteilte, dass Herr Tao erst ab 17 Uhr chinesischer Zeit zu erreichen sei. Das bedeutete für Kai 12 Uhr mittags. Zur angegebenen Zeit erreichte er Herrn Tao.

»Sehr geehrter Herr Tao, hier ist Herr Jung aus Deutschland. Können Sie sich noch an mich erinnern?«

»Oh, Herr Jung, welche Freude, Sie zu hören. Es war sehr schön in Frankfurt. Alle China-Leute haben gesagt, sie werden diese Reise nicht vergessen. Sie haben auch gesagt, dass sie viel gelernt haben in Deutschland.«

»Herr Tao, auch mir war Ihr Aufenthalt in Frankfurt ein Erlebnis. Wie Sie sich bestimmt erinnern können, haben wir in dieser Zeit auch ein Verbrechen gehabt, wo Ihre Delegation uns freundlicherweise behilflich war. Können Sie sich noch daran erinnern?«, hakte Kai nach. »Ihre Gruppe hatte uns damals angeboten, falls es nötig werden sollte und wir Hilfe benötigen, dürften wir uns an Sie wenden.«

»Herr Jung, ich kann mich daran erinnern, dass ich das gedolmetscht habe, aber ich bin nicht von der Polizei. Ich bin nur der Dolmetscher.«

»Herr Tao, vielleicht können Sie mir doch helfen. Was muss ich machen, um ein paar Informationen von chinesischer Seite zu bekommen?«

»Herr Jung, ich werde Ihnen gerne helfen. Am besten spreche ich zuerst mit Herrn Dao. Rufen Sie mich morgen wieder an, dann kann ich Ihnen berichten, was Herr Dao gesagt hat. Haben Sie schon versucht, sich bei der Ausländerstelle in Beijing Hilfe zu holen?«

»Die Adresse der Ausländerstelle in Peking würde ich gerne erst in Anspruch nehmen, wenn wir den Fall nicht alleine klären können. Denn diese chinesische Ausländerbehörde wird sich wahrscheinlich nicht mit mir unterhalten wollen, sondern ihre Auskünfte auch an dieselbe höhere Stelle nach Deutschland geben wollen.«

»Das verstehe ich. Ich werde alles mit Herrn Dao besprechen. Haben Sie schönes Wetter in Frankfurt? Bitte grüßen Sie auch Ihren Chef, Herrn Bensen, von mir.«

»Herr Tao, das werde ich gerne tun. Bis morgen dann.«

»Mein Gott, wird das kompliziert. Ich kann mich ja mit keinem einzigen Chinesen ohne Dolmetscher unterhalten. Als wir in Deutschland alle zusammen in der Gruppe saßen, hatten wir keine Probleme mit der Verständigung. Problematisch wird das jetzt, wenn der Dolmetscher und die betreffenden Personen sich an verschiedenen Stellen der Stadt aufhalten. Und dann kommt noch ein politisches System dazu, bei dem staatliche Angestellte Rechenschaft ablegen müssen, wenn sie Kontakt mit dem Ausland aufnehmen. Oder noch besser, aus der kommunistischen Partei einen Aufpasser zu den Gesprächen holen müssen. Das wird ja lustig. Nicht nur die Kommunikation und die Verständigung werden schwierig, auch der Zeitunterschied wird die Zusammenarbeit erschweren«, überlegte Kai.

Der nächste Anruf von Kai verlief erfreulicher.

Diesmal erreichte er Herrn Tao gleich beim ersten Mal. Die Verbindung erwies sich jedoch als so schlecht, dass beide beschlossen, den Kontakt zu kappen und es mit einer neuen Verbindung zu versuchen.

»Guten Morgen, Herr Jung. Jetzt verstehe ich Sie ausgezeichnet. Wie geht es Ihnen? Hatten Sie eine gute Nacht?«

Kai bejahte alle Fragen, erkundigte sich nach der Nachtruhe von Herrn Tao, und dann kamen sie zu dem, was Kai in Erfahrung bringen wollte.

»Herr Jung, ich habe mit Herrn Dao gesprochen. Er sagte, das Beste sei, wenn wir eine Zeit vereinbaren, wo er, Herr Dao, der Chef der Polizei, Herr Zao, und ich uns zusammenfinden und dann unsere Telefonbesprechung abhalten.«

»Na danke«, dachte Kai, »genau so, habe ich mir vorgestellt, sollte es nicht laufen«, und machte darauf einen anderen Vorschlag der Kommunikation.

»Ein anderer Vorschlag wäre«, meinte Kai darauf, »ich stelle meine Fragen per Internet an Sie und Sie können alles vorher mit den Herren besprechen und mir danach die Übersetzung zusenden.« Nach diesem Vorschlag von Kai wurde es etwas still am anderen Ende der Leitung.

»Herr Jung, ich glaube, es ist besser, alles am Telefon zu besprechen. In China werden viele Mitteilungen, die ins Ausland gehen, kontrolliert, um unser Land zu schützen. Wenn Sie also gerne möchten, dass Ihre Fragen klein bleiben, und nicht zu viele Ohren mithören sollen, dann sollten wir unsere Besprechung nicht über das Internet machen.«

»Gut, Herr Tao, dann warte ich auf Ihre Nachricht, wann wir unsere Besprechung am Telefon abhalten sollen.«

Beide verabschiedeten sich mit vielen Komplimenten und Freundlichkeiten und beendeten das Gespräch.

Tags darauf, bei der SoKo.

»Liebe Kollegen. Von der Rechtsmedizin haben wir die endgültige Auswertung, erhalten«, eröffnete Otto die Sitzung. »Beide Frauen wurden mit einem schweren Gegenstand getötet. Es könnte ein Hammer gewesen sein. In Ihren Köpfen befand sich ein tiefes Loch.

Herr Sui, der Inhaber, der in der Speisekammer an den Füßen aufgehängt wurde, scheint in dieser Stellung noch verhört und gefoltert worden zu sein. Sein Körper wies einige Verbrennungen auf, die von Elektroschocks herrühren könnten. Gestorben ist er jedoch definitiv an einem Herzstillstand. Wahrscheinlich hat sein Herz das alles nicht überstanden. Er war geknebelt, sodass man seine Schreie nicht hören konnte. Die abgeschnittenen Ohren und Zunge sowie die durchstochenen Augen sind ihm erst nach dem Tod zugefügt worden. Die beiden Frauen starben an ihren eingeschlagenen Schädeln.

Das war's von der Rechtsmedizin.

Am Tatort selbst wurden ansonsten keine Spuren der Täter gefunden. Es wurde nichts gestohlen. Es fand keine Verwüstung statt. Ich schließe mich insofern der Meinung der chinesischen Delegation an, dass wir es hier mit einem Auftragsmord zu tun haben könnten. Ich kann kein anderes Tatmotiv finden. Diese chinesische Delegation hat für mich recht schlüssig das Verbrechen erklärt. Motiv und Ausführung. Eine Warnung, nur für Insider verständlich«, erklärte Otto und fuhr weiter fort:

»Ob wir dies ohne die chinesische Unterstützung so schnell herausbekommen hätten, wage ich zu bezweifeln. Alle Chinesen, die etwas über die Familie Sui wissen könnten, haben bei unseren Befragungen wie ein Grab geschwiegen. Ich würde sagen, verängstigt und stumm. Interessanterweise scheinen sie bei der Befragung der chinesischen Delegation gesprächiger gewesen zu sein.

Das Nächste, was wir in Erfahrung bringen konnten, kommt von Herrn Ookii aus dem japanischen Konsulat.

Frau Sui, geborene Akarui, war vor ihrer Heirat tatsächlich

geschäftlich tätig, und zwar in der Firma ihres Vaters, einem japanischen Baulöwen. In dieser Familie kümmerte sich Frau Sui, geborene Akarui, um schwierige Aufträge. Ihre zweite Tätigkeit bestand darin, ein gutes Verhältnis zur Regierung zu unterhalten.

Für beide Tätigkeiten benötigt man viel Geschick und Härte. Diese Härte scheint sie auch gehabt zu haben, als sie sich von ihrer Familie trennte, um einen armen, liebenswürdigen Chinesen zu heiraten: Herrn Sui.

Für die Familie inakzeptabel. Einmal von der Nationalität her und zweitens ein Mann ohne Beziehung und Geld.

Herr Sui muss dies alles mit seinem Charme wettgemacht haben. Er soll ein lebenslustiger, fröhlicher Mensch gewesen sein, der seine Frau vergötterte.

Ich nehme stark an, dass aus diesem Grunde Herr Sui von den Mördern so hart rangenommen wurde und nicht seine Frau. Die Täter meinten wohl, aus Herrn Sui mehr herauszubekommen als aus der harten Frau Sui.

Diese Beziehungskiste zwischen den beiden könnte auch erklären, warum japanische Fische im Aquarium eines Chinesen schwammen und keine chinesischen.«

Aus dem Kreis der Mitarbeiter wurde gefolgert: »Es kann natürlich auch sein, dass Frau Sui aus ihrer Vergangenheit noch Kontakte zu der Organisation Yakuza pflegte und somit unter ihrem Schutz stand, was den chinesischen Triaden stank.«

»Könnte so gewesen sein«, pflichtete Otto bei. »Was ich noch erwähnen muss, ist, dass es in den Unterlagen, die wir aus der Wohnung des Ehepaares Sui sichergestellt haben, einige Ungereimtheiten gibt«, fuhr Otto mit seinen Ausführungen weiter fort. »Das Ehepaar Sui bezog ihr Bedienungspersonal immer aus China. Alles junge Mädchen, die nicht lange blieben. Diese verteilten sich anschließend in ganz Europa. Die Papiere der jungen Mädchen, soweit die Unterlagen das hergeben, waren immer in Ordnung. Zumindest sollte einer aus unserer Mannschaft einmal den Spuren dieser Mädchen nachgehen. Ich habe so ein eigenartiges Gefühl bei der ganzen Angelegenheit.«

Er deutete auf Sabine, die einzige weibliche SoKo-Mitarbeiterin in der Gruppe.

»Sabine, bist du so lieb und übernimmst das?«

»Gerne«, war die Antwort von Sabine. »Darf ich mir als Partner Wolf aussuchen?«, schob sie noch nach.

»Wenn Wolf damit einverstanden ist, soll es mir recht sein.« Wolf nickte zustimmend und Otto fuhr in seinem Bericht fort: »Bei der Personenbefragung um den Tatort herum haben wir einen Zeugen gefunden, der beobachtet haben will, wie männliche chinesisch aussehende Personen kurz vor der Tat das Lokal durch die Hintertür betreten haben. Beide Personen kamen nach ca. 30 Minuten wieder durch den Hintereingang heraus. Der Besitzer der Trinkhalle, unser Zeuge, hat sich dabei nichts gedacht, denn es war üblich, dass die Lieferanten des Lokals durch den Hintereingang kamen und gingen. Der Trinkhallenbesitzer gab noch eine Beschreibung dieser Personen ab. Diese Beschreibung haben wir an das chinesische und japanische Konsulat weitergeleitet. In beiden Konsulaten musste anschließend der Zeuge Fahndungsfotos durchsehen. Anscheinend ist er fündig geworden, denn er konnte eine Person im chinesischen Konsulat identifizieren. Sein Name lautet Wen. Bei den Fluggesellschaften nun haben wir herausfinden können, dass Herr Wen, in Begleitung eines gewissen Herrn Xu, das Land bereits am Tag des Verbrechens in Richtung China verlassen haben.

Aus dem chinesischen Konsulat wurde uns noch mitgeteilt, dass beide, Herr Wen und Herr Xu, zwar in China eingetroffen seien, jedoch anschließend ihre Spur im Sande verläuft. An den Orten in China, an denen sie polizeilich gemeldet sind, wurden sie seit einem Jahr nicht mehr gesehen. Auch ihre Familien wissen nicht, wo sie stecken. Vor ca. einem Jahr haben sich beide aus ihren Dörfern aufgemacht, wie so viele junge Leute in China dies tun, um in den großen Städten Arbeit zu finden. Von den Städten, aus denen sie kommen, liegt eine im Norden Chinas und eine im Süden. Alles wirtschaftlich arme Regionen.

Wie schon erwähnt, konnten wir noch die Ausreise der beiden aus Frankfurt und ihre Ankunft mit der Air China in Shanghai registrieren. Ab diesem Zeitpunkt verliert sich jedoch ihre Spur.«

»Woher hat das chinesische Konsulat all diese Informationen so schnell bekommen?«, wurde Otto gefragt.

»Das ist auch mir ein Rätsel. Ich kann nur vermuten, dass in einem kommunistischen Regime unkonventioneller und ohne den ganzen Papierkram, mit dem wir uns belasten müssen, gearbeitet wird.«

Inspektor Otto machte eine kleine Pause, dann fuhr er fort: »Herr Jung, wie steht es mit den Kontakten zu der chinesischen Delegation von Polizisten, die uns vor Kurzem besucht haben, oder mit der chinesischen Stelle in Peking, die sich um Ausländerprobleme kümmern soll? Können Sie darüber schon etwas berichten, das uns weiterhelfen könnte?«

10

Kai setzte sich auf seinem Stuhl gerade hin, räusperte sich und begann mit seinem Bericht.

»Schlechte Nachrichten Kollegen. Vom Auswärtigen Amt war fast keine kompetente Person aufzutreiben, die zu unseren Fragen Stellung beziehen konnte. Telefonate über Telefonate, Verbindungen über Verbindungen, bis ich jemanden in der Leitung hatte, der mir dann ein Kommentar über Wirtschaftsfragen oder Kultur anbot.

Fast aufschlussreicher war da das Internet. Obwohl auch hier politische Informationen spärlich aufgeführt werden, so habe ich doch herausgefunden, dass es einen Kooperationsvertrag mit der EU und China gibt, jedoch auch nur in wirtschaftlichen und kulturellen Angelegenheiten.

Den Kontakt nach Peking zu der Ausländerstelle, die uns vom Konsulat empfohlen wurde, habe ich hinten angestellt, da ich zuerst unsere eigenen Beziehungen nach China nutzen wollte. Zusätzlich vermute ich, dass, wenn diese Pekinger Stelle unseren Fall zu bearbeiten beginnt, sich das LKA oder sogar das BKA einschalten wird und wir den Fall los sind.«

Aus dem Kreis der Ermittler kam die Bemerkung: »Das könnte sogar stimmen.«

»Somit habe ich, wie Sie so schön sagten, meine Fühler nach der chinesischen Gruppe ausgefahren. Auch das war schwierig«, nahm Kai seinen Bericht wieder auf.

»Bei den Bemühungen zu telefonieren hat es erst beim dritten Mal geklappt. Die Verbindung musste ich zum Dolmetscher legen, mit dem ich mich unterhalten kann, der jedoch keine Kompetenzen besitzt. Der erzählte mir, mit viel Brimborium drum herum, dass er kein Polizist wäre und er mir daher nicht helfen könnte. Er kann jedoch den Kontakt zu den zuständigen Leuten herstellen. Da kam er mir mit der politischen Person, die seinerzeit die Gruppe in Frankfurt begleitet hat«, berichtete Kai und stellte die Frage in die Runde: »Nun frage ich euch, wie soll so etwas funktionieren? Wenn ich mich mit einem Zuständigen bei der Polizei unterhalten möchte, benötige ich einen Dolmetscher, und wir alle, der Polizist, der Dolmetscher und ich, werden von einer politischen Person aus der Partei begleitet. Also vier Leute, die alle an verschiedenen Orten sitzen, die wegen ein paar Fragen, die eventuell auch völlig nutzlos sind, zusammengetrommelt werden müssen.«

Die Teilnehmer in der Runde schauten ratlos drein. Der Erste, der das Wort ergriff, war Bensen.

»Kai, mir fällt nichts anderes ein. Du musst nach China. Ich weiß mir keinen anderen Rat. Von dort kannst du die Angelegenheit eventuell besser steuern. Die Verdächtigen sind eindeutig in diesem Land.«

»Weißt du eigentlich, dass es in diesem Land über eine Milliarde Menschen gibt?«, fragte Kai. »Was meinst du, was für eine Chance ich habe, diese beiden in diesem Riesenreich ausfindig zu machen?«, gab Kai zu bedenken.

»Hat jemand eine bessere Idee als ich?«, fragte Bensen in die Runde. Nachdem keine Meldung von den Anwesenden kam, fuhr Bensen fort: »Zufällig bist du nun derjenige, welcher diese Gruppe betreute und den Draht zu ihnen geknüpft hat. So wie ich das sehe, hast du dich auch gut mit ihnen verstanden. Also werden wir diese Möglichkeit nutzen müssen, wenn wir in diesem Fall weiterkommen wollen«, begründete Bensen seinen Vorschlag.

»So wie Kai die politischen Möglichkeiten der Amtshilfe beschrieben hat, können wir auf keine Vereinbarung zwischen unserem Land und China zurückgreifen. Der Überlegung von Kai, was passieren würde, wenn wir uns an die chinesische Ausländerbehörde in Peking wenden würden, schließe ich mich an, dass diese vorerst nicht zum Tragen kommen sollte«, unterstützte Otto den Vorschlag von Bensen.

»Davon rede ich doch die ganze Zeit«, antwortete Bensen. »Wir müssen die Verbindungen nutzen, die wir haben. Was meinst du, Otto?«

»Ich habe auch keinen besseren Vorschlag. Also versuchen wir es.«

»Ich werde sehen, wo ich die Kosten für diese Reise von Kai nach China unterbringen kann«, meinte Bensen.

»Man könnte natürlich den Fall als ›ungeklärten Fall‹ im Archiv ablegen«, warf einer der Anwesenden ein.

»Solange wir noch Möglichkeiten haben, in einem Fall weiterzukommen, gibt es keinen ungelösten Fall bei uns«, erwiderte Bensen. »Zusätzlich schicken wir ja auch noch Sabine aus, die den Verbleib der vielen jungen Mädchen, die durchs Lokal ›Zum guten Essen‹ geschleust wurden, erkunden soll. Also warten wir ab, was bei diesen beiden Aktivitäten herauskommt«, sprach Bensen und verließ darauf die Sitzung mit der Bemerkung, er müsse sehen, wie er seinen Vorschlag finanziert bekommen könnte.

Otto ergriff wieder das Wort mit der Bemerkung: »Gut, dann werden wir so verfahren, wie Bensen das mit Kai vorgeschlagen hat. Sabine, du und Wolf sollt also nach den jungen Chinesinnen suchen, die in der Vergangenheit im Lokal der Familie Sui gearbeitet haben. Durchforstet bitte noch einmal das ganze Lokal sowie die Wohnung dieses Ehepaares.«

»Als Erstes müssen wir aus den Unterlagen der Familie Sui herausfinden, wer bei ihnen alles gearbeitet hat«, meinte sie. »Danach sollten wir zum Bundes-Einwohnermeldeamt gehen und erfragen, wo diese Mädchen jetzt gemeldet sind. Wenn wir das haben, wäre ein Besuch der Mädchen angebracht, um zu sehen, was aus ihnen geworden ist«, schloss sich Wolf dem Beitrag von Sabine an.

»Es kommt natürlich auch darauf an, mit wie viel Mädchen wir es zu tun haben. Entsprechend wird es dauern, bis wir uns ein Bild von dieser Angelegenheit gemacht haben. Zur nächsten Besprechung, hoffe ich, werden wir was vorweisen können«, schloss Sabine.

»O. K., dann hätten wir auch das. Und du, Kai, schaust, dass du deine Reise vorbereitest«, kam es von Kommissar Otto, der damit die Sitzung auflöste.

In seinem Arbeitszimmer angelangt, griff Kai zuerst zu seinen erstandenen Büchern, die er seinerzeit gekauft hatte, als sich die chinesische Delegation noch in Frankfurt aufhielt. Wo lag die Stadt Changzhou? Welches Wetter herrschte dort im Moment? Musste er noch etwas einkaufen? Bestimmt brauchte er ein paar Gastgeschenke. Die chinesische Delegation hatte ihn auch mit einer Seidenkrawatte beschenkt. Am besten telefonierte er gleich mit Herrn Tao in China, um mit ihm alles Weitere zu besprechen. Die Uhr zeigte15 Uhr. In China musste es daher sechs Stunden weiter sein. Also 21 Uhr abends. Damit erübrigte sich sein Anruf, denn um diese Zeit würde er keinen Chinesen mehr im Büro erreichen. So machte er sich über seine chinesische Lektüre her, um wenigstens einige der Fragen geklärt zu bekommen.

Die Stadt Changzhou liegt ca. 150 Kilometer südwestlich von Shanghai. Shanghai war damit sein Anflugsort.

Wie ging es dann weiter? Dies wäre die erste Frage, die er mit Herrn Tao klären musste.

Weitere Frage: Wie verständige ich mich in China? Sind die Verkehrsschilder nur auf Chinesisch oder auch in englischer Sprache angegeben?

Was gaben seine Bücher an Informationen her, zum Beispiel über das Klima in der Region und um Shanghai herum? So erfuhr Kai, dass der Jangtsefluss China in zwei Klimazonen teilt. Südlich des Flusses werden die Häuser ohne Heizungen gebaut und nördlich davon wird eine feste Bauweise mit Heizungen bevorzugt.

Changzhou liegt auf der südlichen Seite der Jangtseflusses. Im Sommer soll es dort tropisch heiß und schwül werden und im Winter kalt.

Aus dem Internet erfuhr Kai, dass nur zwei Fluggesellschaften einen direkten Anflug von Frankfurt nach Shanghai anboten: Air China und Lufthansa.

Laut Flugplan benötigte ein direkter Flug von Frankfurt nach Shanghai elf Stunden. Würde er sich für einen billigeren Flug mit Zwischenlandung über London entscheiden, so müsste er mit drei bis fünf Stunden zusätzlicher Reisezeit rechnen.

Ob sein Dienstherr den teureren Flug bezahlen würde, bezweifelte Kai.

»Ich versuche es trotzdem«, dachte er sich und entschied sich für Air China, die ihre Flüge preiswerter als die Lufthansa anboten.

Am nächsten Tag rief Kai um acht Uhr morgens zur verabredeten Zeit Herrn Tao an. Diesmal klappte die Verbindung auf Anhieb.

»Guten Tag, Herr Tao. Hier spricht Herr Jung aus Frankfurt«, meldete er sich.

»Guten Tag, Herr Jung. Wie geht es Ihnen? Haben Sie schönes Wetter in Frankfurt?«

»Nein, Herr Tao. Unser Wetter ist heute nicht so schön. Es ist kalt und es regnet.«

»Das tut mir aber leid, Herr Jung. Was macht die Geschichte mit den Toten im Lokal ›Zum guten Essen‹? Können Sie inzwischen weiter sehen oder ist der Blick noch immer sehr kurz? Ich habe im Internet keine Fragen von Ihnen gefunden.«

»Herr Tao, deswegen rufe ich heute an. Wir haben inzwischen verdächtige Chinesen ermittelt, die diese Tat begangen haben sollen. Es handelt sich um zwei Personen, die inzwischen nach China geflogen sind. Nun hat unsere Polizeigruppe sich entschlossen, diese Menschen in China zu suchen.«

»Wissen Sie schon, wohin diese zwei Chinesen in China gelaufen* sind?«

»Nein, Herr Tao. Das wissen wir nicht. Unsere Polizei meint

---

* chinesische Ausdrucksweise für geflohen; sich entfernen, eilen etc.

jedoch, dass wir eventuell mehr Erfolg haben werden, diese beiden Chinesen zu finden, wenn wir sie direkt suchen und nicht über das Telefon.«

»Oh, Herr Jung. Das wird sehr schwer werden, wenn man nicht weiß, wohin diese Menschen gelaufen sind. China ist groß und es leben viele Menschen in China.«

»Das ist richtig, Herr Tao. Wir wissen, dass das so schwer ist, wie eine Stecknadel im Heuhaufen zu finden. Wir wollen es jedoch trotzdem versuchen. Unsere Kommission hat einige Fragen an Sie, die wir schwerlich am Telefon klären können.«

»Verstehe. Wissen Sie auch, wer von der deutschen Polizei hinter den schlechten Menschen in China herlaufen soll?«

»Ja. Meine Dienststelle meinte, dass ich der beste Mann dazu sei, da ich die meiste Zeit mit Ihnen in Frankfurt zusammen war und damit diese Fragen am besten mit Ihnen besprechen kann. Wissen Sie, Herr Tao, als Sie uns in Frankfurt geholfen haben, ein paar Fragen zu klären, waren wir alle sehr beeindruckt von Ihren Meinungen, die sich später alle als richtig herausstellen sollten.«

»Ich werde dies alles den Personen erzählen, die bei der Delegation in Frankfurt dabei waren. Die werden sich bestimmt freuen, wenn sie Ihnen wieder helfen können. Was meinen Sie, wann sie nach China kommen werden?«

»In unserer Kommission haben wir besprochen, dass ich so schnell wie möglich reisen soll. Wir sind der Meinung, dass wir, wenn wir etwas in diesem Fall erreichen wollen, keine Zeit verlieren dürfen, weil ansonsten alle Spuren verwischt werden.«

»Ich glaube, dass auch unsere Polizei so denkt. Haben Sie schon einen Flug gebucht?«

»Ja. Ich wollte schon übermorgen fliegen. Bitte fragen Sie die Herren bei der Polizei, ob sie auch Zeit für mich haben. Als Zweites möchte ich Sie fragen, wie komme ich aus Shanghai in Ihre Stadt Changzhou? Und benötige ich ein Visum für China?«

»Herr Jung, ich werde das alles mit Herrn Dao besprechen. Wahrscheinlich werden Sie vom Flughafen abgeholt. Und ja, ein

Visum ist nötig für China. Das bekommen Sie beim chinesischen Konsulat. Am besten melden Sie sich beim Konsul persönlich an. Der wird Ihnen bestimmt helfen, das Visum schnell zu bekommen.«

»Vorab vielen Dank für all die Hilfe, die Sie uns bereits zukommen ließen, Herr Tao. Auch für Ihre Vermittlung zwischen der chinesischen Polizei und uns.«

Beide verabschiedeten sich wieder mit vielen Freundlichkeiten und legten auf.

Kai buchte im Internet seinen Flug. Anschließend ging er in die Stadt, um die Gastgeschenke für seine chinesischen Kollegen zu kaufen. Davor rief er beim chinesischen Konsulat an und ließ sich mit Herrn Dong, dem Konsul, verbinden. Herr Dong gab ihm die Auskunft, morgen neun Uhr seinen Pass mit dem ausgefüllten Antrag auf Einreise sowie einem Foto am Schalter des Konsulates abzugeben. Er würde dort Bescheid geben, dass dieses Visum Vorrang vor den anderen Anträgen habe.

Zu Hause angelangt, war Wäschewaschen und Packen angesagt. Am nächsten Tag ging er zum Konsulat in die Mainzer Landstraße. Dort füllte er den Antrag auf Einreise nach China aus und gab alles am Schalter ab, wo ihm mitgeteilt wurde, dass er um zwölf Uhr seinen Pass wieder abholen könne.

Danach schaute er ins Internet nach seiner Post. Tatsächlich, seine Flugbestätigung lag vor sowie ein Schreiben von Herrn Tao, in dem er ihm mitteilte, dass alle Teilenehmer der Delegation sich auf sein Kommen freuen würden. Er möge bitte seine Flugnummer mit Ankunftszeit durchgeben. Sie würden einen Fahrer schicken, der ihn am Flughafen abholt.

Kai bedankte sich und ging zum Leiter der Sonderkommission Otto, um Bericht zu erstatten. Als er zurück in sein Arbeitszimmer ging, um vor seiner Abreise seinen Arbeitsplatz aufzuräumen, sah Albert, sein Zimmerkamerad, ihn erwartungsvoll an.

»Sag mal, gibt es dich noch?«, fragte ihn dieser vorwurfsvoll.

»Ja, mich gibt es noch. Tut mir leid, wenn ich mich um das alltägliche Geschäft so wenig kümmern konnte. Hoffentlich haben dich die Kollegen so lange unterstützen können. Der Fall im chinesischen Restaurant ›Zum Guten Essen‹ hat sich dermaßen ausgeweitet, dass ich morgen nach China fliegen muss.«

»Was heißt hier nach China fliegen – kannst du dich etwa deutlicher ausdrücken?«

Kai erzählte in kurzen Zügen, was Albert noch nicht wusste. Sein Zimmerkamerad, mit dem er die letzten zwei Jahre fast alle Fälle gemeinsam bearbeitet hatte, hörte ihm schweigend zu.

Etwas Neid beschlich ihn, und so verlief der Abschied etwas kurz angebunden.

11

Am nächsten Tag um 17 Uhr nahm Kai ein Taxi und fuhr zum Flughafen, checkte ein, ging durch den Zoll und begab sich zu seinem Abflugschalter.

Das Flugzeug sollte um 18.50 Uhr starten.

Kai setzte sich in den Warteraum und beobachtete die Menschen um sich herum.

Es gab zwei Reisegruppen, eine Schülergruppe und eine Rentnergruppe. Später im Flugzeug sollte er erfahren, dass diese Schüler zu einer chinesischen Partnerstadt unterwegs waren und die betagte Reisegruppe eine Rundreise durch China gebucht hatte.

Daneben flogen noch etliche chinesische Familien mit, teilweise mit Kleinkindern, sowie ausländische Reisende aus ganz Europa. Letztere Gruppe bestand aus Technikern und Controllern. Mitarbeiter aus der Heimat, die ihre Niederlassungen in China unterstützen sollten.

Zum Schluss beobachtete Kai noch eine Gruppe von chinesischen Männern, die ihn stark an seine Delegation erinnerten, die es sich in der ersten Klasse bequem machten.

Der Flug selbst mit seinen elf Flugstunden war kein Zuckerschlecken. Zusammengepferchte enge Sitze. Kai mit seinen langen Beinen bekam damit Probleme. Als störend empfand er zusätzlich seinen Sitznachbarn. Ein junger Chinese, Kai schätzte ihn auf 18 Jahre, lümmelte auf seinem Platz, zog ständig die Nase hoch und verließ im Turnus von 20 Minuten seinen mittigen Sitzplatz.

Kai ging in Gedanken noch einmal seine letzten turbulenten Tage in Frankfurt durch.

Die Trennung von Ute wurde ganz von dem Besuch der chinesischen Delegation sowie dem Verbrechen in dem Lokal »Zum guten Essen« verdrängt. Ute hatte er seit ihrem letzten Treffen nicht mehr zu Gesicht bekommen. Manni, der in eine andere Abteilung versetzt worden war, ebenfalls nicht. »Am besten ist«, dachte er, »ich denke nicht mehr an diese ekelhafte Geschichte, sondern konzentrierte mich auf das Neue, das mich erwartet.«

Vor ihm tat sich eine neue Welt auf. Mit neuen Eindrücken und Erlebnissen, worauf er sich schon freute.

Der Verlust seiner Beziehung sowie der Schmerz des Verrates wurden durch das Erlebte der letzten Tage in den Hintergrund gedrängt.

»Manchmal schlägt Gott nicht mit dem Knüppel. Anscheinend gibt es immer eine ausgleichende Gerechtigkeit«, dachte Kai.

Vor der Landung erhielten die Passagiere vom Kapitän noch die Info, dass die Stadt Shanghai sie mit 39 Grad Wärme erwarte.

Das Flughafengebäude in Shanghai besaß eine angenehme Temperatur. Klimaanlagen kühlten die riesigen Hallen aus Glas. Ein gigantischer moderner Bau.

An den Schaltern der Passkontrolle trennte man Chinesen von Ausländern. In der Schlange der Ausländer reihten sich ebenfalls Chinesen ein, die vermutlich eine neue Staatsangehörigkeit angenommen hatten.

Ob man ansteckende Krankheiten besaß, wurde auf einem Fragebogen vor der Passkontrolle gefragt.

Mein Gott, dachte sich Kai, was sollen denn diese Fragen? Wer kontrolliert überhaupt diese Flut von Fragebögen, ob sie richtig ausgefüllt wurden? Und meinten die Chinesen wirklich, dass einer der Passagiere mit »Ja, ich bin ansteckend« antworten würde?«

Uniformierte Polizisten bewachten und steuerten die Menschenmassen.

Nach der Passkontrolle ging es zur Gepäckausgabe und danach zum Ausgang.

Am Ausgang warteten Unmengen von Chinesen mit Schildern

bewaffnet, auf denen Namen von Passagieren, Hotels oder Firmen standen, um Fluggäste abzuholen.

Kai musste durch eine dreifach geschwungene Schlange Spalier laufen, bis vor ihm das Schild auftauchte: »Mr. Jung, Germany«.

Neben dem Mann mit dem Schild stand Herr Zhu, begleitet vom Dolmetscher Tao.

Die Begrüßung fiel herzlich aus. Der Mann mit dem Schild griff nach Kais Gepäckwagen.

»Ich werde den Teufel tun, mein Gepäck einem Fremden zu überlassen. Da muss ich mich ja schämen, neben meinem Gepäckwagen herzulaufen und mich von einem Fremden bedienen zu lassen. In der ganzen Welt kümmert sich jeder selbst um sein Gepäck«, dachte Kai und verteidigte seinen Gepäckwagen.

Bei dem Gerangel um den Wagen sprang als Schlichter Herr Tao ein.

»Herr Jung, das ist unser Fahrer. Der muss Ihren Gepäckwagen schieben. Wenn er neben unserem Gast hergeht, der seinen Wagen selbst schieben muss, verliert er sein Gesicht«, erklärte dieser.

Also übernahm der Fahrer den Gepäckwagen von Kai und Herr Zhu sowie Tao und Kai folgten ihm.

Beim Verlassen des Flughafengebäudes glaubte Kai bei dieser Außentemperatur gegen eine Wand zu laufen. Heiß und schwül mit den vom Flugkapitän angegebenen 39 Grad.

Beim Wagen angelangt, hätte Kai sein Hemd auswringen können. Das Auto, ein schwarzer VW Passat, besaß Gott sei Dank eine Klimaanlage.

Die Fahrt ging aus dem Flughafengelände über eine groß angelegte parkähnliche Anlage auf die Autobahn. Neben der Autobahn verlief die Schwebebahn auf hohen Säulen. Von Siemens gebaut. Die Autobahn selbst achtspurig, vier auf jeder Seite. Seitlich und mittig der Autobahn grün eingefasste gepflegte Grünanlagen.

»Wie sind eigentlich die Verkehrsregeln auf den Straßen Chinas?«, fragte Kai Herrn Tao.

»Wir haben die gleichen Regeln wie in Deutschland«, erwiderte dieser.

Staunend beobachtete Kai, wie sich die Verkehrsteilnehmer links und rechts überholten, drängelten, in Lücken schoben und hupten. Die Hälfte davon Lastwagen, die schwarze Rauchwolken hinter sich ließen.

»Gibt es in China keine Katalysatorenpflicht?«, fragte Kai.

»Was sind Katalysatoren?«, kam die Frage zurück.

»Filter, die im Auspuff der Autos eingebaut sind, um die Abgase zu filtern«, erklärte Kai.

»Das weiß ich nicht.«

»Hm«, brummte Kai.

Obwohl für Ausländer kein System im Verkehr ersichtlich war, schienen sich alle Verkehrsteilnehmer doch zurechtzufinden. Der Verkehr bewegte sich flüssig. Manchmal kam er zum Stehen, wenn die Dichte des Verkehrs das Fahren nicht mehr ermöglichte. Dann versuchte jeder Verkehrsteilnehmer durch einen Spurenwechsel einen besseren Startplatz beim Weiterfahren zu ergattern. Alle Verkehrsteilnehmer fuhren mit geschlossenen Fenstern, was bei dem Smog und der Hitze auch vonnöten war.

Nach einer halben Stunde erreichten sie Shanghai. Der Smog in der Stadt ließ den Himmel zwischen den Hochhäusern vollends verschwinden. Die Stadtautobahn schlängelte sich auf Stelzen durch die Hochhäuser. Die Fahrbahnen der Stadtautobahn lagen teilweise sechsspurig übereinander. Fuhr man auf der obersten Fahrbahn, konnte man den Bewohnern der Hochhäuser im 27. Stockwerk auf den Esstisch sehen. Unter den Säulen der Autobahn brodelte der übrige Stadtverkehr Shanghais: Motorräder, Fahrräder, Lastwagen, Kulis mit überladenen Schubkarren, Fußgängern und Busse.

Wollte man die Autobahn verlassen, so bewegte man sich über Abfahrten von der fünften auf die vierte Spur und dann auf die dritte und so weiter, bis man die Stadtautobahn verlassen und sich unten im Stadtverkehr wieder einreihte konnte.

Für Kai atemberaubend. Hochhäuser bis zu 90 Stockwerke in futuristischen Stilarten. Man hatte den Eindruck, dass jeder Bauträger den besten und schönsten Bau übertreffen wollte.

»So eine Hochhauslandschaft habe ich noch nie gesehen«, bemerkte Kai.

»Ja, das ist eine große Stadt und sie wird jede Woche mit einem neuen Hochhaus noch größer.«

Nach einer Dreiviertelstunde verließen sie die Stadt in Richtung Changzhou.

»Jetzt haben wir noch ca. 150 Kilometer bis zu unserer Stadt«, klärte Herr Tao Kai auf.

»Was sind das für Gewässer, die hier an der Autobahn liegen?«, fragte Kai nach den kleinen Seen, die links und rechts an der Autobahn an ihnen vorbeiflogen.

»Hier in der Gegend haben wir viel Wasser. In diesen Gewässern kann man Fische oder Perlen züchten.«

»Interessant.«

»Wissen Sie, Herr Jung, dass unsere Reise nach Frankfurt für unsere Gruppe unser erster Besuch im Ausland war?«, Bemerkte Herr Zhu nachdenklich. »Vor zehn Jahren hätte uns die Regierung so eine Reise bestimmt nicht erlaubt. Speziell da es sich um eine ganze Gruppe von Polizisten handelt.«

»Ja. Soviel ich über China gehört und gelesen habe, verändert sich Ihr Land nach Maos Tod sehr schnell.«

»Das stimmt. Wissen Sie, Herr Jung, die Polizeiarbeit in China wird nach Maos Tod auch immer schwerer«, erklärte Herr Zao weiter. »Heute gibt es Menschen bei uns, die, wenn sie Probleme haben, nicht zur Polizei gehen und auch nicht zum Gericht, sondern sich Leute suchen, die für Geld ihre Probleme lösen. Diese Leute wiederum suchen sich Helfer, weil sie nicht alles alleine machen können, und nach einiger Zeit werden sie zu einer Gruppe. Die Gruppe bekommt einen Chef, und schon sind sie eine Firma.

Wir sind nicht sehr glücklich über solche Vorgänge, denn hier haben wir keine Kontrolle mehr, was in unserem Land passiert.

Ein Beispiel für solche Vorgänge haben Sie ja in Frankfurt mit-erlebt. Wenn solche Verbrechen passieren und wir Menschen be-fragen, schweigen alle.

Ich glaube, wir haben schon in Frankfurt darüber gesprochen, dass diese Gruppen Triaden heißen. Interessanterweise kommt dieser Name aus Europa. ›Trias‹ kommt aus dem Lateinischen und heißt ›drei‹. Sie sind die Gesellschaft der ›Dreiheit‹ Himmel, Erde und Mensch.

Wenn ein Mitglied dieser Triaden nicht mehr mitmachen will, dann bekommt er eine Gladiole zugeschickt. Damit weiß er, dass er sterben wird. So wie in Frankfurt.«

»Sie sprechen immer von Gruppen, die alle Triaden heißen«, meinte Kai. »Wie soll man die Gruppen auseinanderhalten, wenn sie alle Triaden heißen?«

»Sie haben recht. Triade ist der Name für die verbotenen Gesell-schaften. Es gibt viele Gesellschaften, die haben auch alle einen anderen Namen und jede Gruppe ist stark auf einem anderen Gebiet.«

»Ich glaube«, meinte Kai, »alle Länder in der ganzen Welt ha-ben die gleichen Probleme mit der Kriminalität. Auch wir in Frankfurt haben damit zu tun. Diese Banden kommen jedoch aus christlichen Ländern wie Italien, USA, Balkan und Russland. Mit asiatischen Untergrundorganisationen hatten wir bisher nur am Rande zu tun.«

In Changzhou angelangt, brachte man Kai ins Fudu-Hotel. Ein Prachtbau, der sich mit fünf Sternen schmückte.

Die Empfangshalle in Marmor, mit zehn Meter hohen Palmen versehen. Sein Zimmer in Seide und Gold, mit Marmorbad, Fern-seher, Bar, Wandkleiderschrank, goldenen Putten und dickem, flauschigem Teppich.

Inzwischen war es 18 Uhr abends und Kai war todmüde. Der Flug hing ihm in den Knochen.

Beim Empfang warteten inzwischen der Polizeichef, Herr Zao

und noch zwei Herren aus der Delegation auf ihn. Also wusch er sich nur schnell die Hände und fuhr mit dem Lift zurück in die Empfangshalle.

Ein Klavierspieler, den zwei Damen gesanglich begleiteten, nahm der überdimensionierten Halle die Kälte.

»Hübsch anzusehen, die Damen«, dachte Kai. »Die könnten mir auch gefallen.«

Das Hotelrestaurant imposant, wie die ganze Hotelanlage. Fünf Theken mit Speiseangeboten warteten auf die Gäste: Fischtheke, Fleischtheke, Salattheke, Nachtisch mit Kuchen und Obst, Nudeltheke mit Eintöpfen und Suppen. Alles, was das Herz begehrt.

»Ist es richtig, was Herr Zhu erzählte?«, fragte Kai, als sie beim Abendessen wieder auf den Grund seines Besuches zu sprechen kamen.

»Ich glaube«, antwortete Herr Zao, »dass alle Länder mehr oder weniger die gleichen Probleme haben, was die organisierten Banden anbetrifft. In Italien heißen sie Camorra, in den USA Mafia, in Japan Yakuza und bei uns in China Triaden. Diese Namen sind immer der Oberbegriff der verbotenen Organisationen. Darunter gliedern sich viele andere Gruppen, und manchmal gibt es auch Krieg zwischen einzelnen Gruppen. Besonders wenn eine Gruppe der anderen Gruppe ihre Geschäfte wegnehmen möchte. Diese Gruppe von Menschen macht alle möglichen Geschäfte. Manchmal erlaubte und manchmal auch verbotene Geschäfte. Hinter erlaubten Geschäften, wie Baufirmen, Restaurants, Speditionen und Elektrofirmen, werden unerlaubte Geschäfte getätigt. Wie zum Beispiel Schmuggel, Erpressung, Geldwäsche, Menschenhandel und Mord«, erläuterte er und fuhr fort, nachdem er sich ein paar Fischhäppchen in den Mund gesteckt hatte: »Auf diese Weise verdienen diese Gruppen viel Geld. Und mit Geld kann man andere Menschen kaufen. Es ist nur eine Frage des Preises. Diese Organisationen sind sehr gut geführt und grausam. Wer redet oder nicht mehr mitmachen will, lebt nicht mehr lange.«

»Hm«, murmelte Kai.

»Diese Organisationen sind über die ganze Welt vernetzt«, fuhr Herr Zao leise fort. »Aus diesen ganzen Gründen ist es schwer, manche Verbrechen aufzuklären. Nehmen wir den Fall in Frankfurt. Diese Geschichte ist wie ein Brief von Chinesen geschrieben. Aber kommen Sie morgen früh am besten zu uns ins Polizeipräsidium, Herr Jung, da können wir sehen, wie wir Ihnen bei Ihren Problemen helfen können. Hier im Hotel gibt es vielleicht zu viele Ohren.«

Um 19.30 Uhr leerte sich das Restaurant. Die chinesischen Herren standen ebenfalls auf und Herr Zao übergab Kai noch einmal seine Visitenkarte. Über den Dolmetscher ließ er ausrichten, dass morgen früh um neun Uhr ein Dienstwagen der Polizei vor dem Hotel auf ihn warten würde. Damit verabschiedeten sich die Herren.

Bevor Kai sich auf sein Zimmer begab, setzte er sich noch einmal in die Empfangshalle, bestellte ein Bier und hörte den beiden Damen zu, die noch immer ihren musikalischen Beitrag leisteten. Um 21 Uhr chinesischer Zeit fielen Kai die Augen zu.

Am nächsten Morgen, gleich nach dem Frühstück, bestieg Kai das wartende Polizeifahrzeug.

Das Polizeipräsidium der Stadt, ein Bau der doppelten Dimensionierung des Berliner Bundestages.

Ein Bau, der mit einem griechischen Tempel viel Ähnlichkeit besaß. Weiße Mauern mit Marmorsäulen und einem 50 Meter breiten und 20 Stufen großen Aufgang. Flankiert von Männern in Uniform.

Kai wurde am Eingang bereits von zwei Damen erwartet. Mit dem Aufzug ging es in den 15. Stock.

Man führte ihn in einen Besprechungsraum, der Ähnlichkeit mit dem NATO-Hauptquartier besaß. Dort wartete bereits die gesamte chinesische Delegation aus Frankfurt auf ihn.

Man begrüßte sich mit lautem Hallo, »Ni hao«, klang es Kai

in den Ohren. Man setzte sich, tauschte Freundlichkeiten aus, trank grünen Tee, bei dem Kai sich die Zunge verbrannte und die grünen Teeblätter ihm am Gaumen kleben blieben.

Irgendwann kam das Gespräch dann auf den Fall »Zum guten Essen« zu sprechen und warum Kais Anwesenheit in China vonnöten sei.

»Nicht dass Sie glauben, dass wir uns über Ihr Kommen nicht freuen würden«, übersetzte Herr Tao. »Aber Herr Tao hat uns berichtet, dass Sie von Ihrer Dienststelle nach China geschickt wurden, um zwei verdächtige Chinesen zu suchen.«

In der Runde wurde es still. Keiner der anwesenden Polizeioberen verzog eine Miene über das deutsche Ansinnen, zwei flüchtige Chinesen in China zu suchen.

Kai berichtete vom letzten Stand der Dinge in Frankfurt sowie den Ergebnissen der Rechtsmedizin, dem Bericht über Frau Sui, der ihnen aus dem japanischen Konsulat durchgegeben worden war, und der Spur der angeblichen Täter, die nach China führte.

»Frankfurt verfolgt nun zwei Spuren: Erstens wird eine Gruppe von Polizeimitarbeitern versuchen herauszufinden, was aus den Mädchen geworden ist, die durch das Lokal der Familie Sui geschleust wurden, und zweitens bin ich nach China geschickt worden, um die Spur der zwei verdächtigen Chinesen zu suchen.«

»Schwer«, meinte Herr Zao.

»Ich weiß. Das ist, wie eine Nadel im Heuhaufen zu suchen«, meinte Kai. »Trotzdem muss der deutsche Staat alles tun, wenn noch eine Möglichkeit besteht, ein Verbrechen aufzuklären.«

»Haben Sie die Fotos von den zwei Chinesen, die nach China gelaufen sind?«, fragte Herr Zao weiter.

Kai suchte in seinen Unterlagen nach den Fotos von Wen und Pao und übergab diese dann Herrn Zao.

Die Fotos gingen von Hand zu Hand. Kai wurde gefragt, ob sie die Fotos vorerst behalten dürften, um diese ihren Informanten zeigen zu können.

Am nächsten Tag rief Herr Tao bei Kai an und bat ihn abermals ins Präsidium. Dort saß die gesamte Runde der Delegierten aus Frankfurt wieder zusammen und Herr Tao übersetzte für Kai nach der üblichen wortreichen Anfangseinleitung. »Bei uns in China sagt man, wenn etwas sehr ungewöhnlich ist, ›bu xin chang‹. Das scheint hier der Fall zu sein«, fing Herr Mink mit der Einleitung an.

»In China haben wir auch Leute, die heimlich mit der Polizei zusammenarbeiten. Diesen Leuten haben wir nun die Fotos, die Sie aus Deutschland mitgebracht haben, gezeigt und von ihnen erfahren, dass beide Männer in unserer Stadt, in einer Bar, gesehen worden sind«, wurde Kai berichtet.

»Natürlich haben sich diese beiden Männer aus Frankfurt in unserer Stadt nicht angemeldet«, bemerkte ein anderer aus der Gruppe. »Viele Menschen leben in unserer Stadt, die sich nicht anmelden. Menschen, die Arbeit suchen und bei Freunden oder Familienmitgliedern wohnen. Die nach einem Jahr wieder in eine andere Stadt zum Arbeiten gehen oder zu Hause bleiben. Auch die melden sich in unserer Stadt nicht an. Aus diesem Grund wissen wir nie, wie viele Menschen sich in unserer Stadt aufhalten«, beendete dieser seinen Beitrag.

»Nachdem unsere Informanten uns mitgeteilt haben, dass diese beiden gesuchten Männer – wie sagten Sie, wie die heißen?«

»Wen und Pao«, warf Kai ein.

»Also wenn unsere Leute diesen Wen und Pao wiedersehen, sollen sie hinter diesen beiden herlaufen, um zu erfahren, wo sie wohnen.« Kai war sprachlos.

»Was erzählen Sie da? Diese beiden Männer, die sollen gerade in dieser Stadt sein?«, fragte Kai ungläubig.

»Ich gebe ihnen recht. Dass diese beiden Männer genau in unserer Stadt sind, ist komisch. Und ich glaube, dass etwas dahintersteckt«, wurde aus der Runde bemerkt.

»Was sagten Sie, wie viel Millionen Menschen leben in dieser Stadt?«, fragte Kai. »Und da glauben Sie, dass Sie Wen und Pao noch einmal finden werden?«, tat Kai seine Zweifel kund. »Ich denke die beiden werden sich bestimmt verstecken.«

»Wenn Sie glauben, dass wir wieder nur Glück haben müssen, um Wen und Pao wiederzusehen, dann stimmt das nicht«, meinte Herr Zao. »Wissen Sie, Herr Jung, Changzhou ist nicht Shanghai. Die Menschen in unserer Stadt gehen früh schlafen und stehen früh auf. Daher gibt es nicht viele Lokale, die nachts arbeiten. Und dann gibt es noch weniger Bars, die nur von Chinesen besucht werden.«

Man unterhielt sich noch eine Weile über diesen Zufall und die Vermutung wurde laut, dass dies eventuell gar kein Zufall wäre.

12

Um zwölf Uhr brach die ganze Polizeigruppe mit Kai zum Mittagsessen auf. Es ging in ein Lokal, dessen Eingangstür rechts und links von drei Meter hohen Steinlöwen bewacht wurde.

Zehn Damen, eine hübscher als die andere, in gleicher chinesischer Tracht gekleidet, begrüßten die Gäste. Eine davon begleitete die Herren in ihr Separee.

Drei Servicedamen sorgten in den nächsten zwei Stunden dafür, dass es den Gästen an nichts fehlte.

Auf dem runden Esstisch stand eine Drehscheibe aus Glas, auf der bereits die Vorspeisen auf die Gäste warteten.

Die Bilder an den Wänden sowie die Möbel, das Geschirr und die Gläser vergoldet. Der Boden mit schweren Teppichen ausgelegt.

Auf dem Weg durchs Lokal zu ihrem Separee konnte Kai durch offene Türen feststellen, dass jedes Separee in einer anderen Stilrichtung eingerichtet worden war. Keines glich dem anderen. Bevorzugt wurde Rokoko. Protziger ging es nicht mehr.

Später sollte Kai erfahren, dass dieses Restaurant unter den Ausländern den Spitznamen »Fresstempel« besaß.

Die Sitzordnung bei Tisch schien eine große Bedeutung zu haben. Kai musste sich als Ehrengast auf den Stuhl gegenüber der Tür setzen. Neben ihm platzierte sich der Funktionär der Kommunistischen Partei und auf der anderen Seite der Polizeichef der Stadt. Die restlichen Teilnehmer reihten sich, entsprechend ihrer Wichtigkeit, um den Tisch.

Kaum dass Kai auf seinem Sessel Platz genommen hatte, erhoben sich alle Personen mit ihrem Bier in der Hand und der Parteifunktionär hielt eine Rede auf Kai, die Herr Tao wie folgt übersetzte: »Sehr geehrter Herr Jung, wir freuen uns alle, dass unser Freund aus Frankfurt zu uns zu Besuch gekommen ist. Wir möchten uns noch einmal für die schönen Tage in Frankfurt bedanken. Wir waren alle sehr glücklich dort. Alles, was Sie uns gezeigt haben, war für uns sehr interessant und wir haben viel gelernt. Nun sind Sie bei uns, um Probleme für Ihre Polizei zu lösen, und wir werden uns große Mühe geben, Ihnen bei diesen Problemen zu helfen.«

Herr Dao erhob sein Glas. »Gambe«, wurde in der Runde gerufen und alle kippten ihr Glas auf einen Zug in den Rachen. Anschließend verbeugten sie sich in Richtung Kai, hielten ihm ihr leeres Glas entgegen, um ihm ihre Ehre zu bezeugen, dass sie auch ja alles ausgetrunken hatten.

Diese Trinkweise hielten sie bis zum Schluss durch.

Das Essen dauerte zwei Stunden und abwechselnd wurde mit Schnaps und Bier angestoßen.

30 Gänge, nacheinander aufgetragen.

Die Drehscheibe mit dem Essen wurde bei den besten Speisen vor Kai angehalten, damit er diese probieren konnte. Nicht alles, was er aß, konnte er einwandfrei zuordnen.

Die Gesellschaft wurde lustig und lauter.

Man schmatzte und rülpste. (Später sollte Kai lernen, dass in China Rülpsen und Schmatzen zum guten Ton gehören. Auch Furzen ist erlaubt. Was man in China jedoch nicht machen darf, ist, sich öffentlich die Nase zu putzen.)

Unentwegt stand einer der Chinesen auf, um auf den Gast eine Lobrede zu halten, um danach »Gambe« zu trinken.

Als nach zwei Stunden die letzte Schüssel mit Obst serviert wurde, ging das Mittagsessen dem Ende entgegen.

Die Rechnung wurde von Herrn Dao beglichen.

Auf dem Parkplatz stiegen die Herren Polizisten in ihre Fahrzeuge und fuhren mit zwei Promille nach Hause.

Für Kai stand ein VW Santana mit Fahrer bereit, der ihn ins Hotel brachte.

Abgefüllt und betrunken fiel er ins Bett, einer tiefen Bewusstlosigkeit gleich.

Um 19 Uhr abends erwachte er aus einem totenähnlichen Schlaf. Er benötigte einige Zeit, um sich im Hotelzimmer zurechtzufinden und das Mittagsessen zu rekonstruieren.

»Mein Gott, was für ein Besäufnis. Hoffentlich geht das nicht jeden Tag so weiter«, dachte Kai.

Wankend stand er auf und zog sich an. Frische Luft war jetzt angesagt.

Die Außentemperatur betrug um diese Zeit noch immer 38 Grad mit einer hohen Luftfeuchtigkeit. Für eine Erholung sorgte diese Witterung nicht.

Vor dem Hotel warteten Taxen auf Gäste. Kai stieg in den ersten Wagen und gab dem Fahrer die Visitenkarte eines Lokals, die er sich von der Theke an der Hotelrezeption eingesteckt hatte. Das Taxi bewegte sich auf breiten achtspurigen Straßen Richtung Stadtmitte. Das Restaurant, zu dem ihn der Fahrer brachte, erwies sich im Vergleich zu heute Mittag als eine bescheidene Hütte.

Im Raum standen etwa zehn runde Tische. Seitlich, an der Fensterfront, befanden sich kleinere rechteckige Tische. Das Publikum ein Gemisch aus Ausländern und einheimischen Chinesen.

Kai setzte sich an einen kleineren Tisch an die Fensterfront. Eine bebilderte Speisekarte wurde ihm gereicht. Nach dem Studium der Bilder bestellte sich Kai ein Gulasch, eine Suppe sowie ein Bier. Die Bedienung wartete auf weitere Bestellungen. Als Kai meinte: »It is enough«, entfernte sie sich kopfschüttelnd.

Nach zehn Minuten brachte man ihm einen Teller mit Knochen, an denen ein bisschen Fleisch hing, und eine Suppenterrine, in der Hühnerfüße schwammen. Bleiche, krumme Hühnerbeine mit Krallen.

Ein Franzose am Nachbartisch, der Kais ratloses Gesicht sah, erklärte ihm, dass ein Fleisch ohne Knochen für einen Chinesen minderwertig und Hühnerfüße eine Delikatesse seien.

»Das kann ja alles möglich sein, wo bleibt jedoch der Reis?«, fragte Kai. »Vom Reis könnte ich ja wenigstens noch satt werden.«

»In China stellt sich jeder bei der Bestellung sein Menü selbst zusammen, und Sie haben keinen Reis bestellt«, wurde Kai aufgeklärt.

»Das verstehe ich nicht – wenn ich in Deutschland ein chinesisches Restaurant besuche, so erhalte ich immer ein Gericht, bei dem automatisch der Reis mit aufgetischt wird. Zusätzlich bekomme ich dort Fleisch ohne Knochen sowie eine Hühnersuppe, in der nicht alle Abfälle schwimmen«, beschwerte sich Kai weiter.

»Die Auslandschinesen haben sich den Sitten der jeweiligen Gastländer angepasst«, erklärte sein Nachbar. »Chinesisches Kochen ist recht aufwendig. So haben die Auslandchinesen aus der Not eine Tugend gemacht. Sie mischen das Fleisch oder den Fisch unter das Gemüse, würzen das mit einer Soße, süß, salzig oder sauer, und servieren dieses Gericht mit Reis«, wurde Kai vom Nachbarn weiter aufgeklärt. »Die Gastländer kennen das nicht anders und sind damit zufrieden. Chinesen, die aus der Heimat kommen und diese Restaurants im Ausland besuchen, schütteln nur den Kopf über das, was man ihnen dort als chinesisches Essen vorsetzt.«

Anscheinend war der Franzose ganz froh, sein Wissen zum Besten zu geben, denn er fuhr fort: »In der chinesischen Küche werden Sie an einem Gericht höchstens zwei verschiedene Nahrungsteile finden, farblich gut abgestimmt. Zum Beispiel: klein geschnittenes Schweinefleisch mit kleinen Gurkenteilen, also Grün und Braun. Oder Rührreier mit Tomaten, die Farben Rot und Gelb. Garnelen mit dunklen Pilzen, also Weiß mit Braun. Und so weiter und so fort. Aber niemals so ein Mischmasch, wie uns in den chinesischen Auslandsrestaurants vorgesetzt wird. Der Reis in China ist die Speise der armen Leute. Ein Gericht aus Reis, das Sie in China in guten Lokalen bestellen, wird verfeinert mit Erbsen, Ei oder kleinen Möhren. Auch da sehen Sie die farbliche

Abstimmung. Weißer Reis, grüne Erbsen und rote Möhren. Und wenn ein Gericht keine farbliche Abstimmung besitzt, wird das Gericht mit auffälligen bunten Blumen dekoriert, um das Auge zufriedenzustellen«, beendete der Franzose seinen Vortrag.

Kai löffelte die Hühnersuppe aus, die Hühnerbeine wurden von ihm nicht angerührt und sein Gulasch mit den Knochen ließ er stehen. Nach einer Weile, als die Bedienung meinte, dass Kai fertig wäre, wurde abgeräumt und Obst serviert.

»Das Obst ist jedes Mal ein Geschenk des Hauses und soll dem Gast signalisieren, das Essen ist fertig, du kannst jetzt zahlen«, bekam Kai vom Nachbartisch die Information.

Hungrig und frustriert verließ Kai das Lokal, winkte ein Taxi heran und gab dem Fahrer die Hotelkarte. Dort angelangt, ließ er sich noch auf ein Getränk in der Hotelbar nieder. An der Theke kam er mit einem Landsmann ins Gespräch, der Kai sein Leid klagte.

»Ich bin nun schon drei Monate in diesem Hotel. Man bekommt das Hotelleben irgendwann satt. Das Hotel kann ja noch so schön sein, ein Zuhause kann es nicht ersetzen.«

»Was machen Sie denn in China?«, fragte Kai.

»Unsere Firma hat hier eine Niederlassung. Jedes halbe Jahr muss ich herkommen, um die Maschinen zu warten und die Mitarbeiter zu schulen.«

»Wie lange bleiben Sie dann immer in China?«

»In der Regel ein bis zwei Monate«, meinte er. »Wenn Sie sich hier umsehen, werden Sie noch andere Personen sichten, die sich zum gleichen Zweck im Hotel aufhalten. Die meisten jedoch verbringen ihre Abende in den umliegenden Bars. Wissen Sie, die Chinesen nehmen ihr Abendessen sehr früh ein und gehen auch früh zu Bett. Die Restaurantbesitzer schließen entsprechend früh ihre Pforten und damit fängt das Problem von uns Ausländern an. Gehen wir in die Nachtlokale, die um diese Zeit öffnen, werden wir sofort von Bardamen umringt. Jede von ihnen möchte eingeladen werden. Solche Abende enden meist mit einer hohen

Rechnung in einem alkoholisierten Zustand. Auf die Dauer etwas teuer und ungesund.«

Dem Redefluss des Barbesuchers entzog sich Kai, indem er schlafen ging.

13

In den nächsten Tagen beschäftigte sich Kai damit, die einzelnen Polizei-Stadtbezirke in Changzhou zu besuchen. Dort wurde er jeweils von dem zuständigen Leiter begrüßt. Alles Chinesen, die sich seinerzeit bei der Delegation in Frankfurt befunden hatten. Damit lernte Kai nicht nur die Stadt kennen, sondern hielt auch den Kontakt zu seinen chinesischen Freunden. Herr Tao wurde ihm zur Seite gestellt, damit er sich weiterhin mit allen unterhalten konnte.

»Wir glauben«, übersetzte eines Tages Herr Tao, »dass eine Gruppe von Menschen ›den Himmel täuschen will, um über das Meer zu gehen‹.«

Als Kai fragte, was das zu bedeuten habe, bekam er zur Antwort: »Wir glauben, dass diese Gruppe von schlechten Menschen eine List anwendet, um uns auf eine falsche Spur zu bringen, und wir sie damit nicht finden können.«

»Auch das müssen Sie mir erklären.«

»Die Polizei glaubt, dass diese beiden Chinesen, die aus Deutschland nach China gelaufen sind, eine falsche Spur sind. Wenn diese zwei Chinesen wirklich die Tat in Frankfurt begangen haben sollten, sind sie die Messer von anderen Menschen. Das gehört alles zur falschen Spur. Beide Männer konnte die deutsche Polizei mit ihren Namen gleich finden. Und dann kommen diese zwei Männer auch noch in die gleiche Stadt, in der die deutsche Polizei Hilfe suchen wird. Wir glauben, dass wir in Frankfurt beobachtet wurden und diese Menschen unseren Besuch benutzt haben, um die deutsche Polizei auf eine falsche Fährte zu locken.«

»Da könnten Sie recht haben. Das haben wir in Frankfurt noch nicht überlegt«, bestätigte Kai nachdenklich diese Vermutung.

»Unsere Polizeistrategen sagen, so dumm kann kein Chinese sein, so eine Spur zu hinterlassen. Denn wenn diese zwei Männer so dumm wären, wären sie schon lange tot«, meinte Herr Tao.

Kai schrieb daher nach Frankfurt: »Die Chinesen sagen, die Spur ist kalt.«

Aus Deutschland kam die Nachricht, dass die Kollegen, die der Spur der chinesischen Mädchen nachgegangen seien, auf Indizien gestoßen wären, die eine ganz neue Dimension in den Fall brächte. Alles deute auf Menschenhandel hin. Kai möge weiter in China bleiben, denn wenn weitere Hilfe aus China erforderlich wäre, sei dies nur zu bewerkstelligen, wenn eine Person aus Frankfurt vor Ort Nachforschungen anstellen könnte.

Kai gefiel es in China, und so war er nicht böse, seinen Aufenthalt zu verlängern. Er teilte seinen chinesischen Kollegen die Information aus Frankfurt mit, dass neue Erkenntnisse im Fall der Frankfurter Morde vorlägen und damit der Fall eine Wendung erhalten habe, sodass sein weiterer Aufenthalt in China vonnöten sei. Die chinesische Seite war auch zufrieden, dass sich ihre Vermutung mit der falschen Spur zu bestätigen schien.

Damit begann für Kai die Zeit, in der er seine Abende, wie alle anderen Ausländer auch, in Bars verbrachte. Dort lernte er eine Menge Menschen kennen. Einige von ihnen, mit denen er sich besonders gut verstand, luden ihn in ihre Betriebe ein. So lernte Kai ausländische Niederlassungen in Changzhou kennen, mit all ihren Höhen und Tiefen.

Seine chinesischen Kollegen traf er des Öfteren zum Essen. Zu diesen Essen gesellten sich ab und an noch andere hochgestellte chinesische Persönlichkeiten hinzu. Kais Aufenthalt in China sprach sich auch bei den deutschen Behörden in Shanghai herum, sodass er auch dort vorstellig wurde. Deutsche Botschaft. Deutsche Industrie- und Handelskammer sowie Dresdner Bank.

Die Tage und Wochen vergingen, ohne dass sich etwas Spektakuläres ereignete.

Als Kai nach vier Wochen Aufenthalt in China von Frankfurt wieder zurückbeordert wurde mit dem Argument, dass die Finanzen für seinen Aufenthalt nicht mehr genehmigt würden, bereitete sich Kai auf das Ende seiner schönen chinesischen Zeit vor.

Die Nachricht, dass Kai wieder nach Deutschland müsse, löste bei den chinesischen Behörden einige Aktivitäten aus.

Kai wurde zum großen Bürgermeister beordert. Dort hatten sich bereits Herr Zao und Herr Dao sowie der Dolmetscher Tao eingefunden. Man setzte sich ins Arbeitszimmer des Bürgermeisters Miau. Kai kannte den Bürgermeister noch nicht und war überrascht von dessen Kleinwüchsigkeit. Diesen Kleinwuchs machte Herr Miau mit seinen schnellen Entschlüssen und agilem Handeln wett. Es wurde, wie üblich, Tee gereicht. Kai wunderte sich, welcher Aufwand um ihn betrieben wurde, wo er doch bald die Stadt verlassen sollte und man sich wahrscheinlich in diesem Leben nicht mehr wiedersehen würde. Herr Miau ließ fragen, wie es Kai in China gefalle. Kais Antwort, dass er die Zeit in China sehr genossen habe und er diese Zeit nicht missen wolle, so auch die vielen Kontakte und Freunde, die er hier gewonnen habe, wurde in der Runde freudig zur Kenntnis genommen.

Nach den Äußerungen Kais übersetzte Herr Tao den anschließenden Redebeitrag von Herrn Miau.

»Herr Jung, wir wissen, dass Sie zu Hause in Deutschland alleine leben und deswegen sehr traurig sind.«

Kai schaute verdutzt drein. Hatte man über ihn Erkundigungen eingeholt? Und wenn ja, warum? Oder hatte er in Frankfurt geplaudert, als er die chinesische Delegation begleitete?

»Wir haben Sie in der Zeit, seitdem Sie in unserer Stadt leben, beobachtet und festgestellt, dass Sie viele Leute kennengelernt haben. Ausländer aus allen Nationen und auch Chinesen. Alle Menschen sind gerne bei Ihnen und auch unsere Polizei hat gut über Sie gesprochen. Daher möchten wir Sie fragen, können Sie sich vorstellen, länger in unserer Stadt zu bleiben?«

Kai wurde von vier Augenpaaren erwartungsvoll angeschaut.

»Und was soll ich hier machen?«, fragte er. »Mein Chef in Frankfurt hat mich aus Kostengründen nach Hause beordert. Ich würde ja gerne noch länger in China bleiben. Aber aus obigen Gründen wird das nicht gehen.«

»Was bedeutet Kostengründen?«, hakte Tao nach.

»Man hat kein Geld mehr für meinen Aufenthalt hier«, klärte Kai die Gesprächspartner auf.

»Herr Jung, was Sie in unserer Stadt machen sollen, das ist eine gute Frage. Auch wir haben diese Fragen gestellt. Ich möchte Ihnen gerne sagen, was wir denken. Sehen Sie, Herr Jung, unser Land muss in ganz kurzer Zeit viele Entwicklungen nachholen, mit denen die westlichen Länder viel früher angefangen haben. Bei diesem schnellen Laufen haben wir manchmal Schwierigkeiten. Eine davon ist, dass viele Ausländer ins Land kommen. Wir freuen uns, dass sie zu uns kommen, denn sie bringen viel Geld und neue Technologien mit. Eine Menge Chinesen bekommen bei diesen Ausländern Arbeit und lernen viel. Diese Ausländer haben jedoch eine andere Kultur als wir und verstehen uns manchmal nicht und wir verstehen sie nicht. Um eine bessere Verständigung zwischen diesen Gruppen zu erreichen, sind wir auf die Idee gekommen, einen Kontaktmann zu suchen, der zwischen den Gruppen Probleme löst. Wir glauben nun, dass Sie der richtige Mann für diese Arbeit sind. Deswegen möchten wir Sie fragen, ob Sie sich vorstellen können, bei uns zu bleiben. Selbstverständlich müssen Sie Geld verdienen, um zu leben. Bei der chinesischen Polizei jedoch können wir Sie nicht arbeiten Lassen. Diese Abteilung vom Staat ist sehr geheim. Wir können dort keinem Ausländer alles zeigen. Daher haben wir gedacht, dass Sie hier ein Büro aufmachen, wo alle Ausländer, die Probleme oder Fragen haben und nicht wissen, wohin sie gehen sollen, zu Ihnen kommen können. Andersherum wird auch unsere Polizei, wenn sie Hilfe benötigt, zu Ihnen kommen. Wie stehen Sie zu diesem Vorschlag?« beendete Herr Miau seinen Vortrag und acht Augen schauten Kai wieder erwartungsvoll an.

»Herr Miau, ich bin sehr geehrt durch das Vertrauen, das Sie mir entgegenbringen. Dieser Schritt wäre jedoch ein solcher Einschnitt in meinem Leben, dass ich darüber nachdenken muss. Auch muss ich mich mit meiner jetzigen Dienststelle besprechen. Ich weiß nicht, ob Sie wissen, dass deutsche Polizisten den Beamtenstatus besitzen. Das bedeutet, dass sie ein Leben lang einen Job beim Staat haben werden und sozusagen eine Arbeitsgarantie fürs ganze Leben, wenn man nicht kriminell werden sollte.«

»Was bedeutet ›kriminell‹?«, fragte Herr Tao wieder nach. »Damit ich das richtig übersetzen kann.«

»Kriminell sind alle Menschen bei Ihnen, die bei verbotenen Gesellschaften arbeiten, oder Menschen, die schlechte Sachen machen«, erklärte Kai und fuhr mit seinen Ausführungen fort: »Jeder, der in Deutschland Beamter geworden ist, denkt dreimal nach, ob er diese Stellung aufgibt. Das alles muss ich überdenken und mich beraten lassen, bevor ich eine Entscheidung über Ihr Angebot fällen kann.«

»Herr Jung, wir haben volles Verständnis, wenn Sie über den Vorschlag nachdenken wollen. Jedenfalls würden wir uns sehr freuen, wenn Sie sich entscheiden könnten, in China zu bleiben. Speziell in unserer Stadt. Auch die deutsche Botschaft und die AHK in Shanghai, mit denen wir gesprochen haben, finden unsere Idee sehr gut und haben gesagt, dass, wenn Sie das Angebot annehmen, wir ihnen Bescheid geben sollen.«

Die Unterhaltung zog sich noch eine halbe Stunde hin und Kai staunte, was diese vier Männer alles über ihn wussten. Die Vermutung kam bei ihm auf, dass er bei seinem Aufenthalt in China überwacht wurde und eine Akte über ihn bestand.

Im Hotel zurück, bestellte sich Kai ein Bier und kam dabei ins Nachdenken. Jetzt war es in China zwölf Uhr mittags, in Frankfurt demnach sechs Uhr morgens. Mit anderen Worten, er musste mit seinem Anruf nach Frankfurt noch warten. Reizen würde ihn das Angebot der chinesischen Seite schon. War der Reiz jedoch so groß, dass er die Sicherheit des Beamtenstatus aufgeben sollte? Was war das jedoch für ein eintöniges Leben in Frankfurt. Ihn erwartete keine Frau zu Hause. Im Präsidium würde ihm immer wieder dieser Widerling von Manni über den Weg laufen. Schlimmer noch, Ute mit dickem Bauch und später mit Kleinkind. Nicht zu vergessen die mitleidigen Blicke seiner Kollegen. Grauenhaft.

Dagegen China: Anerkennung von der chinesischen Obrigkeit und den deutschen Organen in Shanghai. Er wäre sein eigener Herr. Nicht zu vergessen die süße Sissi, mit der er sich in »Jim's Bar« angefreundet hatte. Zumindest müsste er heute Abend mit ihr darüber sprechen. Denn wenn er sich in China selbstständig machen sollte, wäre es hilfreich, einen Chinesen oder eine Chinesin als Vertraute zur Seite zu haben. Ein wenig Abenteurerblut steckte doch in ihm, sodass er den Vorschlag der chinesischen Seite ernsthaft in Betracht zog.

»Ich muss mich mit Bensen in Frankfurt besprechen. Mit einem Jahr unbezahltem Urlaub könnte ich dieses Angebot testen«, murmelte er leise vor sich hin.

14

Bei der SoKo in Frankfurt begrüßte Otto seine Kollegen mit der Bemerkung, dass im Fall der chinesischen Toten im Lokal »Zum guten Essen« neue Erkenntnisse vorlägen, die dem ganzen Fall eine neue Wendung geben würden.

»Sabine und ihre Kollegen«, begann Otto zu erklären, »wurden bei der neuerlichen Durchsuchung der Räumlichkeiten ›Zum guten Essen‹ fündig. Dies soll sie jedoch am besten selbst vortragen.«

Sabine räusperte sich und fing mit ihrer Ausführung an: »Wie ihr alle wisst, haben wir, Wolf und ich, den Auftrag erhalten, uns sachkundig zu machen, was aus den Mädchen geworden sei, die durch das Lokal der Familie Sui geschleust wurden. Als Erstes durchsuchten wir noch einmal das Lokal ›Zum guten Essen‹, ob irgendwelche Spuren von uns übersehen worden seien.

Eigentlich ist es der reinste Zufall, dass wir bei dieser Durchsuchung das Geheimfach der Familie Sui gefunden haben. Geräusche von gurrenden Tauben machten uns auf einen Heizungsschacht aufmerksam. Als wir die Klappe zu diesem Kaminschacht hochschoben und mit der Taschenlampe die Tauben suchten, konnten wir diese nicht entdecken. Dabei fiel uns eine Ausschachtung im Kamin auf. Beim näheren Hinsehen entdeckten wir Unterlagen der Familie Sui, nach denen wir bisher so eifrig gesucht haben. Zwei Tage haben wir nun diese Unterlagen gesichtet und dabei festgestellt, dass die Familie Sui, Gott sei Lob und Dank, ihre Tätigkeit sauber und fast penibel festgehalten hat. Man könnte fast vermuten, sie hätten sich gegenseitig nicht über den Weg getraut, somit alles vor dem anderen belegen müssten.

Aus diesen Unterlagen geht nun hervor, dass sich die Familie Sui in einem Ring von Menschenhändlern betätigte. Nach den Unterlagen zu schließen, handelt es sich ausschließlich um Frauen aus China. Für jedes vermittelte Mädchen gab es eine Fotokopie des Ausweises plus den Preis, den man für sie erzielt hatte. Die Ausweise besaßen alle ein gültiges Visum aus dem deutschen Konsulat in Shanghai. Wie diese Visa zustande gekommen sind, muss man noch klären. Der Preis für jedes Mädchen belief sich auf 5.000 Euro. Zumindest waren das die Einnahmen der Familie Sui. Der Einkauf der Mädchen muss sich um ein Vielfaches erhöht haben, wenn man die Unkosten der Ausgaben von Visa, Unterkunft, Flügen, Begleitung der Mädchen sowie die Unmengen Bestechungsgelder, die wahrscheinlich überall angefallen sind, begleichen musste. Wenn man anschließend den Profit, der dem Risiko angemessen ausfallen müsste, auf die Ausgaben draufschlägt, müsste sich der Endpreis für jedes Mädchen auf 70.000 bis 100.000 Euro belaufen. Ein lukratives Geschäft, wenn ich das bemerken darf«, beendete Sabine ihre Ausführung.

»Das darf doch nicht wahr sein«, kam es aus der Runde der Zuhörer.

»Laut Unterlagen der Familie Sui«, fuhr Sabine fort, »wurden aus China vorwiegend junge, hübsche, unberührte Mädchen eingeschleust, die einen besonderen Wert auf dem Markt darstellen. Eines der noch nicht vermittelten Mädchen war das tote junge Mädchen im Lokal, das neben Frau Sui hinter der Theke lag. Aus den Unterlagen geht weiter hervor, dass bei der Familie Sui alle Bestellungen der Mädchen eingingen und von dort auch die Auslieferung erfolgte. Die Bestellungen kamen aus ganz Europa. Die Bücher können wir auf zwei Jahre zurückverfolgen. Mit anderen Worten scheint dieser Menschenhandel schon über zwei Jahre betrieben worden zu sein. Zumindest von dieser Stelle aus.«

»Es kann natürlich auch sein, dass vor der Familie Sui schon andere Stellen involviert waren«, wurde von Wolf eingeworfen. »Wenn ich mir den Aufbau solch einer Organisation vorstelle, so müssen diese Menschenhändler schon lange vor der Familie Sui ihr Unwesen getrieben haben«, beendete Wolf seinen Einwurf.

Die Stille im Raum nach diesem Bericht war bedrückend. Einige aus der Gruppe stellten sich das Elend vor, das solche Mädchen durchmachten. Chinesische Familien, die ihre Kinder nie wieder zu Gesicht bekamen.

»Es sieht so aus, als hätten unsere chinesischen Kollegen wieder recht behalten«, meinte Otto in die Stille hinein. »Am Anfang gingen wir ja davon aus, dass es sich hier um eine Schutzgelderpressung handele, um die sich zwei Untergrundorganisationen stritten.«

»Stimmt«, wurde dies aus der Runde bestätigt.

»Wenn nun diese Annahme falsch war und es sich um keine Schutzgelderpressung handelt, sondern um Menschenhandel, dann verstehe ich die Morde nicht. Die Geschäfte liefen doch hervorragend, warum also diese Morde und damit die Polizei auf den Plan rufen? Speziell wenn es sich um asiatische Banden handelt, die den Teufel tun werden, mit ihren Taten die Öffentlichkeit auf sich aufmerksam zu machen«, bemerkte Otto weiter.

»Als die Täter die Familie Sui umgebracht haben, warum haben sie nicht nach diesen Unterlagen gesucht, um sie zu vernichten?«, kam die Frage auf.

»Was ich vergessen habe zu berichten«, schaltete sich Sabine wieder in die Diskussion ein, »ist, dass die letzte Sendung der Familie Sui aus zwei Mädchen bestand. Eines davon haben wir ja bei den Ermordeten gefunden. Das zweite jedoch wurde vier Tage nach ihrer Ankunft bereits weitervermittelt. Anscheinend nach Holland, Amsterdam. Dieses Mädchen wurde unter dem Namen ›Lin‹ geführt. Wenn wir möglichst bald nach diesem Mädchen forschen könnten, um sie aus den Händen dieser Verbrecher zu befreien, so würde dieses arme Geschöpf noch eine Chance haben, sich wieder im normalen Leben zurechtzufinden.« Bedenkliche Gesichter begleiteten die Ausführung von Sabine.

»Aus Erfahrung wissen wir, dass diese Mädchen mit der Zeit

seelisch, geistig und körperlich zerbrechen. Drogen, Gewalt und Abartigkeiten hält keine von ihnen lange aus«, meinte sie.

»So leid es mir für die Opfer tut, Sabine. Diese Lin aus den Fängen ihrer Peiniger herauszuholen bedeutet, unsere Arbeit zu gefährden. Wenn wir jetzt die verschwundenen Mädchen suchen, kann es sein, dass wir einige Nester ausheben. Wenn ich jedoch die Dimension dieses Falles betrachte – gefälschte Visa, Schlepper, die in China ihre Opfer aufspüren und in Deutschland einschleusen, Vertriebsnetz, Bestellwesen, Auslieferung, Bestechungen sowie Kundenstamm –, werden wir mit unseren Aktivitäten die Gauner warnen und viele davon nicht mehr dingfest machen können. Diese werden derweil untertauchen, woanders ihre Zelte neu aufschlagen oder mit der alten Organisation an anderer Stelle weiterarbeiten. Ich bin auch überzeugt, dass es in diesem Fall in diversen Ländern eine ganze Menge Helfer bei Polizei und Behörden gibt. Dieses ganze Netz wird weiter bestehen bleiben, wenn wir jetzt aktiv werden. Die Befreiung einiger Mädchen würde nicht im Verhältnis stehen zu dem Schaden, den wir mit unserer zu frühen Aktivität anrichten würden«, antwortete Otto.

»Ich bin da der gleichen Meinung wie Otto. Kai hält sich noch in China auf. Wir sollten ihn über die veränderte Lage aufklären und uns auch mit dem Shanghaier Konsulat in Verbindung setzen, von wo aus die Mädchen ja mit den Visa versehen wurden«, gab Bensen Otto recht, wonach die Sitzung sich auflöste.

15

Auf der anderen Seite unseres Planeten beendete Kai sein Mittagessen und begab sich in sein Hotelzimmer. Dort angelangt, rief er in Frankfurt an, um sich mit Bensen zu besprechen, was seine einjährige Freistellung vom Frankfurter Polizeidienst anbetraf.

Die Begrüßung auf der anderen Seite der Leitung überraschte ihn.

»Mensch, Kai, was für eine Freude, von dir zu hören. Ich wollte dich auch schon kontaktieren. Du bist mir eben gerade zuvorgekommen.«

»So?«

»Ja, der Fall mit den Toten im chinesischen Lokal hat eine Wendung genommen, die deinen Aufenthalt in China weiterhin erforderlich macht.«

»Was du nicht sagst!«

»Du weißt doch, dass wir in der SoKo seinerzeit beschlossen hatten, nicht nur dich nach China zu schicken, sondern auch nach dem Verbleib der chinesischen Mädchen zu forschen, die durch das Lokal der Familie Sui geschleust wurden.«

»Ich kann mich daran erinnern.«

»Mein Gott, fast nicht zu glauben, was wir herausgefunden haben. Zuerst dachten wir, dass es sich bei diesem Fall um eine Schutzgelderpressung handelte. Kannst du dich noch daran erinnern?«

»Na, was denkst du, dass ich hier in China verblöde?«

»Nein, das denke ich nicht, aber wenn dem so gewesen wäre, dann hätten wir es mit einer lokalen Angelegenheit zu tun gehabt, die wir mit der Frankfurter Polizei abgehandelt hätten. Inzwischen wissen wir jedoch, dass in diesem Lokal ein Menschenhandel im größeren Stil betrieben wurde.« Bensen holte tief Luft und fuhr fort: »Und zwar betrifft das nicht nur Deutschland, sondern ganz Europa.«

»Was?«

»Die Mädchen wurden aus China nach Deutschland eingeschleust und anschließend in alle europäischen Länder verteilt. Die Abnehmer der Mädchen sind Zuhälter, Freudenhäuser, Perverse und dergleichen mehr. Im Internet haben unsere Fahnder einen Film eines Ritualmordes mit solch einem Mädchen gefunden. Unbeschreiblich. Es muss eine gut funktionierende Organisation sein, die hier zugange ist. Es sind lauter junge Mädchen, denen man vorgaukelt, sie kommen ins Ausland zu Familien mit Kindern.«

»Ungeheuerlich.«

»Wenn diese Mädchen dann am Frankfurter Flughafen ankommen, alle mit einem gültigen Pass und Einreisevisa, in Shanghai ausgestellt, werden sie ins Lokal ›Zum guten Essen‹ gebracht und die Pässe der Mädchen werden einbehalten, mit der Begründung, diese bei der Anmeldebehörde zu benötigen. Ich erzähle dir dies so ausführlich, weil ich noch eine Aufgabe für dich in China habe, bevor du wieder zurückkommst«, beendete Bensen seinen Redefluss.

»Von wo habt ihr all diese Erkenntnisse?«, fragte Kai.

»Du kannst dich doch erinnern, dass wir nicht nur dich nach China geschickt haben, um nach den verdächtigen Chinesen zu suchen, sondern auch Sabine mit Wolf den Auftrag erteilten, sich die Räumlichkeiten der Familie Sui noch einmal vorzunehmen. Nicht nur das Lokal, sondern auch ihre Wohnung. Bei der Durchsuchung des Lokals jedoch wurden sie fündig, indem sie ein Versteck im Schornsteinschacht fanden, wo dieses Ehepaar seine ganzen Unterlagen versteckt hielt. Diese Unterlagen nun geben Aufschluss über die ganzen geschäftlichen Aktivitäten des Ehepaares Sui.«

»Ich bin sprachlos«, meinte Kai. »Wenn ich das meinen chinesischen Kollegen hier erzähle, schieße ich den Vogel ab.«

»Nun komme ich auf mein Anliegen an dich, bei dem sich dein Aufenthalt in China verlängern wird.«

»Schieß los.«

»Bitte fahre zur deutschen Botschaft nach Shanghai. Melde dich dort beim Konsul Weber und gehe mit ihm diesen Fall durch. Es scheint im dortigen Konsulat eine Stelle zu geben, die für Geld Visa verkauft.«

»O. K.«, dachte sich Kai, »dann habe ich noch etwas Zeit mit der Rückreise. Und die Frage mit dem Jahr unbezahlten Urlaubs sollte ich auch besser etwas später stellen. Falls ich hier Erfolg haben sollte, werden sie meiner Bitte der einjährigen Freistellung vom Dienst eventuell aufgeschlossener gegenüberstehen.

Über die Rezeption des Hotels kaufte Kai eine Bahnkarte für den Schnellzug nach Shanghai. Nach anderthalb Stunden Fahrt, mit einer Zwischenstation, sollte der Zug mittig in Shanghai halten. Im Zug selbst erinnerten ihn die ganzen Abläufe an seinen Flug nach Shanghai. Bahnkarten wurden nur so viele verkauft, wie Sitzplätze vorhanden waren. Vor der Abfahrt sammelten sich die Fahrgäste in einem Warteraum. Über einen Lautsprecher kam das Startsignal zum Einsteigen. Ein Pulk von Menschen saugte Kai in den Zug, der ihn in Shanghai wieder ausspuckte. Die Sitze der Züge ausgestattet mit Schlaffunktion. Fehlende Abteile. Bedienungspersonal in Uniform, die zwischen den Gängen flanierten.

Das deutsche Konsulat befand sich mittig in Shanghai in einem Hochhaus. Auf der Straße empfing ihn bereits eine lange Schlange von wartenden Chinesen, die alle ins deutsche Konsulat wollten. Ein Konsulatsangestellter sorgte dort für Ordnung. Den Gedanken, sich in die Schlange einzureihen, verwarf Kai und schob sich an dieser vorbei zum Konsulatsangestellten. Dem trug er sein Anliegen vor und wurde belehrt, dass nur Chinesen auf Einlass ins Konsulat warten müssten. Ausländer hätten einen direkten

Zugang. So fuhr Kai mit dem Aufzug in den dritten Stock und meldete sich beim Konsul an.

»Guten Tag, Herr Jung. Bitte setzen Sie sich«, wurde Kai vom Konsul empfangen. Es folgte eine kleine Unterhaltung bei der sich Konsul Weber bei Kai erkundigte, was ihn nach China verschlagen habe und wie ihm Land und Leute gefielen. Anschließend kam man schnell auf das Thema zu sprechen, weswegen man Kais Anwesenheit benötigte.

»Ich will gleich mit der Türe ins Haus fallen, was uns bedrückt«, schnitt Konsul Weber das Thema an. »Bevor wir jedoch unsere Probleme besprechen, muss ich darauf bestehen, dass alles, was hier gesprochen wird, unter uns bleibt. Das Thema ist etwas heikel und ohne Geheimhaltung werden wir das, was wir vorhaben, nicht verwirklichen können.«

»Herr Konsul, ich bin Polizist und Beamter. Ich bin es gewohnt zu schweigen. Mein Eid auf meinen Dienstherrn verlangt ganz andere Loyalität von mir. Das wissen Sie doch bestimmt in Ihrer Position.«

»Gut, dann legen wir gleich los. Als wir von deutscher Stelle darauf hingewiesen wurden, dass in unserem Konsulat illegale Visa ausgestellt werden, wurde uns empfohlen, Kontakt zu Ihnen aufzunehmen.«

»Ich weiß«, bestätigte Kai die Aussage des Konsuls. »Meine Dienstelle hat mir Bescheid gegeben.«

»Man erzählte uns«, fuhr Konsul Weber fort, »dass Sie sich gerade wegen einer anderen Angelegenheit in China aufhalten und bestens dazu geeignet wären, als verdeckter Ermittler für diesen Fall eingesetzt zu werden.«

»Kein Problem«, bemerkte Kai. »Wie haben Sie sich das vorgestellt?«

»Wir haben bisher keinen Anhaltspunkt, ob diese Vermutung überhaupt stimmt«, meinte Weber nachdenklich, »und wenn sie stimmen sollte, wer dahintersteckt. Ist es die Tat eines Einzelnen oder haben wir es hier mit einer ganzen Gruppe von Mitarbeitern zu tun?«

»Hm«, brummte Kai.

»Nun stecke ich hier in einer Zwickmühle. Wenn ich anfange, offizielle Nachforschungen im Konsulat anzustellen, so kommt der ganze Betrieb zum Erliegen und die Täter sind gewarnt.«

»Stimmt«, stimmte Kai Weber zu. »Der Gedanke einer verdeckten Ermittlung ist hier zwingend. Und wie wollen Sie, ohne dass es auffällt, mich im Konsulat einschleusen?«

»Wir haben eine Dame in der Visavergabe, die demnächst entbindet, womit ihr Posten frei wird. Auf diesen Posten werden wir Sie setzen.«

»O. K. Hört sich gut an«, meinte Kai.

»Beim Auswärtigen Amt in Berlin muss ich mich beraten lassen, dass man mir von dort eine neue Identität für Sie zuschickt, ansonsten wäre es ein Leichtes für unsere Mitarbeiter, Sie als Polizist auszumachen«, überlegte Weber und fuhr fort: »Die Abteilung der Visavergabe sollten wir auch als Erstes unter die Lupe nehmen. Das ist die Stelle im Konsulat, bei der man am ehesten illegale Visa vergeben kann. Wenn wir im Laufe der Ermittlung dort nicht weiterkommen sollten, müssten wir weitersehen. Es kann ja gut sein, dass wir wo ganz anders suchen müssen«, spann Weber seine Überlegungen weiter. »Es könnte doch sein, dass diese Visa überhaupt nur Fälschungen sind und mit dem Konsulat überhaupt nichts zu tun haben.«

»Was meinen Sie, wann alles so weit vorbereitet ist, dass ich anfangen kann?«, brachte Kai das Gespräch auf die praktische Seite zurück.

»Am besten sofort. Mit der Begründung, dass Sie noch eingearbeitet werden müssen und gerade mit einer Arbeit im Auswärtigen Amt in Berlin abgeschlossen haben und Sie sich daher für diese Position im Shanghaier Konsulat beworben haben.«

»Das hört sich plausibel an.«

»Wir müssen uns beeilen, diesem Verdacht nachzugehen, bevor etwas von dieser Ungeheuerlichkeit in aller Munde ist. Der politische Schaden wäre in diesem Fall nicht auszudenken.«

Kai, der wieder an den praktischen Ablauf dachte, gab zu bedenken, dass er kein Fachmann für Verwaltungsarbeiten in Konsulaten sei.

»Sie werden von der Kollegin, die Sie vertreten sollen, eingewiesen. Einen Teil der Arbeiten dieses Postens werden wir auf andere versierte Kollegen aufteilen, mit der Begründung der Einführungsschwierigkeiten eines neuen Kollegen, sodass der Rest, der übrig bleibt, gut zu bewältigen sein sollte. Die Unterlagen für Ihre neue Identität holen Sie bitte morgen bei mir ab, die Sie uns anschließend bei Ihrem Dienstantritt übergeben werden.«

»So schnell soll das gehen?«, fragte Kai entsetzt. »Ich müsste noch einmal nach Changzhou zurück, um meine Utensilien abzuholen«, erklärte er.

»Ist schon in Ordnung. Auf einen Tag früher oder später kommt es jetzt auch nicht mehr an«, kam es vom Konsul, der in seinen Überlegungen fortfuhr: »Wir werden Sie hier in Shanghai in einer Wohnung unterbringen, die wir für Konsulatsangehörige angemietet haben. Auf diesem Wohnareal leben die meisten deutschen Konsulatsmitarbeiter.«

»Eine gute Idee.«

»Die Unterbringung dort hat auch den Vorteil, dass Sie dort mit den Konsulatsmitarbeitern privat verkehren können und auf diesem Wege an weitere Informationen kommen können.«

»Hört sich gut an«, bestätigte Kai die Vermutung des Konsuls.

»Zumindest habe ich mir das so vorgestellt. In diesen Dingen habe ich bisher keine Erfahrung sammeln können«, beendete Weber seine Überlegungen.

Nach gut einer Stunde verließ Kai das Konsulat und begab sich zurück nach Changzhou. Dort kontaktierte er telefonisch seinen Vorgesetzten Bensen und erzählte ihm, wie er mit Konsul Weber verblieben sei.

»Ich werde der Sonderkommission von deiner Tätigkeit in China berichten. Wir sollten möglichst in engem Kontakt bleiben«, schlug Bensen vor.

»Ob das so gut ist, einem so großen Personenkreis wie der SoKo meine Inkognito-Tätigkeit mitzuteilen?«, gab Kai zu bedenken. »Je größer der Kreis der Mitwissenden, umso größer die Gefahr, dass meine wahre Identität aufgedeckt wird.«

»Da könntest du recht haben«, bestätigte Bensen die Bedenken von Kai. »Am besten ich gebe diese Information nur an Otto weiter. Als Leiter der Kommission sollte zumindest er erfahren, was in diesem Fall alles passiert.«

»Ich habe immer mein Handy dabei. Darüber könnte man mich in dringenden Fällen erreichen«, schlug Kai vor. »Ansonsten würde ich mich über diese Leitung ab und zu bei euch melden.«

»Den Namen deiner neuen Identität solltest du uns mitteilen«, meinte Bensen. »Nur damit wir wissen, wo wir dich suchen können, wenn dein Telefon mal verloren gehen sollte.«

»O. K. Wenn es so weit ist, gebe ich euch Bescheid.«

16

Lin war 16 Jahre alt. Sie wohnte mit ihren Eltern in der Nähe von Wuzhen an einem See. Solange sie denken konnte, lebte ihre Familie dort.

Die Familie bestand aus ihren Großeltern, ihrem großen Bruder, ihren Eltern sowie ihr selbst. Sie lebten zusammen in einem Haus, in dem bereits ihre Großeltern gewohnt hatten. Das Haus bestand aus drei nebeneinander liegenden Räumen. Zwei Zimmer davon besaßen ein Fenster. Im mittleren Raum lag die Außentüre.

Dieses Zimmer wurde als Aufenthaltsraum sowie Küche genutzt und besaß eines der zwei Fenster. Fest gestampfter Lehmboden, zwei Bänke, ein paar Hocker, ein Tisch, ein aufgeklapptes Bett an der linken Seite des Raumes vervollständigte diesen Raum. In dem aufgestellten Bett schlief manchmal der Vater, wenn er erst morgens vom Fischen nach Hause kam.

Das linke Zimmer wurde als Schlafstätte der Familie genutzt. Dort befand sich auch das zweite Fenster des Hauses. In diesem Zimmer übernachtete die ganze Familie. Kinder, Großeltern, Eltern und andere Familienmitglieder sowie Freunde, die zu Besuch kamen.

Im rechten Raum des Hauses, in dem sich kein Fenster befand, schliefen die Hühner. Zusätzlich wurde er als Abstellraum und Vorratskammer für alles Mögliche genutzt. Auch das Arbeitsmaterial für den Fischfang des Vaters befand sich dort.

Am See wusch man die Wäsche, verrichtete seine Notdurft und deckte sich mit dem benötigten Wasser ein.

Die Ausgaben der Familie deckte der Fischfang. Einige der gefangenen Fische behielten sie für den eigenen Bedarf. Manchmal schlachteten sie auch, bei besonderen Gelegenheiten, ein Huhn. Gemüse und Bambus wuchsen ums Haus.

Bis zum zwölften Lebensjahr ging Lin sporadisch zur Schule. Meistens musste sie jedoch dem Vater oder der Mutter bei der Arbeit helfen.

Ab und zu kamen Dorfbewohner zu ihnen nach Hause, um Fische zu kaufen.

Bei solchen Gelegenheiten erfuhr dann die Familie, was sich alles im Dorfe tat. In letzter Zeit erzählten Dorfbewohner ganz wunderliche Geschichten.

»Ihr kennt doch alle Wuzhen?«, fragte eines Tages ein Dorfbewohner.

»Na klar kennen wir Wuzhen. Das ist doch die Stadt, wo die Fischer ihre Häuser auf das Wasser gebaut haben.«

»Stellt euch vor, die Regierung hat aus diesem Dorf ein Museum gemacht. Die Fischer aus diesem Dorf fangen nur noch Fische für die Fremden, die kommen. Es kommen laut Erzählung viele Menschen dorthin, um zu sehen, wie die Fischer leben. Damit diese Fremden nachts auch schlafen und tagsüber essen können, sind dort viele Hotels und Restaurants entstanden. Viele dieser Fremden sind keine Chinesen und sehen ganz komisch aus. Damit die Regierung ihr Gesicht nicht verliert, wenn sie den Fremden ein kleines, schmutziges Fischerdorf zeigen würden, ist dieses kleine Fischerdorf wie ein schöner Palast ausgebaut worden. Manche der fremden Menschen sind sehr groß. Viele davon haben gelbe und manchmal auch krumme Haare. Alle haben viel Geld. Auch viele Chinesen, die mit Autos und Bussen kommen, haben viel Geld. In der Nacht ist so viel Licht in diesem Dorf wie am Tage. Man kann alles auch bei Nacht sehen. Das ist nicht so wie bei uns, dass, wenn die Sonne untergeht, wir alle schlafen gehen müssen, weil wir nichts mehr sehen können.«

Diese Erzählungen ließen den Bruder von Lin neugierig werden. Er verabredete sich mit Freunden, um sich dieses Spektakel einmal anzusehen.

»Vater«, fragte der Bruder eines schönen Tages den Vater, »kann ich dich einen Tag mit den Fischen alleine lassen und mir diese Stadt anschauen?«

»Lin und deine Mutter können mir so lange helfen, bis du wieder zurück bist«, antwortete der Vater.

Als der Bruder von dieser Besichtigung wiederkam, bestätigte er der Familie, dass das, was die Dorfbewohner über Wuzhen berichtet hätten, alles stimme.

»Ich habe dort mit Menschen gesprochen, die in dieser Stadt Arbeit gefunden haben. Wenn Leute Menschen suchen, die für sie arbeiten sollen, wird ihnen vorher gezeigt, was sie machen sollen«, berichtete der Bruder. »Zum Beispiel in den Häusern, in denen die Fremden essen gehen, Gemüse putzen, das schmutzige Geschirr sauber machen, in den Zimmern, in denen die Fremden schlafen, putzen und Wäsche waschen. Überall an diesem Ort brauchen sie viele Hände zum Arbeiten. Selbst wenn man nichts macht und im Schatten unter einem Baum liegt, bekommt man Geld. Du musst nur diesen vielen Fremden sagen, dass du auf ihre Autos aufpassen kannst und schon geben sie einem Geld. Die jungen Leute, die dort Arbeit gefunden haben, verdienen so viel Geld wie wir in einem Jahr mit unseren Fischen nicht«, berichtete der Bruder ganz aufgeregt weiter. »Dort gab es auch einen Kasten, in dem man sich laufende Geschichten ansehen konnte. So einen wie der Bürgermeister aus unserem Dorf hat. Ich durfte auch mit hineinschauen.«

Der Bruder war so voll mit Eindrücken, dass ihm das Sitzen schwerfiel. »Und dann haben diese Freunde von uns erzählt, dass man auch Arbeit in allen anderen großen Städten in China finden kann. Man muss nicht warten, bis man in Wuzhen Arbeit bekommt. Dort, wo die Städte ganz groß werden und man viele junge Hände braucht für die vielen Häuser, die gebaut werden, gibt es Arbeit für uns alle«, erzählte er weiter. »Überlegt euch doch einmal, wie ich unserer Familie helfen könnte, wenn ich auch in diese Städte ginge und dann das Geld mit nach Hause brächte. Dann könnte ich bestimmt auch so viel Geld sparen, dass ich eine Frau heiraten kann«, kam der Vorschlag vom Kind Nummer eins.

Die Familienmitglieder überlegten und beratschlagten eine ganze Woche lang, was zu tun sei. Danach beschlossen sie, dass das Kind Nummer eins sein Glück in den großen Städten Chinas versuchen solle.

Ein großes Wagnis war es ja nicht. Das Leben würde schwerer werden, wenn die Hände von Kind Nummer eins bei der Arbeit fehlen würden, und bei einem Misserfolg könnte er ja immer wieder nach Hause kommen. Welches Risiko gingen sie also ein? Dagegen war die Möglichkeit, zu etwas Wohlstand zu gelangen, verlockend.

In der Familie des Freundes, mit dem das Kind Nummer eins Wuzhen besucht hatte, wurde die gleiche Diskussion geführt, mit dem gleichen Ergebnis.

Eine Woche später machten sich beide Jungen auf den Weg, die weite Welt Chinas zu erobern, begleitet von den Bitten der Familien, ab und zu eine Nachricht nach Hause zu schicken, damit diese ihren Weg verfolgen konnten und sich keine Sorgen machen müssten.

Nach dem Fortgang des großen Bruders blieb Lin als junge Arbeitskraft mit den Großeltern und den Eltern alleine zurück. Wobei zu bemerken wäre, dass die Familie als Fischer zu den privilegierten Dorfbewohnern gehörte. Als die Mutter mit dem zweiten Kind schwanger wurde, hatte ihnen die Dorfgemeinschaft erlaubt, dieses zweite Kind auszutragen. Da die Regierung nur ein Kind in jeder Familie erlaubte, musste die Dorfgemeinschaft zustimmen, wenn man ein zweites Kind bekommen wollte. Diese großzügige Genehmigung der Dorfgemeinschaft lag bestimmt auch daran, dass die Familie mit ihren Fischen das Dorf gut versorgte.

Nach der Abreise des Bruders musste Lin ihre und die Arbeit des Bruders mit verrichten. Das war nicht das Einzige, woran Lin die Abwesenheit des Bruders schmerzhaft spürte. Es wurde auch sehr still und traurig zu Hause.

Das erste Lebenszeichen des Bruders erhielt die Familie von einem Dorfbewohner, der als Fischeinkäufer kam.

»Der Bürgermeister hat mir aufgetragen, euch mitzuteilen, dass euer Kind Nummer eins bei ihm angerufen hat. Es geht ihm gut. Sie haben in Suzhou Arbeit gefunden. Dort helfen sie beim Bauen von Häusern. Es wäre eine große Baustelle, sodass sie lange Arbeit haben würden. Beim Frühlingsfest, wenn sie ein paar Tage frei bekämen, würde er mit dem verdienten Geld nach Hause kommen«, richtete der Besucher die Nachricht vom Bürgermeister aus.

Neun Monate später, Anfang Februar, zum Frühjahrsfest, erschien der Bruder. Er war stärker geworden und trug ganz frische Kleider mit weißen Stoffschuhen und besaß eine ganze Tasche mit neuen Kleidern. Essen für die Feiertage und Geld lieferte er bei den Eltern ab.

So viel Geld brachte er mit, dass die Eltern keine Worte fanden. Die Mutter machte ein wunderbares Essen für die ganze Familie. Der beste und größte Fisch wurde nicht verkauft, sondern kam zum Abendessen auf ihren Tisch. Lin musste ein Huhn schlachten. Bevor das Huhn in den Suppentopf kam, wurde es mit einem Hackbeil zerkleinert. Wichtig war, dass an jedem Stück Fleisch genug Knochen hingen. Das Beste würde der Bruder bekommen. Auch den Kopf mit den Augen und die Füße. Daneben gab es Nüsse, Spinat mit viel Knoblauch, Rührei mit Tomaten, Reis, Kartoffeln, Tofu, Nudeln und Obst. So gut hatte die Familie schon lange nicht mehr gegessen.

Der Bruder erzählte von der großen Stadt. Von den vielen Häusern, die gebaut wurden. Alle Menschen, die dort arbeiteten, kamen so wie er aus Dörfern von weit her. Sie wohnten alle auf der Baustelle. Manche Arbeiter hatten ihre ganze Familie auf die Baustelle mitgenommen. Auch kleine Kinder wohnten dort. Damit sparten viele Arbeiter das Haus für ihre Familien und konnten zusammenbleiben. Weil dieser Bau sehr groß wäre und damit lange dauern würde, hätten die Menschen neben der Baustelle kleine Häuser gebaut, in denen mehrere Menschen, speziell Familien, zusammen wohnen könnten. Wer keinen Freund oder Familie habe, der ihn in diesen kleinen Häusern aufnehmen könnte, der schläft, wie er und sein Freund, auf der Baustelle auf dem Boden.

»Dort ist es, wie jetzt, im Winter sehr kalt. Auf Plätzen, wo reiche Leute ihre Sachen fortschmeißen, suchen wir Kartons und Papier, auf das wir uns beim Schlafen legen können, damit die kalten Steine nicht zu uns kommen. Wir haben auch einen kleinen Kocher gekauft, auf dem wir unseren Reis und das Gemüse kochen. Wenn das Haus fertig ist und wir keine Arbeit mehr haben, müssen wir weitergehen und sehen, wo noch mehr Häuser gebaut werden«, erzählte das Kind Nummer eins den staunenden Familienmitgliedern. »Die Arbeiter, die sich bei den Baustellen ein Haus gebaut haben, nehmen ihre Steine für die nächste Baustelle wieder mit. Wer die Steine nicht mehr braucht, verkauft seine Steine an andere Arbeiter. An dieser Baustelle, bei der wir jetzt arbeiten, gibt es einen kleinen Kanal. Dort waschen wir unsere Kleider«, erzählte der Bruder weiter und fuhr fort: »Einer von den Bauarbeitern hatte einen Unfall. Als er auf einem Lastwagen arbeitete, hat ihn eine Stange geschlagen und er musste ins Krankenhaus. Nach drei Tagen hat die Baufirma das Krankenhaus nicht mehr bezahlt, und so musste er wieder zurückkommen. Da er jetzt nicht mehr so schwere Arbeiten verrichten kann, verdient er sein Geld mit einem kleinen Geschäft, das er in einem der kleinen Häuschen eingerichtet hat. Dort verkauft er alles, was die Menschen auf der Baustelle brauchen. Jetzt müssen wir zum Einkaufen nicht mehr in die Stadt fahren.«

Bis lange in die Nacht hinein erzählte der Bruder Geschichten. Es war kalt. Alle saßen in ihren wattierten Jacken und Hosen auf Bänken und Hockern im mittleren Zimmer. Die Männer tranken Pijiu (Bier), die Frauen grünen Tee. »So gemütlich wie heute war es schon lange nicht mehr zu Hause«, dachte Lin.

Im Laufe des darauffolgenden Tages und Abends kamen viele Menschen aus dem Dorf zu Besuch, um den Erzählungen des

Bruders zuzuhören, und alle Dorfbewohner konnten sehen, wie gut es jetzt der Familie ging.

Als Lin eines Tages neben ihrer Mutter im Bett lag, ging ihr durch den Kopf, dass eigentlich auch sie in der Fremde ihr Glück versuchen könnte.

Nach vier Tagen machte sich der Bruder wieder auf den Weg in die Fremde und nahm Lin mit.

Die Familie, dermaßen überwältigt von dem Bericht und dem vielen Geld des Kindes Nummer eins, beschloss, künftig doppelt so viel Geld zu bekommen, wenn sie das Kind Nummer zwei auch noch mit verdienen lassen würde. So überlegte die Familie, dass sie nach ein paar Jahren mit dem vielen Geld, das die Kinder nach Hause bringen würden, ihr Haus ausbauen könnten.

Wenn ihre Kinder dann nach einiger Zeit aus der Fremde wieder zurückkommen würden, wären diese Kinder für alle Familien im Dorf sehr begehrte Heiratskandidaten. Eigentlich könnten die Eltern schon heute bei reichen und angesehenen Familien nach heiratswilligen Kandidaten für ihre Kinder Ausschau halten.

Die Gedanken der Eltern und Großeltern gingen bereits so weit, dass, wenn anschließend die angeheirateten Partner in der Fremde auch noch mitarbeiten würden, sie zu so viel Wohlstand kämen, dass ihnen ganz schwindelig wurde. Damit beschloss die Familie, dass auch Lin ihr Glück in der Fremde versuchen sollte.

In Sozhou angelangt, fuhren sie zur Baustelle des Bruders. Dort deponierten sie in einer Ecke ihre Habseligkeiten. Das Abendessen nahmen sie gemeinsam an einem Dumpling-Stand an der Straße ein. Danach gingen sie in diverse Restaurants, um nach Arbeit für Lin zu fragen. In einem dieser Lokale meldete sich ein Gast, der mitbekommen hatte, dass Lin Arbeit suchte. Der Mann besäße ein Büro in Shanghai. Dort vermittle er Chinesen aus dem ganzen Land in alle Länder der Welt, die Arbeit suchten. Seine Firma habe viele Bestellungen für Mädchen, die in Familien den Müttern bei der Hausarbeit und Kindererziehung helfen sollten.

So erzählte der Fremde weiter, dass seine Firma für die Pässe und die Visa sowie die Flüge aufkommen würde.

»Die Arbeit im Ausland wird gut bezahlt. In einer Stunde kannst du 100 Yen verdienen. Wenn du zehn Stunden am Tag arbeitest, kannst du am Tag 1.000 Yen haben und im Jahr kommst du auf eine Million Yen.«

Dieses Angebot konnte man gar nicht ausschlagen. Da waren sich Lin und der Bruder einig.

Der Mann stellte sich als Herr Fujin vor. Er wohne im Hotel Intercontinental der Stadt, und wenn Lin Interesse an dieser Arbeit habe, dann solle sie morgen um zehn Uhr in diesem Hotel nach ihm fragen. Danach könnte man alles Weitere besprechen.

»Was meinst du?«, fragte Lin, als sie wieder alleine waren. »Soll ich ins Ausland zur Arbeit gehen?«

»Ach, weißt du, Lin, alles, was weiter als unser Dorf liegt, ist für uns neu. Eine Garantie, dass alles klappt, hat man bei neuen Sachen nie.«

»Wir sollten die Eltern anrufen und fragen, was sie zu dem Angebot von Herrn Fujin sagen.«

»Das wird schwierig werden. Zuerst müssen wir den Bürgermeister anrufen. Der muss dann jemanden zu den Eltern schicken, damit sie zum Telefon kommen, und dann müssen wieder wir anrufen und wissen dabei nicht, ob im Dorf alles so geklappt hat.«

»Da hast du recht, großer Bruder.«

»Ich denke, diese Entscheidung müssen wir selbst treffen, Lin. Kannst du dich noch daran erinnern, als ich aus dem Dorf fortwollte, um in den großen Städten nach Arbeit zu suchen, wie lange die Eltern beraten hatten?«

»Ja, ich kann mich daran erinnern.«

»Siehst du? Herr Fujin wird nicht so lange warten wollen, bis die Eltern Ja oder Nein sagen.«

»Gut, großer Bruder. Dann entscheiden wir alleine. Das, was Herr Fujin von dem vielen Geld erzählt hat, kann man ja gar nicht ausschlagen. Also sollten wir dann morgen ins Hotel zu Herrn Fujin gehen und alles Weitere mit ihm besprechen«, beendeten beide ihre Überlegungen und Lin spann ihre Gedanken weiter, dass sie im Ausland dann noch eine andere Sprache erlernen könnte. Sie würde die Welt kennenlernen. Damit wäre sie dann nicht mehr das kleine arme Fischermädchen vom Dorf. Mit dem vielen Geld, das sie aus dem Ausland mitbringen würde, könnte sie heiraten und ein Kind bekommen sowie den Eltern und Großeltern ein schöneres Leben einrichten. Auch müssten ihre Eltern, wenn sie alt wären, nicht mehr dieser schweren Arbeit als Fischer nachgehen.

Am nächsten Tag begaben sich beide zur verabredeten Zeit ins Hotel von Herrn Fujin. Dort saß dieser bereits mit noch einem Mädchen im Vorraum des Hotels.

Dem Bruder sowie Lin verschlug es die Sprache über so viel Luxus im Hotel. So etwas kam nicht einmal in den Märchen der Großmutter vor.

Herr Fujin teilte ihnen mit, dass das Mädchen, das bei ihm saß, auch Arbeit im Ausland annehmen wolle. Ihr Name laute Shauin. Herr Fujin ließ sich alle Daten von beiden Mädchen geben, einmal für die Visa und zweitens, um ihre Ausweise bei den Behörden zu beantragen. Anschließend teilte Herr Fujin ihnen mit, dass sie noch heute Nachmittag aufbrechen müssten, er würde in seiner Shanghaier Firma gebraucht. Lin musste jedoch noch einmal zur Baustelle des Bruders, um ihre Sachen zu holen. Herr Fujin meinte, dies könnte man schneller erledigen, wenn er sie mit dem Auto dorthin führe.

So stiegen alle in ein schwarzes Auto. Die Sachen des anderen Mädchens lagen bereits im Wagen. Herr Fujin steuerte den Wagen selbst. An der Baustelle angelangt, holte Lin ihre Sachen, verabschiedete sich vom Bruder und bat ihn, die Eltern schön grüßen zu lassen, sie werde so schnell wie möglich einen Brief schreiben, damit die Familie wüsste, wo sie im Ausland arbeiten würde.

Den beiden Geschwistern wurde es beim Abschied schwer ums

Herz. Nun war es doch sehr schnell gegangen mit einer Arbeit für Lin. Zusätzlich war es ihnen unheimlich, dass Lin ins Ausland sollte. Keiner von beiden war je im Ausland gewesen und konnte sich somit keine Vorstellung darüber machen, was einen dort erwartete. Der Bruder beruhigte Lin, indem er erzählte, dass die Fremden in Wuzhin alle sehr freundlich zu den Chinesen wären und sie, wenn sie aus dem Ausland zurück wäre, auch so viel Geld wie diese Ausländer mitbringen würde.

Auf der Fahrt nach Shanghai saßen Lin und Shauin verschüchtert auf dem Rücksitz des Wagens. Herr Fujin erzählte, wie schön es in Europa wäre, ein richtiges Paradies, und sie hätten Glück, dass er sich für sie und keine anderen Mädchen entschieden habe.

Beiden Mädchen schmeichelte das Lob.

In der Stadt Shanghai angekommen, verschlug es den beiden Mädchen vollends die Sprache. So eine Stadt mit so vielen Menschen, hohen Häusern und einem Durcheinander auf den Straßen hatten sie vorher noch nie zu Gesicht bekommen. Sie fühlten sich dem ganzen Treiben hilflos ausgeliefert. Gut, dass Herr Fujin bei ihnen war.

Herr Fujin brachte sie in die Wohnung eines Hochhauses. Beide bestiegen das erste Mal einen Aufzug. Alles entwickelte sich wie ein Wunder. Der Aufzug hielt im 17. Stockwerk. Auf dem Flur befanden sich drei Türen. Auf eine davon steuerte Herr Fujin zu.

Lin fiel von einem Staunen in das andere. Die Wohnung lag höher als die Bäume in ihrem Dorf und alles war so sauber, dass man von dem Boden hätte essen können. Kein Lehmboden wie bei ihnen zu Hause. In jedem Zimmer gab es Licht. Auch ein Zimmer, in dem man sich waschen konnte, gab es. Auf die Frage, wo das Loch wäre, in dem man seine Notdurft erledigen könnte, verwies Herr Fujin sie an einen Stuhl mit einem Deckel. Wenn man den Deckel öffnete, schaute man in eine Schüssel mit Wasser. Dort sollte man seinen Popo hineinhängen, um seine Notdurft zu erledigen. So erklärte es zumindest Herr Fujin. Beide Mädchen würden so einen Blödsinn jedoch nicht tun, was Herr Fujin ihnen versucht hatte zu erklären. Das hatten sie noch nie gemacht und sie konnten sich auch nicht vorstellen, dass das funktionieren sollte. Wenn sie nichts anderes finden sollten, würden sie sich eben auf die Brille stellen und in der Hocke ihre Notdurft verrichten. Lin und Shauin fanden das alles sehr umständlich und verrückt. In den darauffolgenden Tagen traute sich keine von beiden, diesen schönen Stuhl mit ihrem Kot und Urin zu beschmutzen. So verrichteten sie ihre Notdurft neben diesem Stuhl. Zumindest das große Geschäft. Anschließend verfrachteten sie alles in den Abfalleimer. Am zweiten Tag benutzten beide nur noch den Abfalleimer. Herr Fujin würde bestimmt froh sein, wenn sie diesen schönen weißen Stuhl mit seinem Loch in der Mitte nicht beschmutzen würden.

Das Schönste jedoch war, wenn man aus dem Fenster sah, dann glaubte man, ein Vogel zu sein. So weit oben in der Luft, als würde man sich im Himmel befinden. Es kam ihr wie ein Wunder vor. Gerne hätte sie ihren Bruder und ihre Eltern jetzt bei sich, damit diese das Wunder auch erleben könnten.

Herr Fujin zeigte ihnen ein Zimmer, in dem ein großes Bett stand. In so einem großen Bett hätte ihre ganze Familie Platz gefunden, meinte Lin. Nun sollten nur sie und Shauin darin schlafen.

In der Küche befand sich ein ganz kalter Schrank, in dem das ganze Essen lag, und das Wasser zum Trinken kam aus einem durchsichtigen Fass. Zum Schluss drückte Herr Fujin auf einen Knopf an einer schwarzen Kiste. Als im Fernseher plötzlich Bilder erschienen und Stimmen erklangen, war es mit beiden Mädchen vorbei. Die Augen der beiden konnten sich von den laufenden Bildern nicht mehr lösen. Danach verschwand Herr Fujin. In zwei Tagen wäre er wieder zurück, rief er den beiden Mädchen noch zu, bevor die Türe hinter ihm ins Schloss fiel. Bevor Herr Fujin ging, hatte er den beiden Mädchen noch eingeschärft, die Wohnung bis zu seiner Rückkehr nicht zu verlassen. Zu ihrem eigenen Schutz. Sie könnten jedoch so viel essen und trinken, wie sie wollten, es stünde alles in der Küche, und den Fernseher sollten sie am besten nicht ausmachen. Dies würde er besorgen, wenn er wieder zurück sei.

Die Mädchen, alleine gelassen, nahmen die Wohnung näher in Augenschein, noch immer überwältigt von der neuen, unbekannten, aufregenden Welt, in die sie von einem Moment auf den anderen hineingeraten waren, als würden sie träumen. Da sie seit dem Morgen nichts gegessen hatten, gingen sie in die Küche, wo Herr Fujin Essen hingestellt hatte: einen ganzen Topf mit warmem Reis, einige Töpfe mit Gemüse, Tofu sowie Hühnerbeine, schön knusprig gebraten, und Suppe.

Beim Essen kamen beide Mädchen ins Gespräch. Lin erzählte von ihrem Leben und wie sie zu diesem Abenteuer gekommen sei.

Die Geschichte von Shauin klang etwas trauriger. Die Eltern von Shauin waren keine Fischer, sondern Bauern, die vom Reisanbau lebten. Sie sei von zu Hause fortgelaufen, weil die Eltern sie mit einem alten Mann verheiraten wollten, der den Eltern dafür viel Geld angeboten hatte.

Shauin, ein Jahr jünger als Lin, träumte von einem Prinzen, der sie retten würde. Anscheinend hatte Buddha Herrn Fujin als Retter geschickt.

Als sie von zu Hause fortgelaufen war, wusste sie nicht, wo sie schlafen und essen und wie es weitergehen sollte. Da sprach sie Herr Fujin auf der Straße an. Sie erzählte ihm ihre Geschichte und er versprach, ihr zu helfen.

Beide Mädchen, wohlproportioniert, besaßen entzückende Gesichter, eine Haut wie Samt und schwarzes, seidiges, langes Haar. Beide besaßen noch eine Gemeinsamkeit. Es fehlte ihnen die Erfahrung mit dem anderen Geschlecht und sie kamen aus einer Gegend, in der man sie nicht auf die große weite Welt vorbereiten konnte.

Nach drei Tagen kehrte Herr Fujin zurück. In diesen drei Tagen

genossen die Mädchen den Luxus der Wohnung und das Nichts-
tun. Sie schliefen viel, sahen fern, aßen und unterhielten sich. Als
Herr Fujin zurückkam, trauerten beide diesen drei Tagen nach.
Vor allem fürchteten sie sich vor dem, was sie jetzt weiter erwartete.

Herr Fujin hatte für beide Mädchen neue Kleider gekauft und
stattete sie zusätzlich mit dem Nötigsten für eine längere Reise
aus. Sie gingen zum Friseur, bei dem ihnen die Haare, Hände und
Füße gerichtet wurden.

Am nächsten Tag kam Herr Fujin und holte beide Mädchen ab.
Sie stiegen in ein Taxi und fuhren zum Flughafen.

Herr Fujin erklärte ihnen, dass sie keine Angst zu haben bräuch-
ten. Er würde sie begleiten und in der Fremde dafür sorgen, dass
sie in eine gute Stellung kämen.

Bei der Passkontrolle legte Herr Fujin die Ausweise von allen
drei Personen vor und steckte diese auch wieder ein. Im Flugzeug
saßen beide Mädchen auf seitlichen Sitzplätzen ohne Nachbarn.

Es wurde ein langer Flug. Beide Mädchen waren das lange Sitzen
sowie die Enge im Flugzeug nicht gewohnt.

In Frankfurt eingetroffen, zeigte Herr Fujin den Beamten, die
vor dem Ausgang des Flugzeuges alle Ausweise der chinesischen
Mitreisenden kontrollierten, ihre Papiere. Nachdem alles in Ordnung war, durften sie weiter. So betraten beide Mädchen das erste
Mal ausländischen Boden. Herr Fujin brachte sie mit dem Taxi
zur Familie Sui. Dort verabschiedete sich Herr Fujin und die Mädchen sahen ihn nie wieder.

In der Wohnung der Familie Sui bekamen beide ein Zimmer,
in dem zwei Betten standen. Die kommende Zeit arbeiteten die
Mädchen im Restaurant »Zum guten Essen«. Nachts, wenn sie
spät in die Wohnung der Familie Sui zurückkamen, fielen sie
übermüdet ins Bett.

Familie Sui erklärte ihnen gleich am ersten Tag, dass sie nur
vorübergehend bei ihnen bleiben würden. Zu ihrer zukünftigen
Arbeit kämen sie erst in ein paar Tagen.

Am zweiten Tag ihres Aufenthaltes kamen zwei Männer vorbei, die Lin zu ihrer richtigen Arbeitsstelle bringen sollten. Frau Sui hatte schon am Morgen Lin Bescheid gegeben, das sie ihre ganzen Sachen ins Restaurant »Zum guten Essen« mitnehmen sollte. Um elf Uhr morgens, Herr Sui war noch nicht von seinen Einkäufen zurück, verabschiedete sich Lin von ihrer neuen Freundin Shauin sowie von Frau Sui und stieg in ein schwarzes Auto, in dem die beiden Männer gekommen waren. Die Männer waren keine Chinesen, somit konnte sie sich auch nicht mit ihnen unterhalten.

Die Fahrt sollte den ganzen Tag dauern. Lin schlief manchmal ein oder dämmerte vor sich hin. Wohin sie fuhren, wusste sie nicht, auch nicht, welche Arbeit sie zukünftig verrichten sollte. Ihren Ausweis hatte Frau Sui den beiden Männern gegeben, das hatte sie flüchtig mitbekommen. Am Nachmittag hielten sie kurz bei einem Haus an, um zu tanken. Man brachte ihr etwas zu trinken und zu essen, das sie alle im Auto verzehrten. Einer dieser Männer brachte Lin zur Toilette, in der sie ihre Notdurft verrichten konnte, was dringend notwendig war. Nun war sie doch froh, dass sie in der Wohnung in Shanghai solche Toiletten kennengelernt hatte. Nach sieben Stunden Fahrt waren sie am Ziel.

In einer großen Stadt hielten sie vor einem Haus. Das Haus sah groß und alt aus. Sie gingen ein paar Stufen hinauf und kamen an eine große schöne Türe mit goldenen Ringen. Dort erwartete sie bereits eine Frau mit neugierigen Augen. Lin bekam ein Zimmer mit einem wunderschönen Bett und Teppichen auf dem Boden. Das Zimmer hatte auch ein Fenster mit Eisenstäben davor. Zu einer anderen Türe kam man in ein sehr schönes Zimmer, wo wieder Wasser aus der Wand kam. So wie bei Herrn Fujin zu Hause in Shanghai. Hinter Lin wurde die Türe ihres Zimmers abgeschlossen. An diesem Abend kam dann nur noch die neugierige Frau von unten und brachte Lins Gepäck sowie etwas zum Essen.

Am nächsten Morgen erschien die Frau mit den neugierigen Augen wieder. Ein chinesisches Mädchen begleitete sie. Das Mädchen trug einen schönen Morgenmantel. Lin freute sich unsagbar, jemanden zu treffen, der ihre Sprache sprach und all ihre Fragen beantworten konnte. Auch wenn das Mädchen einen anderen Dialekt als die Menschen in ihrem Dorf sprach, so konnte man sich doch mit ihr verständigen. Die Frau mit den neugierigen Augen und das chinesische Mädchen setzten sich auf die beiden Stühle im Zimmer, die um einen kleinen Tisch platziert worden waren. Das chinesische Mädchen war am Anfang stumm. Die fremde Frau sagte etwas zu dem Mädchen und diese übersetzte das Gesagte für Lin.

»Von wo kommst du? Wie heißt du? Wie alt bist du? Was hast du gelernt? Wo hast du schon gearbeitet?«

Als alle Fragen beantwortet waren, verließen beide das Zimmer von Lin, ohne dass Lin sich mit dem anderen chinesischen Mädchen unterhalten konnte. Eine Stunde später ging die Türe wieder auf und die neugierige Frau kam mit noch zwei fremden Frauen zu ihr. Zwei der Frauen drückten Lin aufs Bett und die dritte Frau zog ihr die Beine auseinander. Lin fing an zu weinen. Sie schämte sich und wusste nicht, was hier vorging. Anschließend verließen alle wieder ihren Raum. Nun ging ein geschäftiges Treiben in Lins Zimmer los. Sie musste baden. Ihre Haare wurden gewaschen, ihre Nägel neu lackiert, ihre Augenbrauen gezupft. Man brachte ihr schöne chinesische Kleider und Schuhe mit hohen Absätzen. Da Lin in diesen Schuhen nicht gehen konnte, musste sie barfuß laufen. Das Kleid war lang und eng, an den Seiten bis zum Gesäß geschlitzt, mit Stehkragen. Das Haar wurde ihr mit schönen Spangen hochgesteckt und die Unterwäsche, die sie trug, war aus schwarzer Spitze. Am Abend bekam sie ein gutes Essen und Wein zum Trinken. Nach dem Essen wurde ihr ganz schwindelig und alles wurde sehr lustig um sie.

Dann kam er.

Wie sie später in ihrer Erinnerung nachvollziehen würde, ihr erster Kunde. Ein mittelgroßer Mann mit dickem Bauch und einer Glatze. Er setzte sich auf einen Stuhl und betrachtete sie. Dann winkte er sie heran und fing an, ihren Reißverschluss am Rücken ihres Kleides aufzuziehen. Lin fing an zu zittern und zu weinen.

Kein Flehen, kein Sträuben, kein Kratzen, kein Hilfeschrei half. Keiner kam ihr zu Hilfe. Je mehr sie sich wehrte, umso mehr schien es dem Mann Spaß zu machen.

Nach der Vergewaltigung kamen ein Zweiter und ein Dritter, die dasselbe mit ihr machten. Als der Morgen graute, hatten zehn Männer sie vergewaltigt. Lin war nur noch ein Häufchen Elend, blutverschmiert und zerschlagen.

Am nächsten Morgen wurde sie gereinigt, vom Arzt behandelt und ins Bett gesteckt. Nach dieser Nacht ließ man sie zwei Tage in Ruhe. Anschließend sollte Lin fast jeden Tag und jede Nacht dasselbe ertragen. Nach einer Woche kam die neugierige Frau wieder zu ihr. Sie tröstete Lin, strich ihr übers Haar und sprach leise auf sie ein. Das chinesische Mädchen vom ersten Tag war wieder dabei und übersetzte für Lin wie folgt: »Kleines Täubchen, wenn das weiter so geht, wirst du sterben. Ich will dir gerne helfen, dass du ein besseres Leben bekommst. Schau, dieses Mädchen hier heißt Lotosblüte. Sie kann deine Freundin werden und sie kann dir helfen. Ich lasse euch jetzt alleine und Lotosblüte erzählt dir, wie du dein Leben verbessern kannst.«

Lotosblüte erzählte Lin, dass sich beide in einem Freudenhaus befänden. In diesem Haus lebten viele Mädchen aus vielen Ländern. Aus China wären sie nun mit Lin sechs Mädchen. Alle Mädchen, die neu zu ihnen kämen, würden in der ersten Woche das Gleiche wie Lin durchmachen. Nach dieser Woche könnte man wählen, ob man bleiben möchte oder nicht. Wenn man bleibt, bekommt man Unterricht in der Sprache des Landes, im Tanzen und wie man sich mit den fremden Männern unterhält und wie man sich bewegen muss.

»Danach wirst du lernen müssen, nicht mit Stäbchen, sondern mit einem Messer und einer Gabel zu essen. Wenn man das alles gelernt hat, darf man in den ersten Stock dieses Hauses gehen. Dort sind Männer, die sich mit dir unterhalten und mit dir viel Spaß haben wollen. Man muss immer lustig sein, damit die Männer viel Freude haben. Männer wollen keine traurigen Frauen.

Diese Männer sind nicht so schlecht wie die Männer, die du bisher erlebt hast. Das sind alles feine Menschen mit viel Geld«, erzählte Lotosblüte.

»Und wenn ich das alles nicht will? Darf ich dann wieder nach Hause?«, fragte Lin.

»Alle Mädchen, die das Angebot nicht angenommen haben, hat man nie wieder gesehen. Unter uns Mädchen erzählt man sich, dass diese Mädchen an andere Männer verkauft werden und sie jeden Tag solche Stunden erleben müssen wie du in der ersten Woche hier.«

So wurde Lin mit 16 Jahren zur Edelnutte.

17

Nach dem Besuch von Kai im Konsulat ging es zurück nach Changzhou. Im Hotel eingetroffen, meldete er sich telefonisch bei Herrn Tao.

»Guten Tag, Herr Tao«, begrüßte er ihn und fuhr nach ein paar Freundlichkeiten fort: »Ich muss für einige Zeit nach Shanghai. Wären sie so gut und würden dem Bürgermeister und den übrigen Herren ausrichten, dass ich über ihr Angebot, in China zu bleiben, nachdenken werde? Ich kann ihnen jedoch erst Bescheid geben, wenn ich aus Shanghai zurück bin und mit meinem Chef in Frankfurt gesprochen habe.«

»Wie lange werden Sie in Shanghai bleiben?«, erkundigte sich Herr Tao.

»Das kann ich noch nicht sagen. Eventuell ein paar Tage oder auch ein paar Wochen. Es kommt darauf an, wie schnell ich jemandem helfen kann. Ich muss schon morgen früh aus dem Hotel ausziehen und mich nach Shanghai begeben. Über meine alte Telefonnummer bin ich jedoch immer zu erreichen. Sowie ich dort fertig bin, melde ich mich sofort wieder bei Ihnen. Bitte richten Sie dem Bürgermeister und den übrigen Herren noch einmal meinen großen Dank für ihre Hilfe aus, die Sie uns bisher gewährt haben, und dass ich mich durch das Vertrauen, das sie mir mit ihrem Vorschlag entgegengebracht haben, sehr geehrt fühle.«

Nach dem Telefonat ging Kai zum Abendessen.

Bei der Rezeption bestellte er für morgens neun Uhr wieder seine Eisenbahnkarte nach Shanghai und legte sich danach früh ins Bett.

Am nächsten Morgen, nachdem er das Zimmer geräumt und bezahlt hatte, ging es zurück nach Shanghai.

Im Konsulat überreichte man ihm die Unterlagen seiner neuen Identität. In der Personalabteilung erhielt er seinen Arbeitsvertrag. Anschließend wurde er einem Kollegen vorgestellt, der in einer viel zu großen Wohnung lebte und sich einverstanden erklärte hatte, diese mit Kai zu teilen. Er wurde Kai als Kollege Albert vorgestellt, den Kai auf Anhieb sympathisch fand. Albert, ein zwei Meter großer Mann, etwas korpulent, der beim Gehen mit den herunterhängenden Armen schlenkerte, füllte beim Betreten eines Raumes diesen aus. »Bärenmäßig«, dachte Kai bei sich. Später sollte er feststellen, dass er nicht nur seines Ganges wegen, sondern auch in seinem Wesen viel Ähnlichkeit mit einem gutmütigen Bären besaß.

»Herr Albert und Herr Jung, nachdem wir alles Nötige besprochen haben, wäre es gut, wenn Sie nicht nur eine Wohngemeinschaft eingingen, sondern Sie, Herr Albert, Herrn Jung auch unser Konsulat zeigen und ihn bei den Kollegen einführen«, bemerkte Konsul Weber.

Das deutsche Konsulat erstreckte sich über mehrere Etagen. Durch diverse Aufgaben, die das Konsulat zu erfüllen hatte (politische, repräsentative, juristische und bürokratische), kam das Konsulat mit einem Stockwerk nicht aus. In einem dieser Stockwerke lag die Visavergabe mit dem Publikumsverkehr. Also die Stelle, an der Kai eingesetzt werden sollte. An sechs Schaltern wurden Visaanträge bearbeitet, wovon einer für ausländische Besucher vorgesehen war und fünf für einheimische Chinesen. An diesen fünf Schaltern saßen chinesische Konsulatsangestellte, und der eine für Ausländer wurde von deutschem Personal besetzt. Den Eingang zur Visavergabe bewachte eine Aufsichtsperson.

Kai wurde Frau Hoffmann vorgestellt, die in den Schwangerschaftsurlaub gehen wollte. Frau Hoffmann freute sich, dass so schnell Ersatz für ihren Posten gefunden worden war, denn sie wollte mit ihrem Neugeborenen nicht wieder nach China zurückkehren. Sie sprach einen breiten Berliner Dialekt und jeder Satz von ihr endete mit dem Nachsatz »… wa?«.

»Morgen fangen wir mit der richtigen Einführung an, wa. Jetzt fängt auch gleich die Mittagszeit an, da lohnt es sich nicht mehr, mit der Einführung anzufangen, wa?«, erklärte Frau Hoffmann Kai.

Albert, Kai, Frau Hoffman sowie noch einige Kollegen aus dem Konsulat verließen daraufhin das Gebäude, um sich dem Mittagessen hinzugeben. Da das Konsulat in der Innenstadt lag, mussten sie nicht weit laufen, um was Essbares zu finden. An allen Ecken und Enden gab es Möglichkeiten der Sättigung. Von Straßenständen bis zu chinesischen Schnellimbissen sowie gediegenen Restaurants war alles zu haben. In dem Lokal, für das sich die Gruppe entschied, lief die Klimaanlage. Auf den Straßen staute sich die Hitze bis zu 40 Grad.

Ein runder Tisch, an dem die Gruppe von elf Personen Platz fand, wurde ihnen zugewiesen und die zukünftigen Kollegen von Kai versuchten ihm einen Eindruck von ihrem Leben in Shanghai zu vermitteln, in der Annahme, dass Kai, frisch aus Berlin kommend, aufgeklärt werden müsste.

»Zu den Straßenimbissen können wir Ausländer um diese Jahreszeit nur abends gehen«, bemerkte einer aus der Gruppe.

»Wobei die Hochhäuser einige Windturbulenzen erzeugen, die jedoch auch keine große Linderung bei der Hitze bringen«, bemerkte ein anderer. Ein Dritter meinte: »Die schönsten Jahreszeiten sind jedoch der Herbst und der Frühling. Da kann man draußen sitzen. Was in Shanghai zwar nicht das schönste Vergnügen bedeutet mit dieser hohen Luftverschmutzung.«

»Das stört uns jedoch nicht in unseren Aktivitäten zu Hause. Wenn es die Witterung zulässt, dann grillen wir in einer der Wohnungen von uns. Entweder in einem der kleinen Vorgärten, wenn man parterre wohnt, oder auf dem Balkon eines anderen. Der Vorteil des Balkons ist, dass man unter sich bleibt. Bei den Vorgärten kann es einem passieren, dass sich Chinesen dazugesellen. Chinesen sind ganz neugierige Menschen. Privates Grillen kennen sie nicht. Das ergibt sich aus ihrem traditionellen Essgebaren.«

»Was noch eine Plage für uns ist, sind die Schnaken. Schnaken und Frösche gehen in unserer Wohnanlage eine Symbiose ein. Wenn die Schnaken zu einer bestimmten Jahreszeit kommen, erscheinen auch die Frösche. Große, fette Kröten, deren Nahrung die Fliegen sind. Diese Frösche veranstalten nachts ein so lautes Konzert, dass, wäre es nicht zu heiß, man die Fenster nicht öffnen könnte.«

»Einige der Damen bringen zum Grillen Räucherstäbchen anstatt Getränke mit, die stellen wir unter den Tisch, was einigermaßen gegen die Schnakenplage hilft«, schwirrten die Redebeiträge über den Tisch.

Einer aus der Gruppe bestellte 15 Gerichte, die sie auf das Drehkarussell gestellt bekamen. Für Kai interessant zu beobachten, wie schnell sich die Deutschen bereits nach kurzer Zeit den chinesischen Sitten angepasst hatten. Obwohl alle sich unterschiedlich lange in China aufhielten, waren keine Unterschiede in ihrem Verhalten auszumachen.

Zum Essen gab es Bier, Limonade oder auch nur Wasser. Albert, mit dem Kai zukünftig seine Wohnung teilen sollte, bot ihm das Du an.

»Wir duzen uns hier alle. Also, ich bin der Thomas.«

»Ich bin der Kai.«

Darauf folgte eine allgemeine Verbrüderung.

»Übrigens, dieses Tsingtao-Bier ist eigentlich ein deutsches Bier. Vor dem Ersten Weltkrieg, als es hier noch deutsche Handelshäuser gab, hatte sich ein deutscher Bierbrauer in der Stadt Tsingtao niedergelassen und ein hervorragendes Bier gebraut. So entstand in der Stadt Tsingtao eine ganze deutsche Kolonie. Als dann der Erste Weltkrieg ausbrach, wurde unter anderem die ganze Brauerei von den Chinesen konfisziert und die Deutschen verließen das Land. Die Brauerei wurde von den Chinesen weiterbetrieben, nach den alten Rezepturen der Deutschen. Noch heute sind Spuren dieser Kolonie in Tsingtao zu sehen. Und das Bier, das den Namen der Stadt trägt, erfreut sich noch heute einer hohen Popularität.«

Abends, in Thomas' Wohnung, bezog Kai eins der drei Schlafzimmer. Die Wohnung bestand aus zwei Bädern, drei Schlafzimmern, einem großen Wohnzimmer mit Balkon, einem Esszimmer und einer kleinen Küche. Eine großzügig geschnittene Wohnung, bei der nur die klein geratene Küche störte. Für zwei Junggesellen jedoch ausreichend.

Nach dem Duschen tranken beide ein kaltes Bier. Die ersten Züge des kalten Bieres verlangten nach mehr. Als Kai Nachschub aus dem Eisschrank holte, staunte Kai nicht schlecht. Der Inhalt des Eisschrankes bestand zu 99 Prozent aus Getränken, insbesondere aus Bier. In einer Vitrine seitlich vom Fernseher standen einige Schnapsflaschen. Thomas meinte, um den Abend einzuläuten, sollten sie noch einen Rückstoß trinken. Daraus wurden dann zwei Schnäpse und drei Bier. Dabei erzählte Thomas einiges aus dem Konsulat. Auf die Frage von Thomas, was Kai bisher getan habe, musste er sich mühsam an das erinnern, was ihm der Konsul aufgetragen hatte. Dass er früher in Bonn als Mitarbeiter im Außenministerium gearbeitet habe, Bonn jedoch in Auflösung sei, denn ein Ministerium nach dem anderen ziehe nach Berlin. Als man ihm als alleinstehender Person, ohne Anhang, die Möglichkeit angeboten habe, nach Shanghai zu gehen, habe er ohne zu zögern zugeschlagen.

Nach einer Stunde stand Thomas auf und meinte: »O. K., Kai. Der Abend fängt jetzt an. Zieh dich locker an. Zuerst gehen wir in die Hong Mei Lu Road essen. Nach dem Essen schauen wir dann weiter.«

In der Hong Mei Lu Road befanden sich einige ausländische Lokale. Thomas führte Kai zu einem Italiener. Der Laden war voll besetzt. Der Inhaber des Lokals begrüßte Thomas mit einem Handschlag und meinte, für Thomas hätte er immer einen Platz frei. Am hinteren Ende des Lokals würde ein Tisch frei werden. Diesen Tisch könnte Thomas haben. An der Theke rekelten sich einige Gäste, die auch auf einen frei werdenden Tisch warteten. Kai war's recht, wenn er bald etwas zu essen bekäme. Das Bier und die Schnäpse machten sich bei ihm bereits bemerkbar.

Thomas bestellte sich eine Pizza als Vorspeise und als Hauptgericht eine doppelte Portion Spaghetti mit einem großen Salat. Kai staunte nicht schlecht. Mit der Hälfte der Mengen, die Thomas verschlang, wäre Kai satt geworden. Nun gut, von irgendwoher musste ja diese Masse Mensch herkommen, die Thomas mit sich schleppte.

»So, nun haben wir uns für den Abend gesättigt und sind für das, was noch kommt, gerüstet«, meinte Thomas.

Als es ans Zahlen ging, teilte Thomas Kai mit: »Beim Essen und den Vergnügungen schlage ich vor, dass jeder seine Rechnung selbst bezahlt. Was hältst du jedoch von der Idee, eine Gemeinschaftskasse in unserer Wohngemeinschaft einzurichten, aus der wir die Auslagen unserer Leben bestreiten? Zum Beispiel Essen und Getränke. Die Miete sowie die Nebenkosten werden vom Konsulat getragen. Was sagst du zu diesem Vorschlag?«, schlug Thomas vor.

»Finde ich gut«, meinte Kai.

»Wenn wir jetzt vom Essen ins nächste Lokal ziehen, wirst du sehen, dass es gar nicht anders geht«, erklärte Thomas. »In den Bars gibt es teure Getränke und billigere. Der eine säuft in Mengen, der andere ist beim kleinsten Furz voll. Der eine will ein teures Mädchen, der andere begnügt sich mit was Einfacherem. Wenn man dies nicht trennt, gibt es unweigerlich Ärger.« Die Erklärung von Thomas leuchtete Kai ein. »Für unsere Wohnung ist das was anderes. Wenn wir hier keine Kasse hätten, dann bekämen wir Ärger. Wer hat was eingekauft und wer vergreift sich an den Sachen des anderen. Ich habe da meine Erfahrungen. Mir ist es ja egal. Ich würde immer auf meine Kosten kommen, aber mit den wechselnden Freunden hier in China muss man aufpassen, ansonsten kann es um einen sehr einsam werden. Zusätzlich ist die Zeit, die man in China verbringt, viel zu kurz, um diese mit Streit zu vergeuden«, beendete Thomas seine Ausführungen und hob die Hand, zu zahlen.

Kai hatte inzwischen mitbekommen, dass die meisten Ausländer in China einen zeitlich befristeten Auslandsarbeitsvertrag bekamen. Die meisten ausländischen Mitarbeiter blieben nur einige Tage oder Wochen im Land und wohnten in Hotels. Mitarbeiter jedoch, die in den Betrieben mitarbeiteten und so mit einem längeren Aufenthalt rechnen mussten, bekamen eine Wohnung gestellt und legten sich eine Freundin zu. Vermittlungsplatz für diese chinesischen Mädchen waren die Nachtbars. Wurde eines dieser Mädchen als Konkubine von einem Ausländer ausersehen, hatte diese das große Los gezogen.

Beziehungen mit Ausländern einzugehen bedeutete für diese Mädchen, Englisch lernen, in ausländischen Kreisen verkehren, viel Geld und Ansehen.

Liefen die Arbeitsverträge der Fremden aus, hatten diese Mädchen ausgesorgt, da sie inzwischen ein dickes Bankkonto besaßen, Englischkenntnisse und sich in den Geflogenheiten von Ausländern auskannten. Damit waren sie für ausländische Betriebe, Hotels, Flughäfen und überall dort, wo Fremdsprachen und ein gewisses Auftreten vonnöten waren, gesuchte Mitarbeiter. Die wirtschaftliche Expansion Chinas, mit ihrer Öffnung ins Ausland, kam solchen Mädchen entgegen.

Ging einer der Ausländer eine Ehe mit solch einem Mädchen ein, so partizipierte die ganze Familie davon und für chinesische Männer wurden solche Frauen begehrte Heiratsobjekte. Eine verrückte Welt, fand Kai.

Nach der Begleichung der Rechnung beim Italiener gingen Thomas und Kai in ein Nachtlokal. Viele Nachtlokale öffneten ihre Tore in der Nähe der Esslokale, die Ausländer bevorzugt besuchten, in der richtigen Annahme, dass diese Kunden sich nach dem Essen vergnügen wollten.

Thomas führte Kai zielstrebig in einen dieser Nachtclubs. Dort wurde er mit großem Hallo begrüßt. Als sie an der Bar saßen, umringten ihn einige Damen, wobei der Haupttross der Damen sich auf Kai stürzte. Der war ein Neuling und eventuell noch zu haben.

Neben Thomas bezog eine Frau Stellung. Sie setzte sich auf den Barhocker und schmiegte sich an ihn.

»Meine Kleine«, stellte Thomas das Mädchen vor. »Manchmal nehme ich sie mit nach Hause. Hoffentlich stört dich das nicht. Sie versüßt mir die Zeit in China. Zusätzlich bringt sie mir einige Brocken Chinesisch bei.«

Thomas bestellte eine Flasche Gin mit Tonic Water.

Im Lauf des Abends ließen sie das Tonic Water weg und tranken den Gin pur.

Am nächsten Morgen wachte Kai mit einem dicken Kopf auf. Neben ihm lag ein Mädchen. Sie schlief mit halb offenem Mund. Ihr langes schwarzes Haar lag ihr wirr um den Kopf.

»Ganz niedlich«, dachte Kai. »Ob die schon 18 Jahre alt ist?«

Die Sonne schien schräg ins Zimmer. Die Klimaanlage lief. Seine Uhr zeigte zehn Uhr morgens. Gott sei Dank war heute Samstag und das Konsulat geschlossen. Er ging ins Bad und schluckte eine Kopfschmerztablette. Danach war Duschen, Rasieren und Zähneputzen angesagt. Angezogen begab er sich in die Küche.

Aus Thomas' Räumlichkeiten drangen Geräusche, die darauf schließen ließen, dass er die Nacht auch nicht alleine verbracht hatte. Nach einer Weile ging auch dort die Türe auf und Thomas erschien nackt in der Küche.

»Guten Morgen, Kai. Was machst du denn so früh, geschniegelt und gestriegelt, in der Küche?« Ohne eine Antwort von Kai abzuwarten, bewegte er sich torkelnd zurück in sein Zimmer. Bevor er jedoch verschwand, fragte Kai: »Thomas, sag mal, wie sind wir gestern nach Hause gekommen? Mein Erinnerungsvermögen hat mich verlassen. Zusätzlich liegt bei mir im Bett ein Mädchen, das ich nicht kenne, und ich weiß auch nicht, wie sie heißt. Nach solchen nächtlichen Intimitäten wie letzte Nacht verlangt es doch der Anstand, dass ich sie morgens mit ihrem Namen begrüße.«

»Sie heißt Pussi und ist die Freundin meiner Kleinen«, meinte Thomas und verschwand in seinem Zimmer.

Mein Gott, was für ein Absturz, dachte Kai und begutachtete

die wenigen Vorräte, die neben dem vielen Bier im Eisschrank Platz gefunden hatten. Er deckte den Tisch mit Butter, Weißbrot und Aufschnitt. Dazu kochte er noch ein paar Eier. Es fehlte ihm die Morgenzeitung von zu Hause, ansonsten war er mit seinem Werk zufrieden.

Bevor er anfing zu frühstücken, ging die Türe zu seinem Schlafzimmer auf und Pussi, seine Nachtgefährtin, erschien. Sie trug das Leintuch aus dem Bett um den Körper gewickelt und bewegte sich auf Zehenspitzen auf den Frühstückstisch zu.

»Hi«, begrüßte sie Kai. Mundgeruch schlug Kai entgegen. Pussi setzte sich mit einer Selbstverständlichkeit an den Tisch, als wäre ihr der Vorgang vertraut. Messer und Gabel ließ sie liegen und aß mit den Fingern, schmatzte dabei und lümmelte am Tisch herum.

Wenig später erschien Thomas in kurzen Hosen, mit einem Polohemd bekleidet, in Begleitung von Sunny.

Es wurde ein fröhliches Frühstück, wobei Sunny Kai mehrmals fragte, ob er ihr das Wort »Blase-Hasi« übersetzen könnte. Thomas würde sie öfters so nennen und sie finde in keinem Lexikon die Übersetzung. Mit ernster Miene meinte Kai, dergleichen hätte er auch noch nie gehört und könnte ihr damit nicht weiterhelfen. Das müsste ihr wohl Thomas erklären.

Darauf Thomas, mit vollen Backen: »Das ist ein Kosenamen und daher nicht übersetzbar.«

Das Wochenende verflog im Nu und der Montag empfing sie mit Regen und Wind. Im Konsulat wurde Kai in seine neue Arbeit eingeführt. Um alles kennenzulernen, verbrachte er jeden Tag in einer anderen Abteilung.

Nach 14 Tagen rief ihn Konsul Weber zu sich.

»Guten Morgen, Herr Jung. Bitte setzen Sie sich. Möchten Sie was trinken? Nein? Dann würde ich gerne einmal von Ihnen hören, wie Sie sich bei uns eingelebt haben«, fing Weber die Unterhaltung mit Kai an. »Konnten Sie schon irgendwelche Erkenntnisse gewinnen, die unseren Verdacht der Bestechlichkeit untermauern?«

»Nun«, fing Kai mit seinem Bericht an, »da gibt es nicht viel zu berichten. Ich bin jetzt zwei Wochen bei Ihnen. Davon habe ich die erste Woche damit verbracht, mich im Konsulat zurechtzufinden. In der zweiten Woche bin ich in die Visaabteilung gekommen. Diese Abteilung ist meiner Meinung die Schwachstelle im Konsulat, soweit ich das in der kurzen Zeit bei Ihnen beurteilen kann, bei der man am ehesten solche Betrügereien durchführen könnte.«

»Berichten Sie«, forderte ihn der Konsul auf.

»So wie ich mich bisher in der Abteilung umsehen konnte, gibt es diverse Möglichkeiten dazu. Die Frage lautet, mit wie viel Personen könnte so etwas durchgeführt werden?«

»Bevor sie fortfahren, Herr Jung, möchten Sie etwas zum Trinken haben? Einen Kaffee, Wasser oder Saft?«

»Wenn Sie mich so fragen, wäre ein Kaffee ganz recht.«

Weber bestellte bei seiner Sekretärin zwei Kaffee, einen für sich und einen für Kai.

»Bevor Sie in Ihrem Bericht fortfahren, erzählen Sie mir vorher, wie kommen Sie mit Herrn Albrecht, Ihrem Wohnpartner, zurecht?«

»Gut. Er ist ja ein umgänglicher Typ.«

»War es möglich, bei Ihrem Aufenthalt in diesem Wohnviertel, in dem mehr oder weniger die meisten Konsulatsangestellten wohnen, etwas herauszufinden, was unseren Fall anbetrifft?«

»Nein. Wenn man sich untereinander trifft, so wird Skat gespielt, über Reisen Einzelner gesprochen, die China bereist haben, oder einfach nur Privates erzählt. Themen aus dem Konsulat werden außerhalb der Arbeit fast nicht mehr erwähnt.«

Der Kaffee kam und der Konsul bat Kai, in seinem Bericht fortzufahren.

»Ich wollte Ihnen meine Gedanken erläutern, wie solche Vorgänge ablaufen könnten, wenn jemand illegale Visa bekommen möchte. Entsprechend den Personen, die hier mitmachen würden, gäbe es unterschiedliche Wege.

Zum Beispiel: Wenn nur eine Person das durchziehen wollte, so kann diese nur im deutschen Team zu suchen sein, denn dort werden die Genehmigungen erteilt. Diese Version erscheint mir jedoch sehr unwahrscheinlich. Ich kann mir nicht vorstellen, dass jemand von außen einen deutschen Konsulatsangestellten anspricht, ob er für Geld Visa ausstellen würde.

Die nächste Möglichkeit wäre, dass zwei Personen in den Fall verwickelt sind. Eine deutsche Person, die die Anträge prüft und genehmigt, und eine chinesische Person, die den Kontakt nach außen hält, also Aufträge entgegennimmt, wieder ausliefert und kassiert. Für diese Position würde sich am besten ein Schalter eignen, an dem ein chinesischer Mitarbeiter sitzt.

Dann gäbe es noch die dritte Variante. Bei dieser wären mehrere Personen an dem Geschäft beteiligt, die die Aufträge reinholen, eine andere, die die Aufträge entgegennimmt, noch eine andere, die die Visa genehmigt, und zusätzlich derjenige, welcher die Pässe wieder ausliefert und kassiert. Die Annahme und die Auslieferung müssten nicht mehr unbedingt an den Konsulatsschaltern stattfinden. Die genehmigten Pässe mit den Visa könnten auch aus dem Konsulat herausgeschleust worden sein«, führte Kai seine Überlegungen aus.

»Dass die Pässe um die Ausgabeschalter herum aus dem Konsulat geschleust werden, ist für mich unwahrscheinlich. Alle Konsulatsangestellten wurden vor der Einstellung einer harten Prüfung unterzogen. Eine Leibesvisitation findet natürlich am Ende eines Tages nicht statt«, überlegte der Konsul. »Ich hätte noch vor Wochen für jeden einzelnen Mitarbeiter in meinem Konsulat meine Hand ins Feuer gelegt«, sinnierte er vor sich hin. »Mich trifft diese Verdächtigung hart. Ich denke die ganze Zeit nach, ob es nicht doch noch andere Möglichkeiten gäbe, von wo diese illegalen Visa kommen könnten.«

Kai schaute den Konsul skeptisch an und meinte: »Wie soll so etwas außerhalb des Konsulates funktionieren, Herr Weber? Alle ausgestellten Visa werden in einer Datenbank registriert. Ich verstehe ja, dass Sie alle möglichen Überlegungen anstellen, um diese Angelegenheit aus dem Konsulat zu bekommen. Welcher Konsul hat schon gerne, dass in seiner Amtszeit bei ihm Betrüger am Werke sind.«

»Vielleicht haben sie ja recht, wenn Sie mich darauf aufmerksam machen, meine Augen vor der Realität nicht zu verschließen. Jedenfalls werden wir der Sache, egal wie lange das dauern sollte, auf den Grund gehen. Also erzählen Sie weiter.«

»Also die drei obigen Varianten kann ich mir bei diesem Vorgang vorstellen. Wie gesagt, es kommt darauf an, wie viele Personen sich bei diesem Geschäft die Hände wärmen«, meinte Kai.

»Was denken Sie?«, hakte der Konsul nach.

»Ich bevorzuge die zweite Variante. Je weniger Personen bei der Angelegenheit mitmachen, umso mehr reduziert man die Gefahr, dass was schieflaufen könnte. Also jemand aus dem deutschen Team, der die Visa ausstellt, müsste dabei sein und ein chinesischer Mitarbeiter, der den Kontakt zur einheimischen Bevölkerung hält«, erklärte Kai seine Version. »Diese Person müsste an einem Schalter der Passannahme und -ausgabe sitzen. So könnte das funktionieren.«

»Interessant, Ihre Überlegungen«, kommentierte der Konsul Kais Ausführung. »Ich bin froh, Sie bei uns zu haben. Das hört sich doch alles sehr professionell an. Glauben Sie, dass Sie jemanden auf frischer Tat erwischen könnten?«, hakte er weiter nach.

»Im Moment wird es etwas schwierig werden. Und zwar aus folgendem Grund: Ich weiß nicht, ob Sie wissen, warum ich mich überhaupt in China aufhalte«, fragte Kai.

Der Konsul nickte. »Es geht um einen Ring von Menschenhändlern aus China«, beantwortete er Kais Frage.

»Also wissen Sie auch, dass wir bei diesem Fall erst durch das Verbrechen im Restaurant ›Zum guten Essen‹, bei dem es drei Tote gab, auf diesen Menschenhandel aufmerksam geworden sind. In diesem Restaurant, in dem die drei Toten hingerichtet wurden, gingen die Bestellungen ein. Von dort erfolgte auch die Auslieferung.«

»Was wollen Sie mir damit sagen?«

»Ganz einfach. Durch die Morde ist diese Stelle für die Menschenhändler unbrauchbar geworden. Sie müssen sich neu organisieren. Mit anderen Worten: Keine Bestellungen, also wird es auch keinen Bedarf für Visa geben.«

»Verstehe. Was schlagen Sie dann vor, was zu tun sei?«, fragte der Konsul.

»Abwarten«, meinte Kai.

»Sie wollen damit sagen, dass wir warten müssen, bis sich die Verbrecher neu organisiert haben?«

»Richtig. Hier wurde eine empfindliche Stelle der Organisation getroffen.«

»Das kann ja ewig dauern.«

»Das glaube ich nicht. Dafür ist das Geschäft viel zu lukrativ und viel zu viele Menschen bereichern sich daran. Worüber ich mir jedoch Gedanken mache, ist, warum wurden diese drei Menschen getötet? Durch die Morde wurde die Polizei auf den Plan gerufen. Wer und warum hatte jemand Interesse daran, dieses Geschäft auffliegen zu lassen? Asiatische Untergrundorganisationen scheuen die Öffentlichkeit wie der Teufel das Weihwasser«, spekulierte Kai vor sich hin. »In Frankfurt fragen wir uns: War das Verbrechen eine Strafaktion, weil das Ehepaar Sui die Organisation betrogen hat? Dann hätten die Verbrecher eigentlich nach den Hinrichtungen wohl alles daransetzen müssen, um alle Spuren des Mädchenhandels zu verwischen, und das ganze Lokal von oben nach unten durchsuchen müssen. Wenn sie das nun nicht getan haben, dann kommt die Frage auf: Warum denn nicht?

Oder haben die Verbrecher geglaubt, dass alle Unterlagen des Ehepaares zu Hause gelagert worden seien? In der Wohnung der Familie Sui wurde jedoch kein Einbruch gemeldet und auch sonst nichts Auffälliges beobachtet.

Oder wussten die Täter nicht, dass das Ehepaar über alle Vorgänge Buch geführt hat?

Eine andere Möglichkeit wäre, dass rivalisierende Untergrundorganisationen hier zugange sind. Ein Machtkampf um das profitable Geschäft des Vermarktens von Mädchen zur Prostitution.« Konsul Weber hörte interessiert den Ausführungen Kais zu.

»Für diese Theorie spricht, dass nach dem Verbrechen keine Unterlagen gesucht wurden. Mit anderen Worten: Die Hoffnung der Täter, dass, wenn die Polizei auf diesen Menschenhandel stoßen würde, diese Organisation zerschlagen wird. Also ein Konkurrent weniger. Dann kommt noch diese Brutalität der Vorgehensweise hinzu. Auch das könnte für diese Theorie sprechen. Die Warnung an die Konkurrenz, sich möglichst aus diesem Geschäft herauszuhalten, falls die Polizei diese Organisation nicht mit Stumpf und Stiel erfassen kann«, beendete Kai seine Schilderung.

»Das ist das erste Mal in meinem Leben, dass ich Einblick in Ermittlungen der Polizei bekomme«, bemerkte der Konsul. »Zumindest in dieser Dimension. Erschreckend.«

»Zusätzlich fragen wir uns«, fuhr Kai weiter fort, »war das nur eine Warnung oder ist das der Anfang eines Bandenkrieges? Bekommen wir italienische Verhältnisse in Deutschland?«

Konsul Weber schüttelte den Kopf. »Mein Gott, welche Aussichten! Was mich noch interessieren würde: Können Sie abschätzen, falls Ihre Theorie stimmt, wann diese Banden sich wieder fertig organisiert haben und mit den nächsten Bestellungen wieder anfangen können? Mit anderen Worten: Was meinen Sie, wie lange wir hier in der Wartestellung verharren müssen, bis es in unserem Fall weitergehen kann?«

»Das kommt darauf an, was sich in nächsten Zeit in Frankfurt tut. Die Polizei und die Staatsanwaltschaft stehen auf Beobachtungsposten. Unsere Spitzel in Deutschland haben wir angesetzt. Am Einfallstor nach Europa, am Frankfurter Flughafen, wird verdeckt ermittelt. Und ich bin bei Ihnen. In Changzhou werden Tatverdächtige von der dortigen Polizei, beobachtet.«

18

Abends, als Kai mit dem Taxi nach Hause fuhr, erwartete ihn Thomas bereits in der Wohnung. Er stand mit einer kurzen Freizeithose auf dem Balkon und grillte.

Obwohl das Thermometer abends noch immer 33 Grad Wärme anzeigte, wollte Thomas auf den Grill nicht verzichten. Die heimischen Sitten befolgte man auch in der Fremde. Die chinesischen Nachbarn dieses Wohnkomplexes schüttelten den Kopf über so viel Unverstand der Ausländer. Anstatt sich in der gekühlten Wohnung zu erholen, rissen diese Ausländer ihre Türen auf, ließen die Hitze ins Haus und machten auch noch Feuer, damit es noch heißer werde, und setzten sich draußen den Schnaken aus. Anschließend warfen sie riesige Mengen Fleisch aufs Feuer, standen mit Bierflaschen ums Feuer herum und schwitzten. Die kurzen Hosen boten den Moskitos eine tolle Angriffsfläche. Unverständlich.

An einigen Fenstern standen die Einheimischen und beobachteten das Schauspiel.

»Hol dir ein Bier. Mach dich locker. In einer halben Stunde kommen noch zwei Kollegen aus dem Konsulat zum Essen. Anschließend wollen wir Skat spielen. Du kannst doch Skat spielen?«, wurde Kai gefragt.

»Selbstverständlich spiele ich Skat. Ich bin der König der Skatspieler. Ihr werdet von Glück reden, wenn ihr eure Hosen behalten dürft«, meinte Kai und verdrückte sich in sein Zimmer.

Er duschte und zog sich locker an, wie es ihm befohlen wurde, und begab sich zu den anderen, die inzwischen eingetroffen waren.

Das Essen beendeten sie um 20 Uhr. Zur Verdauung trank man noch zwei Moutai und anschließend wurde gewürfelt, wer am nächsten Tag für den Abwasch verantwortlich zeichnen sollte. Bevor die Karten ausgeteilt wurden, läutete Thomas' Telefon. Es schien ein längeres Gespräch zu werden. Die Skatspieler legten ihre Karten auf den Tisch, die Raucher zündeten sich eine Zigarette an, man lehnte sich zurück und lauschte dem Gespräch.

»Guten Tag.«

»…«

»Nein, ich glaube, ich kenne Sie nicht.«

»…«

»Ach ja, jetzt erinnere ich mich schwach an Sie. Wir haben uns einmal in einer Bar begrüßt. Ist aber schon eine Weile her.«

»…«

»Ja, ich kann mich erinnern, Ihr Sohn war auch dabei.«

»…«

»So, Sie rufen aus Deutschland an?«

»…«

»Sie machen sich Sorgen um Ihren Sohn, der seit vier Tagen nur säuft?«

»…«

»Seine Freundin hat bei Ihnen in Deutschland angerufen und Ihnen mitgeteilt, dass die Nachbarn die Polizei gerufen haben, weil Ihr Sohn randaliert?«

»…«

»Mein Gott, Herr, wie war Ihr Name?«

»…«

»Herr Wurz. Wie soll ich Ihnen hier helfen? Wie Sie bestimmt wissen, haben wir es hier 20.30 Uhr abends. Ich sitze zu Hause und habe Besuch. Morgen muss ich nach Honkong fliegen. Ich weiß nicht, wie ich Ihnen bei diesem Problem helfen soll.«

»…«?

»Die Polizei hat Ihren Sohn mitgenommen?«

»…«

»Gut, geben Sie mir die Telefonnummer der chinesischen Freundin. Ich werde mich mit ihr in Verbindung setzen, um mir alles aus erster Hand erzählen zu lassen. Mal sehen, inwieweit ich in der Lage bin, Ihnen von hier aus zu helfen.«

»…«

»Danken Sie mir nicht zu früh, ich weiß ja gar nicht, ob bei dem Anruf der Freundin etwas herauskommt.«

Thomas notierte sich die Telefonnummer der chinesischen Freundin und beendete das Gespräch.

»Jetzt brauche ich einen Schnaps. Ihr habt doch das Gespräch in etwa mit angehört. Der hat Nerven. Laut Aussage des Vaters, der im Moment in Deutschland weilt, ist sein Sohn Alkoholiker und steht seit vier Tagen unter Strom. Nun soll ich ihn retten«, murmelte Thomas und schüttelte den Kopf. »Ich rufe jetzt noch die Freundin des Sohnes an, um zu sehen, was überhaupt los ist, und dann fangen wir mit unserem Skat an.«

Kai und die beiden Besucher tranken schweigend ihr Bier. Jeder hing seinen Gedanken nach. Es stimmte, dass Ausländer, die sich länger in China aufhielten, leicht unter die Räder kamen. Die meisten Ausländer, Männer in den besten Jahren, vogelfrei, ohne familiären Anhang und Verpflichtungen. Umgeben von willigen Mädchen, in einem Land, in dem ein paar Euro viel Geld waren. Der Alkohol wurde in Mengen getrunken. Da konnte es schon passieren, dass kein Maß gehalten wurde. Ein Leben, das bei ihrer Heimreise endete.

Kai hatte schon erlebt, dass bei Abschiedsfeiern ganze Bars auseinandergenommen wurden. Kuchen flogen durch die Gegend. Stühle wurden zerschlagen, auf Theken getanzt, Gläser durch Fenster geworfen.

Unbeschreiblich.

Bei einer dieser Abschiedsfeiern, so erzählte man sich, hätten Schweizer Pressluftbohrer mitgebracht, um das Lokal auseinanderzunehmen. Zum Glück besaß das Lokal keinen Starkstrom.

Bei solchen Feiern blieb die Zivilisation außen vor, das Animalische kam zum Vorschein.

Bei diesen Erzählungen kam man leicht auf den Gedanken, dass solche Geschichten aus einem Zwirn gesponnen seien, wie man sie auch von Fischern, die den größten Fisch gefangen haben, oder Jägern, die mit einem Bären getanzt, oder Seglern, die dem Taifun ins Auge gesehen hätten, hören könnte. Nein, in China waren diese Geschichten Realität.

»Hallo, ist dort Fräulein Tien?«, versuchte Thomas sein versprochenes Telefonat hinter sich zu bringen.

»…«

»Hier spricht Herr Albrecht.«

»…«

»Nein, wir kennen uns nicht. Ich habe gerade einen Anruf aus Deutschland erhalten, von Herrn Wurz. Der Vater von Ihrem Freund.«

»…«

»So, so. Sie haben sich von Ihrem Freund getrennt. Nichtsdestotrotz, können Sie mir vielleicht berichten, was mit Ihrem alten Freund Michael los ist?«

»…«

»O. K., ich habe verstanden. Ihr Freund hat so viel Alkohol getrunken, dass er ganz verrückt im Kopf geworden ist. So verrückt, dass die Nachbarn die Polizei gerufen haben. Was hat nun die Polizei mit Ihrem Freund gemacht?«

»…«

»Gut. Die Polizei hat ihn nicht ins Gefängnis gesteckt, sondern ins Krankenhaus gebracht. Nun liegt er im Krankenhaus, aber dort kann er nicht bleiben. Da keiner das Geld fürs Krankenhaus zahlt, muss jemand ihren alten Freund abholen.«

»…«

»Warum können Sie ihn nicht abholen?«

»…«

»Sie sind fertig mit ihm?«

»…«

»In welches Krankenhaus hat ihn die Polizei gebracht?«

»…«

»Gut, ich schreibe mir den Namen des Krankenhauses auf.«

»…«

»Ich wiederhole, er liegt im Ou-Yangxiu-Krankenhaus.«

»…«

»Nein, ich werde den Weg schon finden. Machen Sie sich keine Gedanken.«

»…«

»Auf Wiedersehen, Frl. Tien. Ich werde sehen, was ich tun kann …«

»…«

»Gut, ich merke mir, dass ich aufpassen muss, wenn ich ins Krankenhaus komme. Ihr Freund ist im Kopf nicht nur verrückt vom Alkohol, sondern jetzt noch verrückter mit der Medizin, die man ihm gegeben hat.«

»…«

»Auf Wiedersehen, Frl. Tien.«

Nachdem Thomas das Gespräch mit der Freundin beendet hatte, meinte er: »Wahrscheinlich hat man den armen Kerl im Krankenhaus mit Medikamenten ruhig gestellt«, bemerkte er. »Nun, meine Freunde, das ist China. Unberechenbar. Da wollen wir Skat spielen und aus Deutschland ruft ein Vater aus höchster Not an, man möge alles stehen und liegen lassen, um nach seinem besoffenen Sohn zu suchen. Jetzt frage ich euch, was würdet ihr an meiner Stelle tun?«

Nachdenkliches Schweigen breitete sich in der Runde aus. »Ich will euch etwas sagen«, meinte er in die schweigende Runde. »Wenn ich jetzt so tue, als hätte es diesen Anruf nicht gegeben, und wir setzen unseren Skatabend fort, werde ich mein Gesicht im Spiegel nicht mehr ertragen können.«

»O. K., mach dich fort«, meinte Kai. »Wir können unseren Skatabend in den nächsten Tagen nachholen.«

»Wenn du jedoch losfährst«, empfahl ein anderer aus der Runde, »um dich als Sumpfengel zu betätigen, würde ich vorschlagen, dass ich und meine chinesische Frau dich begleiten.« Zustimmendes Nicken begleitete diesen Vorschlag. »Ohne chinesische Sprachkenntnisse wirst du dich im Krankenhaus nicht zurechtfinden.«

»Klar. Ich bin froh, wenn ich das nicht alleine durchziehen muss«, nahm Thomas den Vorschlag dankbar auf. »Ich ziehe mir nur schnell noch ein paar lange Hosen an und dann geht es los.«

»Ich würde auch gerne mitkommen«, äußerte Kai. »So schnell werde ich nicht mehr in den Genuss kommen, dass ein Säufer den anderen Säufer rettet.«

Der letzte Skatbruder trollte sich nach Hause. Die angebotene chinesische Ehefrau wurde abgeholt und Kai sowie Thomas zogen sich um. Danach machten sich die vier als Helfer in der Not auf den Weg ins Krankenhaus.

Im Krankenhaus angelangt, suchten sie die Abteilung, in der Sohn Wurz sein sollte. Dort angelangt, wurde ihnen mitgeteilt, dass der betreffende Herr auf eigenen Wunsch vor fünf Minuten die Abteilung verlassen habe. Die vier schauten sich an und im Laufschritt ging es Richtung Ausgang. Draußen empfing sie wieder die heiße Sommernacht.

»Dort vorne sehe ich einen Ausländer«, rief Kai.

Die Gruppe lief auf den vermuteten Kandidaten zu, bevor dieser die Straße überqueren konnte. Herr Wurz junior stand breitbeinig, etwas unsicher auf den Beinen, und sah der heraneilenden Gruppe entgegen.

Herr Wurz junior, so groß wie Thomas, kahl geschoren, kräftig, bekleidet mit einem verschwitzen weißen T-Shirt und einer dunkelblauen Trainingshose, die linke Hand verbunden, in der noch eine Kanüle steckte. Kai schätzte ihn auf 35 Jahre.

Thomas, der ihn als Erster erreichte, schlug ihm als Begrüßung auf den Rücken und bot ihm gleich eine Zigarette an. Herr Wurz junior zeigte sich hocherfreut über so viel Gesellschaft und Aufmerksamkeit.

Im Wagen, auf der Fahrt ins Krankenhaus, hatte Thomas noch alle darauf geeicht, nichts von dem Anruf des Vaters zu erwähnen. Beide hätten zueinander ein gespanntes Verhältnis. Die Gruppe wartete, bis beide sich von ihren Zigaretten trennen konnten.

»Michael, wir bringen dich jetzt nach Hause. Ist dir das recht?«, fragte Thomas den Säufer.

»Yes, yes. Ihr kommt dann alle zu mir in meine Wohnung. Da können wir weiterfeiern«, meinte Wurz junior.

Am Wagen angelangt, rief der Säufer: »Ich fahre«, und ging auf die Fahrertüre zu.

Kai, beeindruckt von Thomas' ruhigem, ausgeglichenem Verhalten gegenüber diesem völlig abgedrehten jungen Mann, als würde er täglich mit solchen Situationen konfrontiert, meinte: »Nein, nein, Michael. Das ist mein Wagen und ich fahre«, und setzte sich hinters Steuer.

Nachdem keiner der Anwesenden neben Herrn Wurz junior sitzen wollte, wurde dieser auf den Beifahrersitz neben Thomas verfrachtet und die Übrigen aus der Gruppe nahmen auf dem Rücksitz Platz.

»Ich kenne dich. Ich kenne dich ganz genau«, meinte der Säufer zu Thomas. »Und ich weiß alles über dich.«

»Mein Gott. Hoffentlich nicht alles«, murmelte Thomas erschrocken.

Der Säufer drehte sich um und meinte zum Skatbruder, der hinten saß: »Auch dich kenne ich. Wo ist denn deine Frau?«

»Meine Frau sitzt neben mir.«

Wurz junior stutzte und sagte etwas auf Chinesisch, an Thomas gewandt. Der Säufer drehte sich zum Rücksitz um, musterte den Skatbruder mit Frau und meinte, an Thomas gewandt: »Sonst ist der doch immer mit einer anderen Frau unterwegs. Aber ich sage nichts. Von mir erfährt keiner etwas.«

Von hinten kam die Stimme der Chinesin: »Ich China-Frau. Ich alles verstehen.«

Herr Wurz in Englisch: »Ich sage nichts.«

Die Chinesin: »Ich auch Englisch verstehen.«

»Scheiße«, erwiderte Herr Wurz.

In seinem Zustand schien er doch mitbekommen zu haben, dass er ins Fettnäpfchen getreten hatte.

Der Skatbruder, ob dieses Wortwechsels nicht glücklich, schaute schweigend aus dem Fenster.

Über das Gewitter, das zu Hause über ihn ergehen würde, war er nicht glücklich.

19

Und dann kam Christel.

Kai, der sich inzwischen drei Wochen im Konsulat aufhielt, bekam Besuch von Christel. Eine 26-jährige Chinesin, die am Schalter der Annahme und Ausgabe der Visaanträge arbeitete.

Als Schönheit konnte man sie nicht bezeichnen. Spärliche Haare, die sie unter einer scheußlichen Schirmmütze versteckte, ein breiter, wulstiger Mund mit großen Raffzähnen und ein aufdringlich freundliches Gehabe.

Kais Arbeitsplatz lag in einem Raum, den er mit mehreren Mitarbeitern teilte. An der Längsseite des Raumes lagen die Fenster. Der Ausblick von dort wäre gigantisch gewesen ohne den Smog.

»Wie gefällt es Ihnen in Shanghai?«, fing Christel das Gespräch an.

»Gut«, kam die knappe Antwort von Kai.

»Haben Sie sich gut eingelebt?«

»Es geht so. Ich bin ja noch nicht so lange hier.«

»Ich könnte Ihnen ein bisschen von der Stadt, und auch einiges von der Geschichte Chinas erzählen«, bot sie Kai an.

»Das Angebot würde ich gerne annehmen.«

»Kann es sein, dass mit dem Angebot von Christel die Wartezeit sich dem Ende zuneigt?«, fragte sich Kai.

»Was halten Sie davon, wenn wir einmal zusammen zum Abendessen gehen? Dann könnten wir alles Weitere besprechen«, schlug sie vor.

»Gerne«, antwortete Kai wieder. »An welchen Tag haben Sie gedacht?«

»Ich glaube, morgen Abend wäre ein guter Abend.«

Der Abend mit Christel schien tatsächlich die Hoffnung von Kai zu erfüllen, dass dies ein erstes Anzeichen zu sein schien, dass etwas Bewegung in die Angelegenheit kam.

An diesem Abend zeigte sich Kai von seiner charmantesten Seite. Er nannte sie Christel, sie nannte ihn Kai. Beide waren in einem französischen Lokal gelandet.

Man trank chinesischen Rotwein und kam sich näher. Sie sprach vom Verdienst und was man mit Geld in China alles anfangen könnte.

Nein, Kai wäre nicht verheiratet.

Der Abend verlief harmonisch und man trennte sich um Mitternacht beim Taxistand, mit der nächsten Verabredung fürs Wochenende.

Am Wochenende besichtigten sie den Fernsehturm in Shanghai. Auf der geschlossenen Plattform des Turmes gab es einen Rundgang. Der Rundgang ermöglichte dem Besucher, die ganze Stadt im Panorama zu betrachten. Anschließend ging es durch die Altstadt, was von dieser überhaupt noch übrig geblieben war. Dem Wachstum dieser Stadt mussten alle chinesischen Teile der Stadt weichen. Es ginge durch den Yu-Garten, der in den Wirren der Kulturrevolution von den Roten Garden verwüstet und in letzter Zeit mit viel Aufwand von der Stadtverwaltung wieder instand gesetzt wurde.

»Mir gefällt es, wie ihr eure Häuser baut. Viele davon haben in ihren Giebeln ein Loch. Eine schöne Art, die Häuser zu schmücken«, bemerkte Kai.

»Das ist kein Schmuck der Häuser. Diese Löcher sind dazu da, die bösen Geister zu täuschen, wenn sie ins Haus fliegen wollen. Diese fliegen dann vorne hinein und hinten wieder hinaus. Geister können nicht krumm fliegen, nur gerade«, erklärte Christel.

Abends führte Christel Kai zum Brasilianer. Ein Restaurant, in dem eine Salattheke zur Selbstbedienung mittig durch den ganzen Raum führte und ein Ober mit ein Meter langen Fleischspießen durch die Reihe der Tische ging und die Gäste mit Fleisch versorgte.

»Kai, wenn die Sonne noch schöner scheinen würde, hätte man dann nicht ein besseres Leben?«, fragte Christel.

»Ein besseres Leben kann nicht schaden«, kam die Antwort von Kai.

Darauf rückte Christel mit dem Vorschlag heraus, dass sie eine Möglichkeit hätte, wie man, ohne zu arbeiten, zusätzlich viel Geld verdienen könnte. Dies müsste jedoch unter ihnen bleiben. Sie, Christel, habe Kai beobachtet, seitdem er im Konsulat angefangen habe. Er dürfe nicht böse sein, aber sie habe auch Einsicht genommen in die Unterlagen seiner Identität und sie glaube, dass sie beide gute Freunde werden könnten.

Kai zeigte sich hoch interessiert, was das Geldverdienen anbetraf, und dachte: Schau mal einer an. Diese Kleine hat tatsächlich meine Identität im Konsulat überprüft. Es war gut, dass man mich dort als einen gefallenen Engel eingebaut hat, der bereits eine kriminelle Vergangenheit besitzt. Auch die Erklärung, wie einer mit so einer Vergangenheit als Konsulatsangestellter tätig werden konnte, begründete man mit einem politisch hoch stehenden Onkel, der sich für ihn eingesetzt habe.

Christel erklärte Kai den Plan der illegalen Visavergabe. Kai säße an der Bearbeitung der Unterlagen, sie an der Ausgabe derselben. Sie kenne einen Chinesen, der großes Interesse an Visa habe. Um die Einladung und Haftung der betreffenden Visaantragsteller würde sie sich kümmern. Der Kunde würde für jedes abgestempelte Papier 50.000 RMB zahlen.

»Kann man diesem Mann vertrauen?«, fragte Kai.

»Du brauchst keine Angst zu haben. Mit diesem Mann arbeiten wir schon lange zusammen. Wir können ihm vertrauen«, zerstreute Christel Kais Bedenken.

»Was heißt hier wir? Wer macht denn alles noch mit? Und was heißt, dass ihr schon lange zusammenarbeitet? Wie lange denn?«

»An der Stelle im Konsulat, wo du jetzt sitzt, war doch vor dir Frau Müller, die wollte auch, dass die Sonne bei ihr heißer scheint.

Mit der habe ich zusammengearbeitet. Sonst ist niemand bei diesem guten Geschäft dabei. Jetzt bekommt sie jedoch ein Baby und du sitzt auf ihrem Platz. Also wissen nur wir zwei davon«, beschwichtigte Christel.

Kai weiter: »Und wie lange scheint die Sonne bei euch so heiß?«

»Seit zwei Jahren. Du siehst, es ist ganz ungefährlich.«

Damit sich Kai nicht durch ein zu großes Interesse verriet, machte er ein bedenkliches Gesicht, um anzuzeigen, dass er das Für und Wider abwog.

Christel fuhr fort in ihrem Bericht, um Kais vermeintliche Zweifel zu zerstreuen: »Der Mann, der diese Visa bei mir bestellt, hat fast zwei Monate Pause gemacht. Vor einer Woche ist er nun wiedergekommen und braucht zwei neue Visa. Es sind immer Visa für junge Mädchen, die in Europa arbeiten möchten. Wer jedoch nach Europa will, muss jemanden haben, der für ihn bürgt. Diese Mädchen haben keine Bürgen. Daher hat mir der Mann gesagt, dass die Kirche versucht, diesen armen Mädchen zu helfen. Damit erhalten diese Mädchen von der Kirche ihre Einladungen und von der bekommen wir auch unser Geld.«

»Na, wenn das so ist, dass wir hier noch ein gutes Werk mit der Kirche zusammen machen, dann bin ich dabei«, schlug Kai bei diesem Geschäft ein.

»Wichtig ist jedoch, dass niemand davon erfährt«, meinte Christel. »Sonst können wir den armen Mädchen nicht mehr helfen und wir bekommen kein Geld mehr. Es kann auch passieren, wenn andere Leute davon erfahren, dass diese Leute auch mitverdienen wollen. Dann bleibt für uns nicht mehr viel übrig.«

»Aha«, dachte Kai, »sie meint damit, dass wir Erpresser auf den Plan rufen.«

»Und dann ist das, was wir tun, ja verboten. Auch wenn es etwas Gutes ist, was wir hier tun, so ist es doch verboten und die Polizei wird uns bestrafen, wenn wir nicht ganz vorsichtig sind«, stimmte Christel Kai auf seine weitere Gangweise ein.

»Wann soll es losgehen?«, fragte Kai.

»Ich habe diesem Kunden von meinen Problemen berichtet, dass Frau Müller wieder nach Deutschland zurückgeflogen ist, weil sie ein Baby bekommt. Ich habe ihm jedoch versprochen, dass ich ihm gleich Bescheid gebe, wenn ich im Konsulat wieder einen Deutschen gefunden habe, der uns bei dieser guten Arbeit hilft.«

Das Ende des Abends verbrachten beide damit, sich auszumalen, was sie zukünftig alles mit den zusätzlichen Einnahmen machen könnten.

Christel erzählte, dass sie von den Einnahmen der letzten zwei Jahre eine Wohnung in Shanghai gekauft habe. Zusätzlich unterstützte sie ihre Eltern mit diesem Geld. Laut ihren Ausführungen suche sie noch einen Mann zum Heiraten. Das wäre jedoch schwierig in China, einen gleich gestellten Partner zu finden, mit der gleichen Bildung und einem gleich hohen Wohlstand. Viele Ehen in China würden von den Eltern der Kinder abgesprochen.

Bei ihr wäre das jedoch nicht möglich. Ihre Eltern lebten auf dem Lande. Da gäbe es keine passenden Männer für sie. Die meisten Männer dort wären arme Bauern. Sie jedoch, im deutschen Konsulat beschäftigt, mit einer eigenen Wohnung, benötige einen Mann aus der Stadt.

»Was soll ich mit so einem Bauern als Ehemann?«, meinte sie und streichelte dabei Kais Hand.

Abends, zu Hause, ging Kai in sein Zimmer und schloss die Türe hinter sich zu, damit Thomas das Gespräch nicht mitbekam, und rief Konsul Weber an.

»Herr Weber, gute Nachrichten. Ich glaube, es kann losgehen. Ich weiß jetzt, wie das alles gelaufen ist und wer dabei involviert war beziehungsweise ist. Als Erstes werde ich mich nicht mehr in Ihrem Büro blicken lassen, um nicht die Pferde scheu zu machen. Dann muss ich in Frankfurt den SoKo-Chef Otto kontaktieren, um mit ihm die weitere Vorgehensweise zu besprechen. Anschließend werde ich sie über alles informieren.«

»Herr Jung!«, schrie Konsul Weber ins Telefon. »Sind Sie ganz von Sinnen? Ich bin verantwortlich, was in meinem Konsulat geschieht. Denken Sie, ich lasse mich mit solchen vagen Andeutungen abfertigen? Ich will alles ganz genau wissen und auch in der Lage sein, Einfluss auf das Geschehen zu nehmen, was hier in China unter meiner Federführung passiert. Also lupfen Sie Ihren Hintern und kommen Sie zu mir nach Hause zum Rapport.«

Konsul Weber gab Kai die Adresse seiner Wohnung. Bevor Kai sich wieder auf die Straße begab, um ein Taxi heranzuwinken, rief er in Frankfurt beim SoKo-Leiter Otto an. Die Uhr zeigte in China 23 Uhr, somit war es 17 Uhr nachmittags in Frankfurt. Da müssten alle Kollegen noch im Dienst sein. Hoffentlich erreichte er Otto auf seinem Handy, wünschte sich Kai.

»Hallo«, meldete sich Otto zur Freude von Kai nach dem vierten Klingeln. »Welch eine Überraschung, von dir zu hören, Kai. Gibt es was Neues bei euch?«

»Ja, gibt es. Ich rufe hier von zu Hause aus an. Sozusagen über mein privates Telefon. Das ist teuer. Aus dem Konsulat traue ich mich nicht, bei euch anzurufen. Ich fahre jetzt mit dem Taxi zu Konsul Weber nach Hause. Von dort werde ich versuchen, über seine Festleitung noch einmal bei dir anzurufen, um dir alles genau zu erklären. Am besten veranstalten wir eine Telefonkonferenz. Schaue, ob du einige Kollegen zusammentrommeln kannst. Konsul Weber wird sich an dem Gespräch beteiligen. Nur so viel: Man hat Kontakt zu mir aufgenommen. Alles andere dann später.«

»O. K., Kai. Ich mache mich gleich auf die Socken und sehe, wen ich alles erwischen kann. Ich bin gespannt wie ein Blitz, was du uns zu berichten hast. Es wird auch Zeit, dass es losgeht. Also bis nachher.«

Kai fuhr mit dem Taxi zu Konsul Weber, der in einer eleganteren Wohnanlage residierte. Kai klingelte an einem frei stehenden Haus mit Garten, in dem sich eine Kinderschaukel und ein Sandkasten befanden.

Die Frau vom Konsul empfing ihn. Er wurde in ein Wohnzimmer geführt, in dem ein Fernseher lief, die Deutsche Welle. Konsul Weber kam aus dem ersten Stock die Treppen herab.

»Na, Herr Jung, hoffentlich haben Sie sich von meinem Geschrei erholt. Ich muss mich entschuldigen, aber die Pferde sind mit mir durchgegangen. Wir sitzen alle in Wartestellung, um diese Betrügereien in unserem Konsulat aufzuklären, und dann heißt es, es gibt eine Spur und ich soll warten, bis alle sagen, was in meinem Konsulat geschehen soll«, entschuldigte sich Weber bei Kai. »Nehmen Sie Platz. Darf ich Ihnen was zu trinken anbieten?«

»Ein Bier bitte, wenn es keine Umstände macht.«

»O. K. Mimi, kannst du unserem Gast ein Bier bringen und mir gleich eins mit«?, bat Weber seine Frau.

»Nun berichten Sie«, wurde Kai aufgefordert, nachdem sich beide gesetzt hatten.

»Sie kennen bestimmt die Dame in der Visaausgabe mit dem Namen Christel?«, fragte Kai den Konsul.

Der nickte.

Kai berichtete dann, wie Christel Tuchfühlung mit ihm aufgenommen habe. Wie sie sich nähergekommen seien. Wie diese Person in die Datei des Konsulates eingedrungen sei, um seine Unterlagen zu überprüfen. Als sie sich sicher war, dass er ein krummer Hund sei und zusätzlich geldgierig, habe sie die Katze aus dem Sack gelassen.

»In diese illegale Visavergabe waren bisher zwei Personen im Konsulat involviert. Frau Müller, die uns inzwischen verlassen hat und deren Posten ich jetzt einnehme, und diese besagte Christel, die bei der Annahme und Ausgabe der Visaanträge sitzt«, erklärte Kai. »Frau Müller, in dem Fall nun ich, die das O. K: nach der Überprüfung der Visaanträge abstempelt; und diese Christel, die den Kontakt zu den Menschenhändlern hält sowie das Geld in Empfang nimmt. Für jedes ausgestellte Visum erhält sie 50.000 RMB, so sagte sie mir. Ich bin überzeugt, dass sie mehr einnimmt, jedoch nur diese 50.000 mit mir teilen möchte. Dieser Handel wird seit zwei Jahren betrieben. Zumindest erzählt sie das. Es kann jedoch sein, dass dies schon länger geht mit einer anderen Besetzung.«

Das Bier wurde von Frau Weber gebracht und Kai setzte seine Ausführungen fort: »So, und nun kommt es: Die Bestellung der nächsten Visa wurden angekündigt, nachdem diese Christel sich vergewissert hat, dass ich mitmache. Das heißt, Christel wird sich mit dem Besteller treffen. Einmal um die Ausweise der Mädchen in Empfang zu nehmen und zweitens die Bezahlung. Bevor ich zu Ihnen gekommen bin, habe ich noch kurz in Frankfurt bei der SoKo angerufen, die mit diesem Fall betraut ist, und diese um eine Sitzung gebeten, damit wir alle auf den letzten Wissensstand gebracht werden und zusammen die nächsten Schritte besprechen können. Ich wollte diese Telefonkonferenz mit Ihnen zusammen und von Ihrem Telefon aus abhalten. Wären Sie damit einverstanden? Damit könnten Sie auch die Interessen des Konsulates im Auge behalten und wären über alles informiert«, schloss Kai.

Konsul Weber schwieg. Es saß in seinem Stuhl und schaute Kai an. Dann schüttelte er den Kopf.

»Ich weiß nicht, was ich sagen soll. Ich leite dieses Konsulat seid drei Jahren, und seit zwei Jahren oder noch länger, eventuell mit wechselnden Personen, so wie Frau Müller, die bereits wieder nach Deutschland zurückgeflogen ist, passieren vor unser aller Augen solche Sauereien und keiner bemerkt etwas. Entsetzlich.«

Zusammengesunken auf seinem Sessel fuhr er fort. »Wenn so etwas bei uns möglich ist, und dies wird erst durch ein Verbrechen in Deutschland entdeckt, stellen sich mir die Haare zu Berge. Was kann bei uns im Konsulat alles noch passieren, von dem wir nichts wissen. Wenn dieser Fall abgeschlossen ist, muss ich mich mit Fachleuten beraten, wie wir eine bessere Kontrolle und Übersicht in dieses Konsulat bekommen. Eventuell muss ich mich auch noch mit Berlin beraten. Wobei ich sagen muss, dass dieses Konsulat in Shanghai nicht mein erstes ist. Mit anderen Worten, ich bin auf diesem Gebiet ein alter Hase, und trotzdem scheinen wir Kontrolllücken in unserem System zu haben.«

Er schüttelte noch einmal den Kopf, stand auf und meinte zu Kai: »Kommen Sie, wir schalten uns bei Ihrem Kommissariat in Frankfurt ein.«

»Hallo. Hier ist Herr Jung aus Shanghai. Herr Otto? Sind wir jetzt richtig mit unserer Verbindung zur SoKo nach Frankfurt?«

»…«

»Fein, dann kann es ja losgehen. Ich bin hier bei Konsul Weber zu Haus.«

»…«

»Ja. Ich habe dem Konsul vor diesem Telefonat mit euch alles erzählt.«

»…«

»Ja, er ist jetzt im Bilde und steht neben mir. Wir haben das Telefon auf laut gestellt, sodass wir beide euren Beitrag hören können.«

»Bei uns ist das Telefon auch auf laut gestellt, sodass auch wir alles gut hören können. Bei uns im Raum haben sich folgende Mitarbeiter eingefunden: Sabine mit Wolf, die die Durchsuchung der Räumlichkeiten der Familie Sui vorgenommen hat. Dann sind noch Kommissar Bensen und meine Wenigkeit da so wie sechs Mitarbeiter, die uns bei den Untersuchungen unterstützen.«

»Guten Abend an alle. Ich möchte mich hiermit als Konsul Weber vorstellen.«

Danach kam Kai zum Erzählen. Er berichtete aus seiner Zeit im Konsulat. Von der neuen Identität, die so gut ausgearbeitet worden sei, dass bei der Überprüfung seiner Unterlagen die Ganoven sofort vermutet haben, er würde gut zu ihnen passen. Dann erzählte er von Christel und dass anscheinend durch diese neue Bestellung eine neue Ersatzverteilerstelle in Deutschland gefunden worden sei. Kai meinte, dass er nicht glaube, dass Christel und der Besteller alleinige Entscheidungsträger in dieser Angelegenheit seien. Er glaube vielmehr, dass hinter dem Besteller noch andere Personen zugange seien. Christel sprach zwar immer nur von einem Mann, der die Aufträge und die Bezahlung vornähme, dieser Menschenhandel jedoch in diesen Dimensionen nicht von so einer kleinen Maus wie Christel und einem Chinesen außerhalb des Konsulates durchgeführt werden könnte, schloss Kai seinen Bericht.

»Herr Konsul, ist es möglich, das Sie sich mit der Shanghaier Polizei in Verbindung setzen, um den Kontaktmann der Botschaftsangehörigen Christel beschatten zu lassen?«, fragte Bensen.

»Das, was Herr Bensen vorschlägt, ist richtig«, meinte einer aus der Frankfurter Runde. »Wenn ein Ausländer einen Chinesen in China beschatten würde, wäre das viel zu auffällig.«

»Also muss hier ein Chinese ran«, kam der Einwurf eines anderen aus der SoKo.

»Meine Damen und Herren, wir leben hier in China. Hier laufen die Uhren etwas anders als bei Ihnen. Ich kann hier nicht einfach den chinesischen Staatsapparat in Anspruch nehmen, wie es mir gerade genehm ist«, antwortete Konsul Bensen. »China besitzt eine Staatsstelle, in der alles zusammenläuft, was Ausländer anbetrifft. Im Konsulat haben wir eine Abteilung, die mit dieser Staatsstelle zusammenarbeitet. Die Problematik in unserem Fall bedeutet jedoch, wenn ich unsere Konsulatsabteilung in unseren Fall einschalte, ist es mit der Geheimhaltung vorbei. Mit anderen Worten: Ich muss mich hier persönlich um diese Angelegenheit kümmern und sehen, was ich mit meiner Autorität als Konsul bei diesen chinesischen Stellen ausrichten kann.«

»Herr Konsul, ich gebe zu bedenken, dass, wenn wir hier nicht schnell reagieren, wir die Spur der Täter verlieren. Wenn tatsächlich diese Christel in den nächsten zwei Tagen die Ausweise für die Visa in Empfang nimmt und wir nicht so weit sind, die Beschattung und Verfolgung des Mannes aufzunehmen, der die Verbindung außerhalb des Konsulates darstellt, dann werden wir die Hintermänner nie zu fassen kriegen.«

Zustimmendes Gemurmel der Anwesenden kam nach diesem Beitrag von Kommissar Bensen auf.

»Meine Herren, ich sehe dieses Problem genau wie Sie auch. In den zwei Jahren jedoch, in denen ich mich in China aufhalte, habe ich gelernt, dass in diesem Land die Uhren anders ticken als bei uns in Deutschland. Ich kann mein Bestes versuchen, versprechen kann ich nichts«, versuchte Bensen die andere Situation in einem kommunistischen Land zu erklären. »Wenn es morgen bei Ihnen acht Uhr früh ist, haben wir es hier in China bereits 14 Uhr nachmittags. Im Moment ist es bei uns nachts und ich werde zu dieser Zeit kein Amt in China erreichen können. Mit anderen Worten: Wenn Sie morgen zum Dienst kommen, hatte ich inzwischen sechs Stunden Vorsprung, um mich um diese Angelegenheit zu kümmern.«

»In Ordnung. Das verstehen wir. Mehr kann man nicht erwarten, was möglich wäre. Wobei ich glaube, dass wir gut in der Zeit sind«, kam es beschwichtigend aus Frankfurt.

»Herr Jung hat sich ja erst vor einer Stunde von Frl. Christel getrennt. Mit anderen Worten: Die Lücke, die entstanden ist durch das Fortgehen von Frau Müller, und die Bereitschaft von Herrn Jung, bei dieser illegalen Visavergabe mitzumachen, das weiß die Dame Christel ja auch erst seit zwei Stunden. Bis der Mittelsmann mit allen Vorbereitungen für die nächste Sendung fertig ist, wird es bestimmt noch eine Weile dauern.«

Darauf Otto: »Ich fasse zusammen: Die Vorbereitungen, damit wir in Erfahrung bringen können, wer die Hintermänner der Dame Christel sind, werden von Konsul Weber in Angriff genommen.«

»Ja«, kam es vom Konsul.

»Als Zweites haben wir Herrn Jung im Konsulat, der die bestellten Visa bearbeiten muss. Wenn also etwas geschehen sollte, dass die Visavergabe verzögert werden soll, so wird Herr Jung darauf reagieren müssen«, fuhr Otto weiter fort. »Und jetzt kommen wir zum nächsten Schritt: Wenn die Visavergabe über die Bühne gegangen ist, dann benötigen wir von Herrn Jung die Information, um welche Pässe es sich handelt. Diese Daten müssen die Flughafenpolizei und die Ermittler, die bei Ankunft der Mädchen in Frankfurt die weitere Verfolgung dieser Gruppe aufnehmen wird, haben. Damit sollte es möglich werden, die neue Anlaufstelle dieser Menschenhändler in Erfahrung zu bringen.«

»Was mich immer noch beschäftigt, ist das Motiv für diese ganze Geschichte. Ich werde das Gefühl nicht los, dass unser Polizeiapparat auf Touren gebracht wurde. Ja, für was denn? Hinter jeder Tat steckt ein Motiv. Ich kann hier weit und breit von keiner Seite ein Motiv erkennen, warum wir durch die Morde im Lokal ›Zum guten Essen‹ auf den Plan gerufen wurden. Bisher konnten wir nur Menschen sehen, die an diesem Menschenhandel gut verdient haben. Also, wer hat ein Interesse daran, die Polizei auf diesen Handel aufmerksam zu machen? Wenn wir das wissen, müssten wir den Fall gelöst haben«, meinte Bensen.

»Da gebe ich Ihnen recht. Es kann sein, dass wir neben den Morden und dem Mädchenhandel noch auf einen dritten Fall stoßen«, meinte Otto.

Nachdem sich niemand mehr zu Wort meldete, wurde die Telefonkonferenz beendet.

Kai verabschiedete sich vom Konsul und fuhr nach Hause. Kais Uhr zeigte 23 Uhr. Eine halbe Stunde später traf er zu Hause ein, wo ihn eine unangenehme Überraschung erwartete.

20

Pussi saß in der Wohnung und wartete auf Kai. »Nein«, dachte Kai. »Jetzt bitte kein Sex. Ich bin fix und fertig und will nur noch ins Bett.«

»Pussi, was machst du hier? Wer hat dich hereingelassen? Du kannst doch nicht einfach hier hereinkommen, wie du willst. So etwas macht man nur bei seinem eigenen Zuhause. Hier wohne ich«, schimpfte Kai.

»Ich auch können hier wohnen. Du nur sagen«, meinte Pussi treuherzig.

»Was habe ich mir nur in meinem Suff eingehandelt«, ärgerte sich Kai. »Ich bin Polizist mit einem Geheimauftrag. Da begibt man sich nicht in solche Situationen, die man nicht mehr im Griff hat. Ich werde ja zum Sicherheitsrisiko, wenn ich mich mit dem Alkohol nicht zurückhalte. Wo ist eigentlich Thomas? Oder ist Pussi hier alleine hereingekommen?«

Kai durchforstete die ganze Wohnung. Von Thomas keine Spur. Hier stimmt doch was nicht, kam bei ihm der Gedanke auf. Kann es sein, dass Pussi auf ihn angesetzt wurde und sie gar keine kleine Maus aus einer der Bars war?

»Pussi, sag mal, wie bist du in die Wohnung gekommen? Und seit wann wartest du hier schon auf mich?«

Ein Schwall von Worten kam aus dem kleinen Wesen heraus, aus dem Kai nicht schlau wurde. In ihm verstärkte sich obiger Verdacht.

Er schnappte sich Pussi und zerrte sie in sein Zimmer. Pussi weinte und schrie, was für ein mieser Typ er wäre.

»Du mir wehtun. Ich große Schrecken.«

Urplötzlich sprach Pussi wieder ein verständliches Englisch. Als Kai ihr erklärte, dass er jetzt die Polizei rufen würde, fiel Pussi auf den Boden, umklammerte seine Beine und jammerte immer wieder: »Bitte keine Polizei, bitte, bitte, keine Polizei.«

Kai, selbst Polizist, konnte sehr wohl etwas mit diesem Gejammer anfangen. Er hob die weinende Pussi vom Boden auf, nahm sie in die Arme und tröstete sie. Danach setzten sich beide aufs Bett und Kai fragte: »So, Pussi, ich sehe, du kannst wieder ein gutes Englisch sprechen. Damit können wir uns nun unterhalten. Bitte sage mir jetzt, wie du in unsere Wohnung gekommen bist und wie lange du schon hier wartest. Wenn ich jedoch wieder sehe, dass du mich hintergehen willst, dann werde ich sofort die Polizei rufen. Also leg los.«

Pussi benahm sich wie alle Menschen, die etwas zu verbergen haben. Jammerte, weinte und bettelte. Sie hätte nicht gewusst, dass Kai darüber böse sein würde, wenn sie ihn besuchen käme. Sie würde das nie wieder tun. Jetzt wüste sie, dass Kai das nicht möge. Und so weiter und so fort. Kai stand auf, ging zur Schlafzimmertüre und sperrte diese ab, zog sein Handy aus der Hosentasche und sagte zu Pussi gewandt: »Ich habe dir gesagt, wenn du mir nicht die Wahrheit sagst, rufe ich die Polizei.«

Pussi hing wieder an Kai und wollte ihm das Telefon entreißen. Immer wieder schrie sie: »Bitte, bitte keine Polizei!« Kai wählte die Nummer von Konsul Weber. Es war bereits zwölf Uhr nachts und er wusste nicht, ob er Erfolg mit seinem Anruf haben würde.

Konsul Weber meldete sich jedoch bereits nach dem fünften Läuten.

»Herr Konsul, entschuldigen Sie vielmals die Störung. Es ist bei mir ein Notfall eingetreten und ich weiß mir nicht anders zu helfen, als Sie zu kontaktieren und um Rat zu fragen.«

»Nur zu«, brummte Weber.

»Ich habe hier eine kleine Dame, die wir am Wochenende in einer Bar kennengelernt haben. Heute ist diese Person nun in unsere Wohnung eingedrungen und ich bekomme nicht aus ihr heraus, was sie hier zu suchen hat. Nun wissen Sie ja selbst, dass ich von Beruf Polizist bin und durch meinen Beruf ganz anders sensibilisiert bin, was Verbrechen anbelangt«, erklärte Kai die Situation. »Hier stimmt was nicht. Beide Bewohner dieser Wohnung arbeiten im Konsulat und ich hege den Verdacht, dass diese kleine Dame, und eventuell auch die Freundin von Herrn Albrecht, auf uns angesetzt worden sind. Denn laut Herrn Albrecht soll dieses Mädchen hier die Freundin der Freundin von Herrn Albrecht sein.«

»Möglich ist alles«, bemerkte Weber.

»Halten Sie es für möglich, dass irgendjemand Mädchen auf Botschaftsangehörige ansetzt?«

»Herr Jung, Ihren Verdacht kann ich nicht von der Hand weisen. Es kann sein, es kann jedoch auch ganz harmlos sein. Wenn ich das richtig durchdenke, so stehen uns zwei Möglichkeiten offen. Die erste wäre, dass Sie aus der Person möglichst viel herausbekommen. Immer mit der Möglichkeit, dass Sie angeschwindelt werden. Dann gibt es die zweite Möglichkeit, die chinesische Ausländerpolizei einzuschalten. Die werden die Kleine dermaßen verprügeln, bis sie alles wissen. Ob die chinesische Polizei dann ihr Wissen mit uns teilen wird, sei dahingestellt«, meinte Weber.

»O. K. Beide Möglichkeiten bergen die Gefahr in sich, dass wir nicht die Wahrheit erfahren. Nicht von den Mädchen und nicht von der Polizei«, stellte Kai fest. »Habe ich Ihre Ausführung richtig verstanden?« »Daher werde ich vorerst den ersten Weg beschreiten und sehen, wie weit ich komme. Die Polizei kann ich anschließend immer noch einschalten«, beschloss Kai und fragte den Konsul weiter: »Wie erreiche ich denn die zuständige Ausländerpolizei?«

»Herr Jung, ich gebe Ihnen eine Telefonnummer aus unserer Rechtsabteilung. Die Telefonnummer gehört einem gewissen Herrn Mei Qi. Er ist Chinese und leitet im Konsulat unsere Rechtsabteilung. Er versteht sich am besten darauf, was in China in welchen Situationen zu tun ist. Er spricht ein gutes Englisch und hat die besten Beziehungen zur Ausländerpolizei. Den rufen Sie bei Bedarf an. Ich werde ihn nach unserem Telefonat kontaktieren und ihn darauf vorbereiten. Wobei, Herr Jung«, kam die Warnung an Kai, »kein Wort zu ihm, was Ihre Person und Ihre Aufgabe bei uns anbetrifft. Sie sind einfach ein Angestellter des Konsulates.«

Konsul Weber gab Kai eine Telefonnummer und wünschte ihm viel Glück.

Gerade als Kai sein Telefon ausschaltete, klopfte es an der Wohnungstüre. Thomas kam anscheinend nach Hause. Wie es aussah, war er nicht alleine, da er sich mit jemandem unterhielt. Als Kai das Zimmer verließ, um Thomas die Türe zu öffnen und ihm die Situation, die ihn in seiner Wohnung erwartete, zu erklären, schloss er vorsorglich Pussi im Zimmer ein. Diese, im Zimmer eingeschlossen, fing an, auf chinesisch etwas zu rufen. Thomas' Freundin Sany, die mit Thomas hereinkam, reagierte ganz aufgeregt auf die Rufe und wollte schlagartig die Wohnung verlassen. Kai, der dies erwartet hatte, verhinderte das, indem er sofort die Eingangstüre abschloss.

Thomas, etwas angesäuselt, sah dem Treiben gelassen zu, setzte sich auf das Sofa im Wohnzimmer und fragte Kai: »Nanu, was geht denn hier ab? Habe ich etwas verpasst? Wer klärt mich denn auf?«

Inzwischen hatte Kai Sany auf den Platz neben Thomas aufs Sofa gedrückt und setzte sich den beiden gegenüber. Da sie der deutschen Sprache nicht mächtig war, war die Anwesenheit der beiden Mädchen kein Hindernis für Kai und Thomas, offen zu sprechen.

»Thomas, bist du O. K.?«, fragte Kai.

»Klar bin ich O. K. Aber kläre mich auf, was hier los ist.«

»Also, als ich heute um zwölf Uhr nachts nach Hause kam, saß Pussi in unserer Wohnung. Hast du sie hereingelassen?«, fragte Kai.

»Nein. Wie sollte ich? Ich war doch mit Sany abendessen. Anschließend waren wir noch etwas einkaufen.«

»Dann frage ich dich, wie ist Pussi zu uns in die Wohnung hereingekommen?«, fragte Kai Thomas. »Thomas, wir sind Botschaftsangehörige. Wir tragen hier Verantwortung. Es kann nicht sein, dass jeder hier alleine ein und aus gehen kann. Speziell wenn niemand da ist und derjenige welcher sich heimlich Zutritt in unsere Wohnung verschafft. Findest du das nicht komisch?«

Thomas wurde ganz ruhig. Er beobachtete Sany, die neben ihm saß und ängstlich dreinschaute. Bei dem kurzen Wortwechsel zwischen Thomas und Kai war es im Nebenzimmer bei der eingesperrten Pussi inzwischen still geworden. Thomas griff in seine Hosentasche und suchte seinen Schlüssel, dann wandte er sich an Sany.

»Sag mal, Sany, vorhin im Restaurant, da habe ich doch Pussi gesehen. Wart ihr nicht beide auf der Toilette? Ihr seid zwar nicht zusammen herausgekommen, aber ich glaube, dass ich euch beide zusammen gesehen habe.«

Aus Sany sprudelte es nur so heraus. Thomas habe sich vertan. Pussi habe sie den ganzen Tag nicht gesehen. Außerdem, was sollte das alles – sie würde ja hören, dass Pussi im Nebenzimmer eingeschlossen wäre, und so weiter und so fort. Ohne auf das Geplapper von Sany zu achten, fragte Thomas: »Kai, was denkst du? Meine Schlüssel sind fort.«

»Ich denke, dass die beiden auf uns angesetzt worden sind. Warum und wieso, weiß ich nicht. Ich habe mich schon telefonisch mit unserem Vorgesetzten, Konsul Weber, so weit abgesprochen, das wir versuchen sollten, so viel wie möglich aus diesen beiden herauszubekommen. Wenn das nicht funktioniert, dann sollen wir Herrn Mei Qi aus der Rechtsabteilung des Konsulates einschalten. Der würde dann die chinesische Polizei verständigen. Die Problematik dabei besteht jedoch darin, dass, wenn die chinesische Polizei diese beiden Damen in die Hände bekommt, wir anschließend die Wahrheit nie erfahren werden.«

»O. K., Kai. Ich bin zwar hundemüde, aber das Ding ziehen wir heute noch durch. Was meinst du, wie fangen wir das an? Dies ist mein erster Fall, bei dem ich aus einem Verdächtigen was rausholen soll.«

»Nun«, sagte Kai, »als Erstes sollten wir sehen, dass sich die beiden nicht verständigen können, wenn wir sie in die Mangel nehmen. Am besten, du gehst mit Sany in dein Schlafzimmer und erzählst ihr, was für ein schlimmer Finger ich wäre und dass ich beide Mädchen der Polizei übergeben will, wenn Pussi nicht erzählt, wie sie in die Wohnung gekommen sei. Bei solchen Verhören gibt es immer einen guten und einen bösen Polizisten. Ich bin also der böse Mensch und du der gute«, erklärte Kai.

Thomas verzog seine Lippen zu einem Grinsen. Dass er einen guten Menschen spielen sollte, gefiel ihm.

»Schau, dass deine Kleine zu dir Vertrauen fasst. Vielleicht erhalten wir so alle Informationen, die wir benötigen. Ich persönlich werde Pussi so zum Schreien bringen, dass ihr sie hören werdet. Es kann sein, dass dadurch Sany etwas gesprächiger dir gegenüber wird. Dabei werde ich in meinem Zimmer nach deinen Schlüsseln suchen müssen. Denn für eine Übergabe des Schlüssels an dich hatten die Mädchen bisher keine Gelegenheit«, schloss Kai seine Anweisungen an Thomas.

Kai ging in sein Zimmer zurück. Pussi saß verängstigt auf seinem Bett. Sie tat Kai direkt etwas leid. So jung und schon zu so einem Leben verdammt. Wahrscheinlich missbraucht, für irgendwelche Interessen, die nicht ihre waren.

Kai setzte sich auf sein Bett und meinte zu Pussi gewandt: »Pussi, zieh dich aus.«

Pussis Gesicht hellte sich auf. Oh, der große Ausländer war nicht mehr böse auf sie. Pussi zog sich aus und legte sich ins Bett. Kai nahm Pussis Kleider und untersuchte diese gründlich. In den Kleidern steckten keine Schlüssel. Pussi verfolgte Kais Aktivitäten mit wachsendem Misstrauen.

»Gut«, dachte Kai, »dann muss ich anders vorgehen. Wann hatte

Pussi die Gelegenheit gehabt, die Schlüssel zu verstecken?« Außerhalb seines Zimmers hätte sie nur die Zeit gehabt, als Kai die Wohnung durchging, um nach Thomas zu suchen, und da konnte Pussi noch keinen Verdacht geschöpft haben, dass beide Mädchen erkannt worden waren. Danach war Kai mit Pussi in sein Schlafzimmer gegangen, und ab diesem Moment hatte Kai Pussi nicht mehr aus den Augen gelassen. Also musste der Schlüsselbund von Thomas hier in seinen Räumlichkeiten sein. Aus Erfahrung wusste er, dass Verbrecher ihre Verstecke gerne in Toiletten einrichteten. So ging er und durchsuchte sein Bad. Toilette, Wasserspülung, Putzlumpen, Lampen, Abflüsse. Nichts.

Er machte das Fenster auf und schaute auf irgendwelche Mauervorsprünge. Nichts.

Zurück im Zimmer, schaute er unters Bett, in die Schubladen des Nachtschrankes. Nichts.

Er durchsuchte seine Schuhe im Schrank, holte sich aus seiner Schublade eine Taschenlampe, um die Winkel im Schrank besser auszuleuchten. Die Taschenlampe hatte ihren Geist aufgegeben. Wahrscheinlich waren die Batterien zu Ende. Pussi beobachtete aufmerksam sein Treiben. Als sich Kai wieder zu ihr auf die Bettkante setzte, entspannte sie sich sichtlich.

»Pussi, wo ist der Schlüssel von Thomas? Ich weiß, dass Sany dir den Schlüssel gegeben hat.« Keine Antwort.

»Gut, Pussi, dann werde ich dich jetzt so lange schlagen und dir wehtun, bis du mir sagst, wo du die Schlüssel versteckt hast.«

Kai zog Pussi vom Bett, und ab diesem Moment fing Pussi an zu schreien. Die Rechnung ging auf. Pussi, die sich inzwischen wieder angezogen hatte, nachdem sie bemerkt hatte, dass Kai etwas ganz anderes vorhatte, als mit ihr ins Bett zu gehen, riss sich von Kai los und verkroch sich zwischen Bett und Schrank. Auch von dort zog Kai sie heraus und verpasste ihr eine Ohrfeige. Damit wurde das Geschrei unerträglich. Als Kai meinte, dies würde genügen, um Sany im Nebenzimmer gesprächig zu machen, ging er hinüber zu Thomas. Beim Verlassen des Raumes verschloss er vorsorglich wieder seine Türe. Auf dem Weg zu Thomas blieb Kai wie angewurzelt stehen, drehte sich um und ging zurück in sein Zimmer. Er zog die Schublade seines Nachttisches heraus, schaute nach seiner Taschenlampe und schraubte diese auf.

Pussi, die Kai aufmerksam beobachtete, stürzte sich auf ihn, um ihm die Taschenlampe zu entreißen.

»Aha«, dachte Kai, »da habe ich doch richtig kombiniert. Den Schlüssel hat sie in meiner Taschenlampe versteckt.«

Als er diese aufschraubte, fiel der Schlüssel zu Boden. Kai, der Pussi mit seinem Ellenbogen auf Abstand hielt, nahm den Schlüssel an sich und ging mit Pussi in Thomas' Zimmer hinüber.

»Ist das dein Schlüssel, Thomas?«

»Ha, wo hast du ihn gefunden?«

»In meiner Taschenlampe. Eingeschraubt.«

»Nicht zu fassen«, meinte Thomas. »Dein Verdacht hat sich inzwischen auch bei meinem Gespräch mit Sany bestätigt. Da stimmt was nicht. Ich würde vorschlagen, wir setzen uns alle an den Esstisch zusammen, um zu sehen, wie es weitergeht. Hier im Schlafzimmer ist es doch sehr unbequem.«

Die beiden Mädchen warfen sich ängstliche Blicke zu und fingen an, sich leise auf Chinesisch zu unterhalten.

»Hier wird sich nicht unterhalten«, meinte Kai. »Wenn ihr euch weiter unterhaltet, so sperren wir euch wieder getrennt, jeder in einem anderen Zimmer, ein.«

Das genügte, um die Unterhaltung der beiden zu unterbinden. Als endlich alle bei Tisch saßen, fragte Kai: »Thomas, nun erzähle, was konntest du bei Sany in Erfahrung bringen?«

»Deine Vermutung war richtig. Ich bin deinem Vorschlag gefolgt und habe mich als hilfsbereiter Freund angeboten, um sie vor dir zu schützen. Sany erzählte mir dann, dass vor Wochen ein Mann an sie herangetreten wäre, der sie in die betreffende Bar geführt, dort auf mich gedeutet und ihr empfohlen habe, meine Freundin zu werden. Monatlich musste sie ihm von mir berichten. Was ich mache, mit wem ich verkehre, welche Vorlieben ich habe usw. Als dann du in meine Wohnung eingezogen bist, habe dieser Mann Pussi mitgebracht und ihr befohlen, Pussi als ihre Freundin auszugeben. Pussis Aufgabe war es dann, sich bei dir als Freundin anzubieten. Mit derselben Aufgabenstellung«, erzählte Thomas. »Sany hätte schon des Öfteren solche Aufgaben für diese Leute übernehmen müssen. Zu ihren Aufgaben gehört es, zusätzlich auch die persönlichen Sachen dieser Männer zu untersuchen, wenn sie betrunken seien. Dass sie Pussi meinen Schlüssel gegeben hat, hat sie bis zum Schluss bestritten.«

Kai dachte über das Gesagte eine Weile nach.

Draußen fing es an zu donnern und zu blitzen. Die Blitze erhellten den Himmel. Es zog ein Gewitter auf. Der Donner näherte sich immer schneller und wurde lauter. Ihre Wohnung lag im vierten Stock eines sechsstöckigen Hauses. Kai konnte durchs Fenster beobachten, dass bei jedem Donnern alle Lichter in den umliegenden Treppenhaushäusern angingen. Die meisten Treppenhäuser in China sind nicht mit Lichtschaltern versehen. Die Beleuchtung der Treppenhäuser wird mit Geräusch-Schwingungen in Gang gesetzt. Wenn man ein Treppenhaus beleuchten will, muss man Krach erzeugen. Entweder man klatscht in die Hände, trampelt mit den Füßen, pfeift oder klappert mit den Schlüsseln. Das gleiche System betrifft auch die Alarmanlagen der Autos. Das hat bei Gewittern die Auswirkung, dass bei jedem Donnern die Lichter der Treppenhäuser sowie die Alarmanlagen der Fahrzeuge auf den Parkplätzen angehen. Somit entsteht bei Gewittern eine Geräuschkulisse vom Pfeifen des Windes, dem Donner, den hupenden Autos und dem prasselnden Regen.

»Taifun gekommen. Schneller Wind«, meinte schüchtern Sany.

»Thomas, ich glaube, dass wir es hier mit zwei Spioninnen zu tun haben. Von wem und warum sie auf uns angesetzt worden sind, kann ich dir nicht sagen. Wenn ich jedoch weiter darüber nachdenke, kann es gut sein, dass wir nicht die einzigen Botschaftsangehörigen sind, die beobachtet werden. Ich vermute weiter, dass Botschaftsangehörige aller Nationen in China, und wahrscheinlich auf der ganzen Welt, für bestimmte Kreise von Interesse sind. Daher schlage ich vor, uns schleunigst von diesen beiden Damen zu trennen. Einfach fortschicken würde ich sie auch nicht, sondern sie der chinesischen Polizei übergeben. Eventuell bekommt die Polizei mehr als wir aus den Mädchen heraus. Und zweitens können wir mit diesem Schritt unsere gute Zusammenarbeit mit unserem Gastland dokumentieren.«

»Gut, ruf Herrn Mei Qi aus dem Konsulat an, er soll die chinesische Polizei verständigen. Sie sollen sich jedoch beeilen. Ich bin hundemüde«, meinte Thomas und unterstrich seine Aussage mit einem kräftigen Gähnen.

Als die beiden Mädchen von der Polizei abgeholt wurden, taten Kai die beiden doch etwas leid. In der Zeit, als er in Changzhou die Polizeistationen besuchte, konnte er miterleben, wie die chinesische Polizei mit Verdächtigen umging. Nicht wie in Deutschland, wo schon bei der Androhung von Gewalt die Polizei bereits zum Täter wurde. Die Strafen für prügelnde Polizisten in Deutschland wären Entlassung aus dem Staatsdienst und in schweren Fällen Gefängnis.

In China dagegen waren die Sitten etwas lockerer.

Zusätzlich wurde hier ein Vergehen an Ausländern ganz besonders drastisch bestraft. Denn dieses Vergehen bedeutete, das Ansehen Chinas zu schädigen (ihm das Gesicht nehmen). Falls diese beiden Damen jedoch für die Polizei arbeiteten sollten und sich erwischen ließen, wäre auch dies nicht förderlich für das chinesische Ansehen. Egal von welcher Seite diese armen Mädchen auch auf sie angesetzt worden waren, es würde ihnen bei der Polizei schlecht ergehen. Dummheit wird in China bestraft.

Um vier Uhr morgens war der Spuk vorbei.

21

Tage später kam Christel zu Kai und brachte ihm zwei chinesische Pässe. Sie schob ihm beide über den Tisch mit der Bemerkung: »Bitte die Spezialbehandlung wie besprochen.« Kai wartete drei Tage, bevor er die chinesischen Pässe abstempelte. Von beiden Pässen fertigte er Kopien an. Die Kopien steckte er ein und die Originale legte er nach zwei Tagen in die Ablage von Christel.

Diese sollten einen Tag später abgeholt werden. Übers Internet schickte Kai die Informationen nach Frankfurt mit der Bitte, diese E-Mail-Adresse nicht weiter zu benutzen, ansonsten würde er Gefahr laufen, dass seine verdeckten Ermittlungen auffliegen würden. Anschließend ging er zu Konsul Weber, um ihn zu informieren. Der Konsul machte sich eine Kopie der Unterlagen und berichtete Kai, dass die Aufgabe, die ihm die Frankfurter Polizei aufgetragen habe, erledigt sei. Er habe sich gleich nach dem Telefonat mit Frankfurt um einen persönlichen Kontakt zu der Ausländerbehörde bemüht. Dort wurde er schnellstens mit dem zuständigen Amt verbunden. Man bekundete großes Interesse für diesen Fall und bot ihm jede mögliche Unterstützung an. Er werde nun der Behörde mitteilen, dass sie mit der Beschattung von Christels Kontaktmann beginnen könnten. Ein Foto von Christel habe er ihnen zukommen lassen.

Am nächsten Tag saß ein Zeitung lesender Chinese im Warteraum der Passausgabe. Die Kontrollkamera des Warteraums wurde auf Christels Schalter gerichtet. Um 9.16 Uhr kam ein Chinese an Christels Schalter, der beide Pässe mit den illegalen Visa entgegennahm. Als dieser im Besitz der Pässe war, faltete der lesende Chinese seine Zeitung zusammen und folgte ihm.

Später bekamen sie von den chinesischen Behörden die Nachricht, mit welchem Flug die Chinesinnen und ihr Begleiter nach Frankfurt einreisen würden.

Drei Tage später wurde Christel von der chinesischen Polizei verhaftet.

Kais Kollegen im Konsulat fielen aus allen Wolken, als sie von diesem Vorgang erfuhren.

Nachdem Kais Aufgabe im Konsulat mit der Verhaftung von Christel beendet war, packte er seine Koffer. Ihn zog es wieder nach Changzhou, wo ihn seine kleine Lili erwartete und er seine zukünftigen geschäftlichen Pläne in die Wege leiten wollte.

»Kai, du bist mir ja ein Typ. Ich habe wirklich geglaubt, dass du so ein Bürohengst bist wie wir, der sich in Shanghai ein bisschen den Wind um die Nase blasen lassen will«, bemerkte Thomas, als Kai sich von ihm verabschieden wollte. »Eigentlich hätte mir dein professionelles Vorgehen, wie du mit Pussi und Sany umgegangen bist, zu denken geben müssen.«

»Danke, Thomas. Dein Lob geht runter wie Butter.«

»Wie geht es denn nun weiter mit dir?«, fragte Thomas. Und fuhr fort: »Weißt du was? Zum Abschluss deiner Tätigkeit bei uns im Konsulat machen wir einen drauf. Dabei können wir uns unterhalten. Hier, in der Wohnung, ist die Luft zu trocken.«

So fuhren sie mit dem Taxi ins Hofbräuhaus. Sauerkraut, Bratkartoffeln und Wiener Schnitzel sowie ein halber Liter gezapftes Bier wurden bestellt. Beim Anstoßen mit dem Humpen, meinte Thomas: »Kai, es war eine schöne Zeit mit dir. Erzähl nun ein bisschen von deiner Tätigkeit und warum du in China bist und wie es nun bei dir weitergehen soll.«

»Nun, das ist eine längere Geschichte. In der Kurzfassung hört sich das so an: »Meine Dienststelle liegt in Frankfurt. Dort hat uns eine chinesische Delegation besucht, um unseren Polizeiapparat kennenzulernen. Als Betreuer dieser Gruppe wurde ich ausgewählt. In der Zeit ihres Aufenthaltes bei uns geschah ein Verbrechen in Frankfurt, bei dem sich die chinesischen Polizeikollegen als sehr hilfreich erwiesen haben. Zuerst dachten wir, es ginge um rivalisierende Banden, die Schutzgelderpressung betrieben. Die Spur der Mörder ging nach China. So wurde ich nach China entsandt, um die Kontakte, die wir mit den chinesischen Polizisten der Delegation geknüpft hatten, zu nutzen.

Die Spur der Mörder verlief sich in Changzhou. Als man mich wieder nach Hause beordern wollte, kam der Ruf, mich im Konsulat als Undercover einzuklinken, um herauszufinden, wer im Konsulat illegal Visa vergibt und somit diesen Menschenhandel überhaupt ermöglichte. Nun liegt es am Konsul selbst, das Konsulat so zu gestalten, dass dies nicht mehr passieren kann.

Die Schwierigkeit bei meiner Tätigkeit im Konsulat lag darin, dass ich erstens nichts von eurer Arbeit verstehe und mich dadurch in meinem Verhalten hätte verdächtig machen können. Dass die Dame, deren Tätigkeit ich übernommen habe, mit von der Partie war und durch ihren Weggang eine Lücke in den Ablauf der Visavergabe gerissen hat, ist der reinste Zufall. Das mit Pussi und Sany war ein Nebenprodukt meiner Tätigkeit. Ich möchte nicht wissen, wer alles noch im Konsulat einen Schatten besitzt«, beendete Kai seine Ausführung.

»Mein Gott, hast du eine interessante Tätigkeit! Wenn ich mir mein Leben ansehe – tagein, tagaus das Gleiche. Da bist du einfach zu beneiden«, konnte Thomas mit seinem Neid nicht hinter dem Berg halten.

»Zu beneiden? Meinst du? Jeder Beruf hat seine Sonnen- und Schattenseiten. Was meinst du, wie viele meiner Kollegen im Dienst zu Krüppeln geworden sind. Wie viele Polizistenehen in die Brüche gehen, weil wir keine festen Arbeitsstunden haben und bei Nacht und Nebel aus dem warmen Bett müssen. Teilweise kein Wochenende zu Hause verbringen, wenn ein Fall das verlangt, und am Weihnachtsabend fortmüssen, weil jemand sich aus dem Fenster gestürzt hat?«, versuchte Kai das idealisierte Bild eines Polizisten gerade zu rücken.

»Ob das alles so beneidenswert ist, weiß ich nicht. Zusätzlich wird man bei all den Belastungen auch kein reicher Mann. Ein Polizist kann mit seinem Gehalt keine großen Sprünge machen«, meinte Kai weiter und fuhr fort: »Thomas, ich habe eine ganz andere Frage an dich. Mir gefällt es hier in China. Zu Hause habe ich keine Bindungen. Keine Frau und keine Freundin. Mir hat man in Changzhou angetragen, mich als freier Mitarbeiter zwischen Polizei, Behörden und Ausländern als Mittler zu betätigen. Wenn ich dieses Angebot annehme, muss ich meine Tätigkeit als Polizist in Deutschland aufgeben. Damit verliere ich meinen Beamtenstatus. Wie würdest du dich an meiner Stelle entscheiden?«

Thomas setzte sich zurück, zündete sich eine Zigarette an und fragte: »Wie sieht es mit den Finanzen in China aus? Mit anderen Worten, kannst du von dieser Tätigkeit in China leben? Wer bezahlt dich? Von wo bekommst du deine Aufträge?«

»Das ist mein Dilemma. Ich habe mich noch nie als Selbstständiger betätigt. Schon die Wahl meines Berufes zeigt, dass ich auf eine gewisse Sicherheit achte. Schön wäre es, wenn ich diesen neuen Weg einmal testen könnte. Reizen würde es mich. Ich habe gedacht, ich setze mich mal mit meinem Vorgesetzten in Verbindung, um herauszufinden, ob er etwas gegen einen einjährigen unbezahlten Urlaub einzuwenden hätte.«

»Die Idee ist pfiffig. Wenn es nicht funktioniert, dann wieder ab ins Beamtentum, und wenn es funktioniert, wäre es eine Herausforderung«, bemerkte Thomas.

Das Hofbräuhaus in Shanghai wurde ähnlich wie in München betrieben. Das Bier selbst gebraut. Die Theke mit den Zapfanlagen groß und geschwungen. Die Tische bäuerlich, teilweise mit Bänken versehen. Es gab eine Empore. Die Wände holzgetäfelt und mit alten Bildern aus München dekoriert. Der Boden mit alten Holzschindeln belegt. Abends spielte ab und zu eine Blaskapelle auf. Die Bedienung trug Dirndl. Etwas gewöhnungsbedürftig für Kai. Kleine Chinesinnen, schlank, ohne Brust, im Dirndl. An der Theke drängelten sich in Zweierreihen die Gäste jeglicher Nationalität und Alters. 80 Prozent davon männlichen Geschlechts.

Wobei die Hälfte der anwesenden Damen Chinesinnen waren. Vermutlich Freundinnen, Ehefrauen oder Kontakt suchende Personen.

Als Kai und Thomas fertig gegessen hatten, begaben sie sich auch an die Theke, wo sie mit großem Hallo begrüßt wurden. Aus den anwesenden Gästen bildeten sich kleine Gruppen, die sich untereinander kannten. Einzelne Nationalitäten fanden sich zusammen. Deutsche Konsulatsangehörige waren auch dabei. Diese umringten Kai und bestürmten ihn mit Fragen. »Kai, was haben wir gehört – du warst als Undercover-Mann bei uns im Konsulat tätig?«

»Das hast du hervorragend gemacht. Keiner von uns hat einen Verdacht geschöpft.«

»Und diese Christel, was für ein Schwein. Bringt das ganze Konsulat in Misskredit. Eine richtige Sauerei.«

»Und dann noch die Enttarnung der beiden Damen.«

»Dies alles gibt uns anderen natürlich zu denken. Wäre nicht ein Profi eingesetzt worden, hätten wir eventuell nie erfahren, was im Konsulat alles vorgeht.«

So schwirrte es Kai entgegen. Andere Gäste wurden ob des Auflaufes und Stimmengewirrs auf Kai aufmerksam, und so wurde Kai im Lauf des Abends der Star und Held im Hofbräuhaus.

Ein bisschen von diesem Glanz fiel auch auf Thomas ab. Der Intimus von Kai in seiner Shanghaier Zeit.

Die Blasmusik spielte auf. Es wurden Runden von Schnaps und Bier geschmissen, Visitenkarten ausgetauscht, gesungen und gestritten.

Für alle Anwesenden ein feuchtfröhlicher Abend. Um zwei Uhr nachts verließen Thomas und Kai das Lokal.

Vor der Tür warteten die Taxifahrer, um die angetrunkenen Gäste nach Hause zu bringen.

Am nächsten Tag packte Kai seinen Koffer und fuhr ins Konsulat, wo er sich von allen Kollegen verabschiedete.

Auch hier wurden Visitenkarten ausgetauscht, und so erlangte Kai einen weiteren Bekanntheitsgrad.

23

Wieder zurück in Changzhou, wechselte Kai das Hotel. Er zog vom teuren 5-Sterne-Hotel Fudu auf die gegenüberliegende Straßenseite in das preiswertere Phönix-Hotel. Von dort meldete er sich telefonisch, um 16 Uhr chinesischer Zeit, bei seiner Dienststelle in Frankfurt. Übers Internet hatte man ihm mitgeteilt, er möge sich bitte um zehn Uhr morgens Frankfurter Zeit melden. In Frankfurt hob sein Vorgesetzter, Kommissar Bensen, ab.

»Guten Morgen, Chef. Hier Kai aus China«, meldete sich Kai.

»Wie schaut es in Frankfurt aus? Hat man die Ankunft der Mädchen mit dem Menschenhändler verfolgen können?«, erkundigte er sich.

»Guten Morgen, Kai. Gute Arbeit, die du geleistet hast. Wir haben aus China alle nötigen Informationen bekommen, sodass wir uns entsprechend vorbereiten konnten. Am Frankfurter Flughafen war die Flughafenpolizei informiert. Als die drei Verdächtigen aus dem Flugzeug stiegen, wurden unsere verdeckten Ermittler aktiv und nahmen die Verfolgung der Gruppe auf. So erfuhren wir, wo die neue Verteilerstelle für diesen Menschenhandel zukünftig stattfinden soll. Die Organisation hat sich wieder für ein chinesisches Lokal entschieden«, berichtete Bensen und fuhr fort: »Nun haben wir, soweit wir dies beurteilen können, alles in Erfahrung gebracht, um den Verbrechern das Handwerk legen zu können.

Die Stelle in Shanghai für die illegalen Visa ist dichtgemacht worden.

Der Mann, der die Stellen mit Mädchen belieferte, erwischt.

Die Polizei der einzelnen europäischen Länder, die mit den

Mädchen bestückt wurden, informiert. Dank der gut geführten Bücher der Familie Sui konnten wir die Wege der meisten vermittelten Mädchen verfolgen.

Jetzt haben wir den chinesischen Zuträger im Gefängnis und werden sehen, wie gesprächig er mit der Zeit wird, um uns noch die letzten Informationen zu liefern, wenn es noch welche geben sollte.

Die SoKo in Frankfurt hat inzwischen den Fall ans BKA abgegeben und diese arbeiten nun mit Interpol zusammen. Wir hoffen, irgendwann einmal zu erfahren, wer ein solches Interesse hatte, diese Organisation durch die deutsche Polizei zerschlagen zu lassen«, beendete Bensen den Bericht.

»Was bedeutet das für mich und meine Tätigkeit in China?«, wollte Kai wissen.

»Für uns in Frankfurt ist der Fall abgeschlossen. Deine Tätigkeit in China jedoch sollte so weit wie möglich noch besetzt bleiben, da die Täter der Morde noch immer frei herumlaufen. Du bist für uns die einzige Person, die in China als Mittler zwischen den chinesischen Stellen und uns Ausländern verfügbar ist. So sind wir jedenfalls mit allen übrigen Stellen verblieben.«

»Gut. Dann werde ich mich morgen mit unseren chinesischen Freunden unterhalten und fragen, ob sie während meiner Abwesenheit aus Changzhou weitere Erkenntnisse erlangen konnten. Wenn ja, dann berichte ich beim morgigen Telefonat davon.«

Beide verabschiedeten sich voneinander und Kai ging auf ein Bier in die Hotelbar. Johnny, der Barkeeper, bediente ihn. Eine angenehme Erscheinung. Er sprach fließend Englisch und meinte bekümmert: »Ab nächster Woche habe ich keine Arbeit mehr.«

»Warum denn das? Hat man dir hier im Hotel gekündigt?«

»Ja. Die Bar wird umgebaut, und solange die Arbeiten andauern, wird es keinen Hotel-Barbetrieb geben. Alle Personen, die hier in der Bar arbeiten, haben ihre Arbeit verloren.«

»Seit wann weißt du das?«

»Man hat uns diese Nachricht vor zwei Tagen gegeben und so schnell habe ich keine neue Arbeit gefunden.«

»Kann man in China so kurzfristig kündigen?«

»Ja, das kann man. Der Besitzer muss einem noch für drei Monate das Geld geben, wenn die Bar nicht geschlossen würde und er den Job nur einer anderen Person geben wollte. Wenn er jedoch diese Abteilung im Hotel schließt, dann kann er mir gleich kündigen und muss mir nichts zahlen.«

An der Bar saßen noch andere Gäste, die sich ins Gespräch einmischten. Ausländische Investoren, die berichteten, dass der chinesische Arbeitsmarkt seine Tücken besitzt. Bestimmt wird der chinesische Arbeitsmarkt durch die vielen Wanderarbeiter. Zum Beginn des Frühlingsfestes Ende Januar, Anfang Februar verlassen alle Wanderarbeiter ihre Arbeitsstelle und fahren nach Hause.

Zwei Wochen später, zum Ende des Frühlingsfestes, machten sich diese Millionen von Chinesen, die meisten aus der Landbevölkerung, wieder auf den Weg in die Metropolen der Städte. Nicht jeder davon erscheint wieder an seiner alten Arbeitsstelle. Viele davon begeben sich in andere Metropolen und suchen sich dort eine neue Arbeit.

Zwischen 10 bis 40 Prozent der Mitarbeiter müsste ein Betrieb danach neu besetzen.

Die Problematik für die Unternehmer bei dieser Umschichtung der Arbeitskräfte liege darin, dass die neuen Mitarbeiter erst eingearbeitet werden müssen und der Betrieb daher nur schleppend in Schwung kommt. Um diesen Wechsel der Arbeitskräfte zu organisieren, gebe es in jeder Stadt Job-Messen. Die fänden jede Woche Freitag und Samstag statt. Betriebe, die Arbeitskräfte suchten, mieteten sich einen Messestand. Dort konnten sich Arbeitsuchende dann bewerben. Werden sich beide Parteien einig, bekommen die Arbeitsuchenden in den Firmen einen Vorstellungstermin, wo sie nachweisen müssen, dass sie das, was sie angegeben haben, auch können. Zeugnisse sagen in China nicht viel aus. Die könnten auch gefälscht sein. Daher muss vor Arbeitsantritt jeder Bewerber erst nachweisen, dass er das kann, für was er eingestellt werden soll.

Ein anderer Barbesucher meldete sich zu Wort und berichtete, dass man sich bei dem vielen Personalwechsel auf diesem Weg Diebe in die Betriebe holen kann, wie es bei ihm schon vorgekommen sei.

So zog sich das Gespräch in der Bar hin, bis Kais Magen rebellierte und er sich einen Stock höher ins Hotelrestaurant begab.

Wie in allen besseren chinesischen Restaurants flanierten vor dem Eingang junge Damen, die auf Gäste warteten. Wie üblich trugen alle die gleichen Kleider. Diese hier schmückten sich mit einem hellblauen Kostüm und dunkelblauen Blusen. Die Haare hatten sie zu kleinen Knoten im Nacken hochgesteckt.

Kai bestellte Fisch und ein paar Gemüsesorten. Den Fisch musste er sich im Fischbecken aussuchen, das am Eingang des Restaurants die Gäste empfing. Fische, Schlangen, Frösche, Krabben, Hummer, Heuschrecken und kleine Eidechsen standen zur Auswahl.

Von seinem Tisch aus waren die Köche in der Küche zu beobachten. Die Küche, an zwei Seiten mit einem durchgehenden Fenster versehen, gewährleistete nicht nur dem Gast, sondern auch der Geschäftsleitung eine Kontrolle über das, was dort geschah.

Nach dem Essen begab sich Kai ins »Bermudadreieck«. Diesen Titel bekam das Gelände der Bars, die sich um die Hotels breitgemacht hatten, in denen sich Ausländer aufhielten.

Wenn nachts alle geschlossen hatten, so war in »Jim's Bar« immer noch ein Bier zu bekommen. »Jim's Bar«, von den Schweizern bevorzugt besucht, wurde zum Schweizer Club erklärt.

Kai, der in den letzten Wochen des Öfteren in dieser Bar einkehrte, wurde mit großem Hallo begrüßt.

»Hallo Kai, wieder im Lande? Wo warst du so lange? Wir haben dich alle vermisst.«

»Musste für eine Weile nach Shanghai. Meinen Job dort habe ich erledigt und nun bin ich wieder bei euch.«

»Klasse. Was hältst du von einem kleinen Billardspiel?«

»Können wir machen. Lass mich vorher nur noch ein Bier bestellen.«

»In deiner Abwesenheit hatten wir einigen Zirkus hier.«

»Welchen?«

»Du kennst doch Dodo?«

»Klar kenne ich den. Wer kennt Dodo denn nicht? Was ist mit dem?«

»Der hat sich mit der Bedienung Lulu zusammengetan und reihenweise beim Billard den Leuten das Geld aus der Tasche gezogen. Das gab Ärger.«

»Verstehe ich nicht. Man wird ja nicht gezwungen zu spielen. Wer spielt, und dann auch noch um Geld, wird der Meinung sein, er kann das Spiel gewinnen. Wenn er dann verliert, ist es doch sein eigenes Risiko. Und wenn Leute nicht verlieren können dann sollten sie nicht spielen«, antwortete Kai.

»Da hast du recht. Viele von uns haben jedoch den Reiz gesucht, Lulu und Dodo zu schlagen. Die beiden sind auch ein gutes Team. Das ging so weit, dass viele von uns vor einem Spiel nur noch Wasser soffen. Zum Schluss wurde es dem Wirt zu dumm und er hat Lulu das Spielen verboten. Auf Dauer wurde die ganze Angelegenheit geschäftsschädigend für ihn. Er musste eine Umsatzeinbuße durch die Abstinenz seiner Besucher einstecken und den Verlust einer Arbeitskraft hinter der Theke.«

»Wie ging es dann zu Ende? Spielt Dodo kein Billard mehr?«

»Doch, doch. Er spielt weiter und säuft auch wieder. Diese verbissene Spielerei hat ein Ende. Damals ging es so weit, dass einige Schweizer mit Dodo nicht mehr sprachen. Das wollte Dodo dann auch nicht.«

Kais Bier kam und er meinte: »Nun, so weit wollen wir es nicht treiben. Für wie viel, meinst du, sollen wir spielen?«

Am nächsten Tag meldete sich Kai bei Herrn Tao, dem Übersetzer.

»Guten Morgen, Herr Tao, ich bin wieder zurück aus Shanghai.«

»Guten Morgen, Herr Jung. Ich freue mich, dass Sie wieder da sind. Konnten Sie in Shanghai alles zu Ihrer Zufriedenheit erledigen?«

»Ja, Herr Tao. Weswegen ich bei Ihnen anrufe, ist, dass ich gerne ein Gespräch mit Herrn Tiao Zao führen möchte. Können Sie mir ein Treffen mit ihm organisieren? Ich hätte einige Fragen an Herrn Tiao Zao, die ich nach Frankfurt weiterleiten muss. Es wäre gut, wenn ich diesen Termin noch heute vor 15 Uhr haben könnte. Anschließend muss ich mich telefonisch bei meiner Dienststelle melden.«

»Ich rufe Herrn Tiao Zao gleich an und werde ihn fragen.«

»Herr Tao, bei diesem Gespräch müssen Sie auch dabei sein, sonst können wir uns nicht verständigen. Der Termin muss also so gelegt werden, dass alle Personen Zeit haben.«

»O. K., Herr Jung. Ich werde sehen, was ich erreichen kann.«

Eine Viertelstunde später erhielt Kai die Benachrichtigung, dass der beste Termin sofort wäre. Ob er in der nächsten halben Stunde bei Herrn Ziao Tao sein könnte?

»Mein Gott«, dachte Kai, »entweder geht in China gar nichts oder es geht ganz schnell.«

Er verließ das Hotel, winkte ein Taxi heran, gab dem chinesischen Fahrer die Visitenkarte von Herrn Tiao Zao und fuhr zu seiner Verabredung. Die Fahrt dauerte 20 Minuten und kostete 12 RMB (1,20 Euro). »Bei den Preisen lohnt sich ein Auto fast nicht«, dachte Kai.

Dort angekommen, betrat Kai das bombastische 18-stöckige Verwaltungsgebäude. Das Haus beherbergte mehrere Dienststellen und war somit von einheimischen Chinesen überfüllt. Kai, als einziger Ausländer, wurde entsprechend bestaunt. »Changzhou ist halt nicht Shanghai«, dachte er. Shanghai, mit seinen knapp 17 Millionen Menschen und dem Flughafen als Einfallstor nach China, besaß einen internationalen Anstrich.

Eingelebt in der überschaubaren 4-Millionen-Stadt Changzhou, fühlte er sich inzwischen wohler als in der Metropole. Im 14. Stockwerk angelangt, wurde er vom Dolmetscher Tao erwartet.

Im Büro von Herrn Tiao Zao begrüßten sich beide mit dem chinesischen Gruß »Ni hao« und schüttelten sich die Hände. Es gab grünen Tee.

»Herr Tiao Zao freut sich, Sie wieder in Changzhou begrüßen zu dürfen. Er fragt auch, ob Sie eine angenehme Zeit in Shanghai hatten«, übersetzte Herr Tao.

»Danken Sie Herrn Tiao Zao für sein Interesse, ich konnte alles zu aller Zufriedenheit erledigen.«

Anschließend tauschte man noch einige Freundlichkeiten aus, bis nach einiger Zeit Kai nachfragen ließ, ob die chinesischen Mitarbeiter etwas über den Fall der Morde in Frankfurt herausgefunden hätten. Ihre Informanten hätten doch zwei verdächte Personen beschattet.

»Gibt es da etwas, das ich nach Frankfurt berichten kann?«, fragte Kai. »Ich muss heute um 15 Uhr ein Gespräch mit Frankfurt führen. Mein Vorgesetzter, Herr Bensen, wird bestimmt danach fragen.«

Herr Tiao Zao berichtete, dass er sich vor dem Gespräch mit Kai sachkundig gemacht habe.

»Beide Verdächtige sind noch da und werden auch noch beschattet. Beide gehen keiner Arbeit nach. Sie haben aber eine Menge Geld zum Ausgeben. Das interessiert uns natürlich auch«, kam die Aussage von Herrn Tiao Zao.

»Da werde ich nicht viel nach Frankfurt berichten können«, dachte Kai und verabschiedete sich nach einer Weile wieder. Bevor er ging, dankte er für das Gespräch und fuhr zurück ins Hotel. Um 15 Uhr rief er seinen Vorgesetzten Bensen in Frankfurt an.

»Guten Morgen, Chef.«

»Guten Morgen, Kai.«

»Wie besprochen rufe ich an, um zu erfahren, was die Untersuchungen über unseren Fall in Frankfurt weiter ergeben haben.«

»Kai, wie du weißt, sind wir inzwischen den Fall los. Was uns in Frankfurt geblieben ist, sind die Morde im Lokal ›Zum guten Essen‹. Diese Morde sind noch nicht geklärt und liegen noch bei uns. Der Menschenhandel war ja eigentlich ein Nebenprodukt der Morde, jedoch mit internationalen Aspekten. Wegen dieser Morde bist du ja noch in China. Wir arbeiten jedoch eng mit dem LKA und dem BKA zusammen. Falls sich also in den nächsten 14 Tagen nichts Außergewöhnliches tut, was diese zwei flüchtigen Chinesen anbetrifft, werden wir den Fall zu den Akten legen müssen. Hast du dich inzwischen mit unseren chinesischen Freunden unterhalten können, was unseren Fall anbetrifft?«

»Ja. Heute Morgen war ich bei dem Polizeichef der Stadt. Der berichtete, dass die beiden Verdächtigen noch immer beschattet werden. Diese würden über eine Menge Geld verfügen, ohne dass sie einer Arbeit nachgingen. Das interessiert natürlich auch die chinesische Polizei.«

»Hm«, machte Kommissar Bensen. »Das ist nicht viel. Ob ich damit deinen weiteren Aufenthalt in China vertreten kann, ist zweifelhaft. Du weißt ja, wie knapp unsere Mittel bemessen sind.«

24

»Wo wir schon bei dem Thema sind, Chef, so habe ich eine Frage. Ich würde gerne für ein Jahr unbezahlten Urlaub einreichen. Könntest du das befürworten?«

»Was möchtest du denn mit dem Jahr anfangen?«

»Anscheinend ist meine Anwesenheit in China bei allen möglichen Institutionen gut angekommen. Die Obrigkeit dieser Stadt hat mir den Vorschlag unterbreitet, mich in China niederzulassen, und zwar als Mittler zwischen den hiesigen Behörden und den ausländischen Firmen.«

»Interessant. Wie soll das denn praktisch vor sich gehen?«

»Nun, ich würde hier in der Stadt Changzhou ein Büro eröffnen und meine Dienste allen möglichen Institutionen anbieten. Ganz praktisch gesehen wie zum Beispiel in unserem Fall. Wenn ich schon mein Büro hier eingerichtet hätte, hätten wir niemanden aus unserem Team nach China schicken müssen, sondern mir den Auftrag gegeben, für uns dies und das zu klären. Damit wären keine Kosten von Flug, Hotel, Spesen und sonstigen Ausgaben angefallen. Zusätzlich hätte sich Frankfurt auf ein funktionierendes Gebilde mit Beziehungen stützen können. Meine Gebühren betrügen einen Bruchteil von den Ausgaben, die mein Aufenthalt bisher gekostet hat. Mit anderen Worten: Wenn Frankfurt mich jetzt für ein Jahr beurlauben würde, könnten wir bereits dieses System ausprobieren. Ich könnte mich weiterhin um die Mörder kümmern, ohne dass in Frankfurt Kosten anfallen würden. Speziell wenn wir unseren Vertrag auf eine Erfolgsbasis anlegen.«

»Kai, wenn du diesen Weg gehen willst, so hast du meinen Segen dazu. Verhindern kann ich dies sowieso nicht. Das Recht und die

Möglichkeit hat jeder, einen Antrag auf eine einjährige Freistellung zu stellen. Ich wünschte, mir wäre mal so eine Möglichkeit in meinem Berufsleben angeboten worden. Sich einmal im Leben auszuprobieren. Du bist unverheiratet. Hast keine privaten Verpflichtungen. Das Angebot aus China, muss ich neidlos anerkennen, finde ich außerordentlich interessant.«

»Gut«, meinte Kai. »Dann werde ich per Internet meinen Antrag auf eine einjährige unbezahlte Beurlaubung stellen. Wenn möglich mit sofortiger Wirkung, damit ich anschließend als Selbstständiger unseren Fall weiter bearbeiten kann. Mit anderen Worten: Ich stelle nicht nur einen Antrag auf Beurlaubung, sondern unterbreite euch noch ein Angebot für meine Tätigkeit hier.«

Bensen fing an zu lachen.

»Kai, du bist mir eine Marke. Wir werden dich hier vermissen. Also tu, was du nicht lassen kannst, und schicke uns deine Unterlagen.«

So machte sich Kai zufrieden auf den Weg, sein geschäftliches Abenteuer gebührend zu feiern.

Die »Lotosblüte« schien ihm das passende Lokal für den heutigen Abend zu sein. Das Lokal war zu zwei Drittel belegt. An einem Tisch saß ein deutscher Techniker, den er schon in »Jim's Bar« kennengelernt hatte. Sie begrüßten sich und der Deutsche fragte, ob er alleine sei, und wenn ja, ob er sich nicht zu ihm setzen wolle. So setzte sich Kai zu Dieter und studierte die Speisekarte.

Bevor er jedoch seine Bestellung aufgeben konnte, wurde die Eingangstür mit einem kräftigen Schlag aufgestoßen und fünf schwarz gekleidete und maskierte Männer, mit Krummsäbeln in der Hand, stürmten in das Lokal. Die Besucher des Lokals saßen wie erstarrt auf ihren Plätzen. Die Bedienung wich zurück an die Wände.

Es wurde still im Lokal, als hätten die Menschen das Atmen eingestellt.

Die sechs vermummten Männer überflogen die Anwesenden. Einer der Männer deutete auf einen chinesischen Gast. Der sprang in panischer Angst auf und versuchte zu fliehen. Da war bereits einer der schwarz gewandeten Männer bei ihm und trieb ihn mit seinem Krummsäbel vor sich her. Die übrigen Männer verteilten sich im Raum, und immer wenn der Gast bei einem der Vermummten vorbeikam, wurde er mit dem Krummsäbel geritzt, geschnitten, geschlagen und gestochen.

Nach fünf Minuten lag der Gast blutüberströmt am Boden. So schnell wie die schwarz vermummten Männer mit ihren Säbeln gekommen waren, so schnell verschwanden sie auch wieder.

Die ganze Aktion dauerte nicht länger als fünf Minuten.

Die Polizei, die vom Wirt alarmiert worden war, fand nur noch den verletzten Chinesen, verstörtes Personal und verängstigte Gäste vor. Die Polizei befragte alle Anwesenden über das Geschehene und nahm die Personalien aller Anwesenden auf. Als sie bei Kai ankamen, stutzte der Leiter dieser Aktion. Anscheinend war ihm Kai bekannt. Er verzichtete auf die Angaben zu seiner Person und bat ihn lediglich, sich morgen auf der Polizeiwache zu melden.

Nach dem Geschehen leerten sich einige Tische im Restaurant. Die chinesischen Gäste, die überstürzt bezahlten, verließen das Lokal, als hätten sie Angst, in etwas hineingezogen zu werden. Zurück blieben die Ausländer.

Dieter schüttelte den Kopf und meinte: »Was war denn das? Hast du schon einmal so etwas mitgemacht?«

Kai schüttelte den Kopf. »Nein das ist auch für mich einmalig.«

Nichtsdestotrotz beschäftigte ihn der Vorfall. Einer der vermummten Männer hinkte. Nicht viel, es war ihm jedoch aufgefallen. Hatte nicht auch in Frankfurt einer der Verdächtigen gehinkt? So die Beschreibung des Kioskbesitzers. Und hatten sich die Verdächtigen nicht in diese Stadt zurückgezogen? Und hatten nicht diese Verdächtigen, ohne dass sie einer Arbeit nachgingen, viel Geld in den Händen? Zumindest sollte er seine Gedanken seinen Freunden bei der chinesischen Polizei morgen mitteilen.

Nach dem Essen zogen sich Dieter und Kai ins »Bermuda-dreieck« zurück, um den angebrochenen Abend zu beenden. Sie bestellten sich je ein Bier und einen Moutai.

»Dieter, dieser Drink geht auf mich. Heute habe ich beschlossen, mein Leben als Selbstständiger weiterzuführen und mein sicheres Auskommen als Beamter für ein Jahr an den Nagel zu hängen. Prost!« Kai hob das Glas und trank das Bier in einem Zug aus.

»Wie denn das?«, fragte Dieter nach.

Kai erzählte, dass ihn die hiesige politische Ebene gebeten habe, in China als freier Mitarbeiter tätig zu werden. Mit dem Schwerpunkt, Mittler bei Problemen zwischen Ausländern und den chinesischen Ämtern zu sein. Er habe sich das überlegt und wolle für ein Jahr dieses Angebot ausprobieren. Ihm gefalle es in China und er könne sich vorstellen, dass er diese Arbeit erbringen könnte. Wenn es nicht funktionierte, könnte er ja jederzeit zurück in seinen alten Job.

Ihnen gegenüber saß ein Österreicher. Er wurde von einigen Damen umringt. Plötzlich ging die Türe auf und die chinesische Freundin des Österreichers erschien. Die Belagerung des Österreichers löste sich schlagartig auf. Seine Freundin setzte sich neben ihn und es begann ein Eifersuchtsstreit zwischen den beiden. Ein Wort gab das andere, bis die Freundin meinte: »Eigentlich bin ich nur hereingekommen, weil ich dein Auto vor der Kneipe gesehen habe. Ich wollte dir nur sagen, dass im Moment draußen gerade dein Auto kaputt geschlagen wird.«

Der Österreicher stürzte auf die Straße. Die Gäste des Lokals folgten ihm. Das Spektakel konnte man sich nicht entgehen lassen. Auch Kai und Dieter bewegten sich mit ihrem Glas Bier nach draußen.

Dort konnte man jedoch keine Schlägertrupps entdecken, die das Auto des Österreichers demolierten. Niemand zu sehen. Der Eigner des Wagens begutachtete seinen BMW-Sportwagen und konnte keine Beschädigung entdecken. In diesem Moment stürzte seine Freundin, mit einem Baseballschläger bewaffnet, aus dem Lokal und fing an, mit dem Schläger das Auto zu bearbeiten.

Bei diversen Bars standen die Tische vor den Lokalen auf dem Bürgersteig. Die Gäste, die daran saßen, schmunzelten und verfolgten das Geschehen.

Der Österreicher versuchte nun, die rasende Freundin an ihrem Tun zu hindern.

Zwei Franzosen, die zufällig vorbeikamen, nahmen an, dass der Österreicher sich an einer Chinesin vergriff, und stürzten sich auf ihn, um ihn von seiner rasenden Freundin fortzuziehen. Als sich auch noch zwei angetrunkene Amerikaner ins Geschehen einmischten, um die streitende Gruppe auseinanderzubringen, kamen alle Zuschauer auf ihre Kosten.

Beendet wurde der Abend mit einem Besäufnis, bei dem sich jeder bei jedem entschuldigte und eine neue Runde bestellte. Nicht zum Schaden des Wirtes.

»Siehst du, Dieter? Das liebe ich an China. So etwas kannst du doch in Europa nicht erleben. Hier hätte mein Berufsstand bereits im Vorfeld alles geklärt«, meinte Kai mit einer schweren Zunge.

Um drei Uhr nachts torkelte Kai in sein Hotel. Am nächsten Morgen schlief er seinen Rausch aus. Um 11.30 Uhr ging er zum Mittagsessen, trank einen Tee und rief Herrn Tao, den Dolmetscher, an. Er gab ihm die Telefonnummer der Visitenkarte des Einsatzleiters von gestern Abend und bat ihn, bei dieser Nummer anzurufen, mit der Bitte, ihn zu entschuldigen. Er müsste seine Beobachtungen zuerst dem Polizeichef, Herrn Zao, berichten. Der würde sich dann bei ihm melden und ihm mitteilen, ob Kais Beobachtung von Wert wäre. Er selbst, Herr Jung, könnte sich sowieso nur durch einen Dolmetscher mit ihm unterhalten. Zusätzlich bat er Herrn Tao, sich um einen Termin beim Polizeichef der Stadt zu bemühen, es beträfe ihren Fall aus Frankfurt. Einen dritten Termin benötigte er beim Bürgermeister. Er selbst habe den ganzen Tag nichts vor und er könnte ihn jederzeit erreichen.

Nach einem kleinen Mittagsessen und seinen Telefonaten ging er wieder ins Bett.

Als sein Telefon nach einer Stunde klingelte, meinte er, gerade eingeschlafen zu sein.

»Hier Jung.«

»Herr Jung, ich habe alle Telefonate erledigt«, meinte Herr Tao. »Herr Ziao erwartet Sie in einer halben Stunde. Wenn Sie mit dem Gespräch beim Polizeichef fertig sind, soll ich beim Bürgermeister anrufen und ihm sagen, dass wir nun zu ihm kommen. Er hat sein Büro in dem gleichen Gebäude wie die Polizei.«

»Danke, Herr Tao. Ich werde pünktlich sein.«

Kai wusch sich den Schlaf aus den Augen und machte sich auf den Weg. Bei dem Verwaltungsgebäude erwartete ihn bereits Herr Tao. Zusammen fuhren sie mit dem Aufzug zum Polizeichef. Dort wurde er, wie üblich, überschwänglich begrüßt. Im Raum von Herrn Tiao Zao saßen bereits einige Herren, denen Kai vorgestellt wurde. Es waren alles Mitarbeiter der Polizei. Kai nippte an seinem grünen Tee, wobei er sich wieder die Zunge verbrannte. Nach 20 Minuten Austausch von Freundlichkeiten wurde Kai aufgefordert zu berichten. Kai erzählte von seinem gestrigen Abend, mit seinem Verdacht eines hinkenden Vermummten. »Ich habe eine Frage an Ihre verdeckten Ermittler«, fragte Kai am Ende seines Berichtes. »Hinkt einer der Verdächtigen, die aus Frankfurt in diese Stadt gekommen sind?«

Bei den chinesischen Anwesenden wurde es still. Dann setzte eine lebhafte Diskussion ein.

»Einer von der Polizei beschrieb gerade die beiden Verdächtigen. Aus den Personal Unterlagen sind beide keine Lokale Personen. Der eine kommt aus dem Süden Chinas, der andere aus dem Norden. Entsprechend ist ihr Aussehen. Der aus dem Norden schaut aus wie ein Mongole: groß gewachsen, massige Gestalt und trägt einen Schnurbart. Die Person aus dem Süden hat einen kleinen zierlichen Wuchs, ist schlank und hinkt.«

»Richtig, der hinkende Vermummte war nicht besonders groß«, bestätigte Kai seine Beobachtung.

»Wir werden beide zum Verhör abholen«, versprachen die Chinesen. »Jetzt endlich können wir etwas unternehmen, wenn die Beobachtung von Herrn Jung stimmt, dass einer der schlechten Menschen im Lokal gehinkt hat. Vorher hatten diese Menschen in China ja nichts Schlimmes gemacht.«

Die Versammlung löste sich auf und Kai ging mit Herrn Tao zum Bürgermeister in Begleitung Herrn Tiao Zao, dem Polizeichef.

Der Bürgermeister wartete bereits mit Herrn Dao von der Kommunistischen Partei auf sie.

Wie üblich gab es grünen Tee vor der Besprechung. Nach den üblichen Höflichkeitsminuten fragte der Bürgermeister: »Herr Jung, konnten Sie sich inzwischen Gedanken über unseren Vorschlag machen?«

»Sie meinen, ob ich mir vorstellen kann, in China zu bleiben?«

»Ja. Das interessiert uns alle. Viele Stellen haben bei uns schon angefragt, ob Sie bei uns bleiben, denn auch sie haben Probleme, bei denen sie auf Ihre Hilfe hoffen.«

»Meine Herren, ich fühle mich durch Ihren Vorschlag sehr geehrt und möchte mich noch einmal für das Vertrauen, das Sie mir entgegenbringen, bedanken.«

Die anwesenden Chinesen begleiteten Kais Ausführung mit einem freundlichen Lächeln. »Ich habe lange über Ihren Vorschlag, eine Vermittlungsfirma in China einzurichten, nachgedacht und mich auch mit meinem Chef in Frankfurt besprochen und bin zu dem Schluss gekommen, Ihr Angebot anzunehmen.«

Ein erleichtertes Raunen ging durch den Raum.

»Herr Jung, wir freuen uns alle, dass Sie unseren Vorschlag annehmen. Ich glaube, dass dies ein sehr guter Gedanke aus unserem Polizeiapparat war, einen Mittelsmann für Ausländer in unserem Land einzurichten. Viele Stellen, denen wir von unserem Gedanken erzählt haben, meinten, dass, wenn in unserer Stadt so eine Person arbeiten würde, sie diese auch aufsuchen könnten«, kam der zufriedene Kommentar vom Bürgermeister.

»Um meiner Tätigkeit nun eine Grundlage zu geben«, fuhr Kai in seinem Bericht fort, »werde ich eine Firma gründen müssen, wobei ich hier auf Ihre Hilfe angewiesen bin.«

»Herr Jung, Sie müssen nur sagen, was Sie brauchen. Wenn sie so weit sind, melden Sie sich bitte bei Herrn Tao, der geht mit Ihnen zur Anmeldestelle und füllt für Sie die Anträge, die benötigt werden, aus. Wir werden dort Bescheid geben, dass Ihr Antrag wohlwollend bearbeitet werden soll.«

»O. K., meine Herren. Dann werde ich mich daransetzen, einen Businessplan auszuarbeiten, den wahrscheinlich Sie und die Bank benötigen.«

Die anwesenden Chinesen schauten Kai fragend an und Herr Tao meinte: »Das Wort Businessplan kennen wir nicht. Ist das ein englisches oder deutsches Wort?«

»Ein englisches«, erklärte Kai, »und es bedeutet Planung eines Geschäfts.« In der Runde wurde anerkennend genickt und Herr Tao übersetzte: »Das finden wir alle gut und freuen uns schon, Ihre Planung lesen zu dürfen.«

Zurück im Hotel, meldete sich Kai in Frankfurt und berichtete von dem Vorfall der schwarz vermummten Männer mit ihren Säbeln und dass eventuell einer dieser Männer mit dem Fall in Frankfurt zu tun haben könnte. Er werde am Ball bleiben und weiter berichten. Anschließend setzte er sich in ein Taxi und ließ sich zum Tempel von Changzhou bringen, um den Göttern zu danken.

25

Obwohl Kai sich bereits acht Wochen in der Stadt Changzhou aufhielt, mit einer dreiwöchigen Unterbrechung im deutschen Konsulat in Shanghai, kannte er den Tempel noch nicht.

Diesem Tempel war ein Mönchskloster angeschlossen. Neben der Meditation und Gebeten verwalteten und pflegten die Mönche die Tempelanlage.

Auf der Fahrt war der Haupttempel von Weitem sichtbar.

Kai stieg aus dem Taxi aus und bewegte sich auf eine Anlage zu, die von einer hohen Mauer umgeben war. Seitlich des Haupteinganges lagen zwei Kassen, an denen man sich seine Eintrittskarten kaufen musste. Kai betrat die Anlage und gelangte als Erstes in einen gepflasterten Innenhof, in dessen Mitte ein drei Meter hohes schwarzes Gefäß auf fünf Füßen stand. Die Münzen, die man mit viel Geschick dort einwerfen konnte, sollten Opfergaben für Buddha sein. Wer die obere Öffnung des Gefäßes trifft, so sagt der Volksmund, wird mit besonderem Glück belohnt.

Seitlich in diesem Innenhof stehen die Brennöfen, in denen man Räucherstäbchen anzündet. Auch diese Räucherstäbchen dienen dazu, Buddha auf die Bitten der Betreffenden zu lenken. Rechter Hand im Innenhof liegen die Schlafräume der Mönche.

Kai setzte seinen Weg fort und gelangte durch einen zweiten Tempel in den Innenhof des nächsten Tempels. Insgesamt musste Kai fünf Tempel mit fünf Innenhöfen durchqueren, bis er zum Haupttempel gelangte. Alle Tempel beherbergten fünf Meter hohe goldene oder bunt bemalte Buddhas, vor denen Kissen lagen, auf die man sich knien musste, um Buddha seine Bitten vorzutragen. Dabei hob man beide Arme mit gefalteten Händen empor und verbeugte sich in kniender Stellung, je öfter, umso besser, tief vor Buddha.

Der Haupttempel besaß acht Stockwerke. Jedes Stockwerk war mit einem Rundlauf versehen. Die Bedachung des Rundlaufes war mit kleinen Glocken versehen, die im Wind ein zierliches Glockengeläut verursachten. Auf den Dächern selbst tummelten sich kleine Drachen, Ritter, Schlangen und sonstige Fabelwesen, die den bösen Geistern den Zutritt in den Tempel verwehren sollten.

Beschützt wurde der Tempel von fünf Meter hohen Marmorelefanten und vier der wichtigsten Kriegsherren Chinas.

Die Mönche, denen Kai begegnete, trugen lange gelbe Gewänder, einen kahl geschorenen Kopf und Sandalen an den Füßen.

Kai war tief beeindruckt von dieser Glaubenstradition, die anscheinend auch durch Maos Zeiten nicht vernichtet werden konnte, nachdem er die vielen Gläubigen und das aktive Mönchsleben beobachtet hatte.

Zurück im Hotel, ging er in sein Zimmer und überlegte sich die Schritte der nächsten Tage: Antrag auf seinen einjährigen unbezahlten Urlaub. Ein Angebot über seine Ermittlungsarbeiten für Frankfurt. Die Ausarbeitung eines Businessplans für seine neue Existenz.

Der Antrag auf unbezahlten Urlaub war schnell gestellt. Die Begründung lag auf der Hand. Er musste nur schriftlich festhalten, was er schon seinem Vorgesetzten erklärt hatte. Das Angebot, als freier Ermittler in China den Fall der Morde in Frankfurt aufzuklären, schlüsselte er nach Unkosten und Erfolgsbonus auf. Der dritte Punkt war der schwierigste. Bisher musste er sich mit einer Existenzgründung nicht beschäftigen, daher war dies für Kai ein Buch mit sieben Siegeln. Aus dem Internet suchte sich Kai die benötigten Informationen heraus: Geschäftsgrundlage, Finanzierung, Ausführung, Erfolgsaussichten. Nach drei Stunden Arbeit legte er eine Pause ein und ging auf ein Bier in die Hotelbar. Dort bediente ihn wieder Johnny, bei dem er sich eine Flasche Bier bestellte.

»Johnny, du hast mir erzählt, dass das Hotel Umbauten und Renovierungsarbeiten vornehmen will und dir somit gekündigt wurde. Hast du inzwischen eine andere Arbeit gefunden?«

»Nein. In meinem Beruf ist es schwer, mitten im Jahr neue Arbeit zu finden. Bei diesem Job muss der Besitzer Vertrauen zu einem haben. Ich arbeite hier weitgehend selbstständig. Entweder man ist jahrelang bei einem Arbeitgeber oder der Wechsel findet nach dem Frühjahrsfest statt. Alles, was sonst so passiert, sind Ausnahmen.«

»Johnny, mir ist was durch den Kopf gegangen. Ich gedenke, mich in China selbstständig zu machen. Dazu benötige ich einen Dolmetscher und jemanden, der mich bei meiner Arbeit begleitet. Du sprichst ein gutes Englisch und kennst dich mit den Gegebenheiten in diesem Land bestens aus. Kannst du dir vorstellen, für mich zu arbeiten?«

»Ist das Ihr Ernst?«, fragte Johnny. »Wenn ja, wann soll es losgehen und wie viel kann ich dabei verdienen?«

»Was verdienst du denn im Hotel als Barkeeper und wie viel Stunden am Tag musst du dafür arbeiten?«

»Hier verdiene ich 1.500 RMB.« Kai rechnete schnell den Wechselkurs um und kam auf ein Gehalt von 150 Euro monatlich. Sieben Tage die Woche Dienst, mit keiner festgelegten Dienstzeit. Die Bar wurde um ein Uhr nachts geschlossen, falls kein Gast mehr anwesend war. Ansonsten endete seine Dienstzeit nach dem Fortgang des letzten Gastes. Ein junges Mädchen stand ihm als Hilfe zur Verfügung. Ihr Gehalt wurde nach Anwesenheitsstunden bezahlt. Fehlen durch Krankheit oder Sonstiges ging zu Lasten des Arbeitnehmers. Bezahlten Urlaub oder Arbeitslosenversicherung gab es nicht. Bei Arbeitsunfällen musste der Arbeitgeber das Krankenhaus bezahlen. So war der Arbeitgeber daran interessiert, den Arbeitnehmer nicht zu lange im Krankenhaus verweilen zu lassen. So schilderte Johnny Kai sein Arbeitsverhältnis.

Neben der Theke plumpste etwas zu Boden.

»Was war denn das?«, fragte Kai.

Die kleine Barhelferin lag ihm zu Füßen. Beide bemühten sich um die ohnmächtig gewordene Ling, die dort lag. Kai und Johnny hoben sie auf und brachten sie in eines der Karaoke-Zimmer, die der Bar angeschlossen waren, und legten sie dort auf eine Bank.

Johnny holte aus der Bar eine eisgekühlte Wasserflasche, mit der sie die Kleine aus ihrer Ohnmacht holten.

Ihr Kopf fühlte sich heiß an, als hätte sie Fieber. Ihr Atem ging stoßweise. Sie klagte über Schmerzen im Lungenbereich.

»Ich bin nur ein bisschen schwindelig geworden. Macht euch keine Sorgen. Ich kann gleich wieder arbeiten«, röchelte Ling.

»Ling, du hast hohes Fieber. Du bist krank und gehörst ins Krankenhaus«, meinte Kai.

»Nein, nein. Es geht gleich wieder«, beschwichtigte sie.

»Sie hat bestimmt kein Geld fürs Krankenhaus. Und wenn sie ins Krankenhaus geht, muss unser Chef das Krankenhaus bezahlen. In der Zeit, in der sie nicht arbeitet, bekommt sie auch kein Geld und der Chef wird sauer sein, wenn er Geld für Ling bezahlen muss, ohne dass Ling arbeitet. Dann wird der Chef sich überlegen, Ling weiter Arbeit zu geben«, erklärte Johnny die Situation. »Zusätzlich braucht die Familie von Ling das Geld von ihrer Arbeit.«

»Weißt du was, Ling? Ich fahre dich ins Krankenhaus, damit du wieder gesund wirst. Das Krankenhaus und das Geld, das dir bei deiner Abwesenheit von der Arbeit fehlt, bekommst du von mir«, ergriff Kai die Initiative und ließ keinen Widerspruch aufkommen.

In China gibt es keine niedergelassenen, frei arbeitenden Ärzte mit Praxen. Das hatte Kai inzwischen auch erfahren. Wenn jemand unter Husten, Schnupfen, Darmdurchbruch, Herzinfarkt, Zahnschmerzen, Knochenbrüchen, Grippe, Hautausschlag, Zahnschmerzen und dergleichen litt, ging er ins Krankenhaus.

»Johnny, wenn ich Ling ins Krankenhaus gebracht habe, komme ich wieder zurück und dann können wir unsere Zusammenarbeit zu Ende besprechen«, meinte Kai, bevor beide ins Taxi stiegen, die vor jedem Hotel auf Gäste warteten.

Kai betrat das erste Mal ein chinesisches Krankenhaus. Der Vorraum des Krankenhauses glich einer Bahnhofsschalterhalle mit der gleichen Funktion. Auch hier musste Kai für Ling die Behandlung bei einem Arzt einkaufen. Jede Behandlung besaß ihren Preis. Durch einen Aufpreis konnte der Patient die Wartezeit verkürzen.

Mit dem Behandlungszettel gingen Kai und Ling dann zum angegebenen Arzt. Dort erwartete sie eine Schlange von Patienten, die den Aufpreis der sofortigen Untersuchung nicht bezahlen konnten. Da Kai den Aufpreis für Ling bezahlt hatte, kam Ling zu einem gesonderten Arzt.

Der stellte eine Bronchitis fest und verschrieb ihr eine Infusion. Mit dem Rezept des Arztes mussten beide zurück ins Erdgeschoss, um die Medizin an einem anderen Schalter zu bezahlen und diese mit der Quittung bei dem nächsten Schalter abzuholen. Mit der Infusion begaben sie sich anschließend zu Fuß ins zweite Stockwerk. Dort betraten sie eine große Wartehalle, in der über 200 Stühle in Reihen angeordnet standen. An den Stühlen hingen Vorrichtungen, um die Infusionsflaschen aufzuhängen. Am Eingang dieser Halle saßen hinter einer Glaswand Ärzte. Dort lieferte Ling ihre Infusionskapseln ab und schob ihren Arm unter der Durchreiche durch. Die Ärztin setzte ihr eine Kanüle in die Vene, schloss den Schlauch mit der Infusion an, gab Ling alles in die freie Hand und bat sie, sich auf einen der freien Stühle im Saal zu setzen. Wenn die Infusion durchgelaufen sei, könne sie nach Hause gehen.

Dreiviertel der Sessel waren mit den unterschiedlichsten Patienten besetzt, Männern und Frauen in allen Altersstufen, vom Greis bis zum Säugling.

Als Kai mit Ling zwei freie Plätze gefunden hatte, setzten sie sich neben eine Großmutter, bei der ein Enkel auf dem Schoß saß. Die Infusionsnadel des Enkels steckte im Kopf. In der Ecke des Saales wurde ein Papierkorb für die Notdurft von Kindern benutzt. Kai als einziger Ausländer im Saal wurde ausgiebigst bestaunt.

»Wenn ich das zu Hause erzähle, wird mir das keiner glauben«, dachte Kai. Ein kleiner Kulturschock stellte sich bei ihm ein. »Bevor ich mich bei einer Krankheit in so ein Krankenhaus begebe, fliege ich liebe nach Hause«, war sein nächster Gedanke und er beschloss, seine Krankenversicherung in Deutschland nicht zu kündigen.

Nach dem Krankenhausaufenthalt brachte Kai die kleine Ling mit dem Taxi nach Hause.

»Ling, ich bringe dich jetzt nach Hause und du bleibst heute im Bett. Wie viel Geld verlierst du, wenn du heute nicht arbeiten gehst?«, fragte Kai.

»Vielleicht 30 Yen, Herr.« (3 Euro)

»O. K., Ling, weil du das Geld ganz dringend brauchst, werde ich dir diesen Verlust ersetzen. Aber schau, dass du gesund wirst. Wo wohnst du denn? Sag dem Taxifahrer, wo er hinfahren soll.«

Die Fahrt ging über die Stadtautobahn ans andere Ende der Stadt. Nach einer knappen Stunde kamen sie in ein Stadtviertel mit kleinen Häusern, teilweise mit einem Wellblechdach versehen. An der Front aller Häuser befanden sich Rollgitter, die tagsüber hochgezogen und nachts geschlossen wurden. Bei uns zu Hause würden wir diese Häuser als Garagen bezeichnen.

Tagsüber waren diese Behausungen für Bewohner ihre Einnahmequelle, nachts ihr Zuhause. Die Bewohner schliefen und wohnten zwischen Eisenstangen, Kleiderbergen, Gemüse, Hühnern und Enten oder was sie sonst für einen Handel trieben.

Vor manchen dieser Behausungen standen Nähmaschinen, die mit den Füßen betrieben wurden. Einige der Frauen, die nichts zu tun hatten, schliefen über ihre Nähmaschinen gebeugt. Kai wunderte sich immer wieder, wie dieses Volk, egal wo sie sich befanden, schlafen konnte. Lastwagenfahrer, die in ihren Pausen unter dem Wagen lagen, Köche, die in ihrer Mittagspause, in Ecken hockend, oder Marktfrauen, die im größten Getümmel hinter ihrem Gemüse lagen und schliefen.

Beneidenswert.

An einer, bei Straßenhändlern, einkaufenden Frauen, spielenden Kindern, Karten spielenden Gruppen, streitenden Chinesen, Autos, Mopeds, Fahrrädern und Bussen dicht bevölkerten Straße hielt das Taxi. In diesem Getümmel verschwand Ling und Kai kehrte zurück ins Hotel. Der Taxifahrer verlangte von Kai 50 RMB (5 Euro). Kai saß in einem schwarzen Taxi, das ohne Genehmigung seinen Geschäften nachging.

Zurück im Hotel, begab sich Kai wieder an die Bar, um Johnny von Lings Zustand zu berichten und sein Angebot der Zusammenarbeit mit Johnny zu Ende zu besprechen. An der Bar saßen inzwischen einige Gäste, weshalb Kai seine Besprechung mit Johnny verschieben musste. Kai setzte sich neben Dodo.

»Hallo Kai. Lange nicht gesehen«, wurde er von ihm begrüßt.

»Was treibt dich so früh aus deinem Betrieb fort?«, wollte Kai von Dodo wissen.

»Ich komme gerade von meinem Rechtsanwalt und danach hat es mich zu so später Stunde nicht mehr in den Betrieb gezogen«, antwortete Dodo und trank von seinem Bier.

»Was machst du bei einem Rechtsanwalt?«, wollte Kai wissen.

»Ich hatte einen Verkehrsunfall, bei dem ich mir keiner Schuld bewusst bin. Die Frage der Schuld ist jedoch in China irrelevant«, brummte Dodo missmutig vor sich hin.

»Erzähl«, bat Kai.

»Das ist eine lange Geschichte.«

»Ich habe Zeit. Wenn du auch Zeit hast, dann bin ich für jede chinesische Geschichte zu haben«, beruhigte ihn Kai.

»Mein Verkehrsunfall, der sich nachts zutrug, bei dem ein Betrunkener, der mit seinem unbeleuchteten Mofa auf der falschen Straßenseite fuhr, mit mir zusammengestoßen ist, hat mich in diese Situation gebracht«, berichtete Dodo und fuhr fort: »Der betrunkene Mofafahrer blieb verletzt auf der Straße liegen. Mir ist nichts passiert, doch mein Auto ist jetzt Schrott. Ich habe dann die Polizei und den Notarztwagen gerufen. Am nächsten Tag stand die Familie des Verletzten vor unseren Werkstoren und verlangte von mir, dass ich die Kosten des Krankenhauses zu tragen habe, was ich auch tat.

Die Ärzte im Krankenhaus diagnostizierten bei dem Unfallgegner Schädelbruch. Der Patient wurde in sechs Monaten angeblich siebenmal operiert.

Ich, der sich unschuldig fühlt, zahlte wöchentlich 20.000 RMB an das Krankenhaus, das diesen Betrag für die Verpflegung und die Operationen des Patienten anforderte. Inzwischen wohnte ein Teil der Familie mit im Zimmer des Patienten. Es gab keinen Nachweis, ob der Patient überhaupt operiert worden sei und was mit dem vielen Geld geschehe. Es war kein Ende dieses Zustandes abzusehen. Da entschloss ich mich zu einer Selbstanzeige, in der Hoffnung, damit einen Schlussstrich unter diese Angelegenheit zu ziehen. Anschließend bat ich die Polizei zu überprüfen, ob dieser Patient noch weiter krankenhausbedürftig sei. Die Polizei bestätigte mir, dass ihrer Meinung nach der Patient nach Haus könne. Somit stellte ich die Zahlungen an das Krankenhaus ein.

Drei Monate später entschied das Gericht, dass ich eine Entschädigungszahlung von 250.000 RMB an die Familie zu leisten hätte. Die Begründung lautete, dass die Familie ihren Ernährer verloren habe, da dieser keiner Arbeit mehr nachgehen könne.

Die Gesamtsumme des Schadens beläuft sich jetzt auf 1 Million RMB (100.000 Euro) mit einem nicht zu definierenden Zeitaufwand.

Wäre der Verkehrsteilnehmer bei dem Unfall gestorben, hätte ich nur eine Entschädigung von 250.000 RMB an die Familie zahlen müssen. Mit anderen Worten: Ein Menschenleben kostet in China 25.000 Euro«, beendete Dodo seinen Bericht und bestellte sich noch ein Bier bei Johnny.

An der Theke entstand ein nachdenkliches Schweigen. Die anwesenden Barbesucher schauten in ihre Biergläser und hingen ihren Gedanken nach.

»Für uns Europäer sind solche Vorgänge nicht nachvollziehbar«, murmelte einer und ein anderer meinte: »Von solchen Merkwürdigkeiten ist China voll. Bei uns in der Firma habe ich neulich unseren IT-Mitarbeiter gesucht. Als ich ihn nicht gefunden habe, fragte ich nach ihm und bekam zur Antwort, dass er um vier Tage Urlaub gebeten habe, mit der Begründung, dass sein Onkel die Tante mit einer Eisenstange erschlagen habe. Nun müsse er nach Hause fahren, um den Onkel aus dem Gefängnis zu holen, da der Onkel die geforderte Geldstrafe für sein Vergehen nicht zahlen könne. Auch kein anderes Familienmitglied wäre in der Lage, diese geforderte Summe aufzubringen. Da der Neffe jedoch in dem Betrieb eines Ausländers Arbeit gefunden habe, habe der genug Geld und müsse sich daher um den Onkel kümmern«, beendete der Barbesucher seine Erzählung.

»Auch eine Geschichte, die nicht in unsere westliche Gedankenwelt passt«, meinte ein anderer aus der Runde.

»Wenn ich das richtig verstanden habe, wurde hier selbst der Neffe, der in einer ausländischen Firma, weit ab vom Heimatort, arbeitet, für Schwierigkeiten der Familie herangezogen«, hakte Kai nach. Und Dodo kommentierte: »Auch hier wurde nicht nach der Rechtslage entschieden, sondern nach der Wiedergutmachung, wie bei mir.«

»Das stimmt«, kommentierte der Erzähler dieses Falles die Bemerkung. »Der Onkel musste nicht ins Gefängnis, weil er die Tante erschlagen hatte, sondern weil er das Geld der Wiedergutmachung für die Gegenfamilie nicht aufbringen konnte. Wie gesagt, für uns Ausländer schwer zu verstehen.«

»Der Grundgedanke des Rechtes wird hier nicht angewandt«, meinte ein anderer Gast.

»Was ist gut und was ist böse? Darf ich einen Menschen erschlagen, wenn ich mich anschließend freikaufen kann?«, kam die Frage auf.

»Kann ich mich am Leid eines Familienmitgliedes bereichern?«

»Darf ich als Bedürftiger alles tun, um an das Geld von einem anderen zu kommen?«, kamen die Fragen aus allen Richtungen.

»Wenn man die Strategeme der Chinesen zugrunde legen sollte, ist dem so«, erklärte Dodo. »Die Chinesen besitzen 36 Regeln, in denen man ihnen beibringt, wie man listig durchs Leben kommt. Wir Christen haben die Zehn Gebote, wie man ein guter Mensch wird. Diese beiden Denkansätze sind für mich der größte kulturelle Unterschied zwischen uns.«

26

Am nächsten Tag erhielt Kai die Nachricht, sich bei der Polizei zu melden. Dort angekommen, teilte man ihm mit, dass die beiden Verdächtigen inzwischen verhört worden seien. Man habe sie zum Sprechen bringen können, was nicht einfach war. Die Angst hätte sie lange schweigen lassen.

»Wenn Menschen sprechen und andere Menschen Probleme bekommen, sterben diese Menschen«, übersetzte Herr Tao. »Deswegen diese Menschen nie sprechen.«

Laut weiterem Bericht der Polizei hätte die Polizei dann eine andere Verhandlungstaktik eingeschlagen, nachdem die härtesten Maßnahmen bei den Verdächtigen nichts genutzt hätten.

Sie boten den beiden eine kleine Strafe von einem Jahr Gefängnis an. Der Vollzug würde in einer anderen Provinz stattfinden, womit sie der Rachsucht der Geschädigten entgehen würden. Wenn sie auf diesen Vorschlag nicht eingingen, würde die Polizei sie in ein örtliches Gefängnis stecken und dort verbreiten, dass sie gesungen hätten.

Als zusätzliches positives Angebot stellte man den beiden in Aussicht, dass sie nach der Verbüßung der Strafe als Informanten bei der Polizei arbeiten könnten und somit auch einen gewissen Schutz nach ihrer Freilassung erhalten würden.

»Untergrundbewegungen sind in China meist ortsgebunden«, erklärte Herr Tao. »Denn zum Funktionieren ihrer Geschäfte benötigen sie Beziehungen, und die kann man nicht beliebig viele in diversen Städten aufbauen.«

»Nach diesem Vorschlag haben beide verdächtigen Männer wie Vögel gesungen«, übersetzte Herr Tao weiter. »Beide erzählten, dass es richtig sei, dass sie die Tat in Frankfurt ausgeführt hätten. Für diesen Auftrag haben sie 50.000 RMB bekommen. Für jeden von ihnen 25.000 RMB. Vor etwa vier Monaten wäre ihr Vermittlungsmann mit diesem Auftrag zu ihnen gekommen. Mit allen Informationen, Geld für ihre Ausgaben, Flugtickets und gültigen Papiere mit Visa. Darauf haben sich beide auf den Weg nach Frankfurt gemacht. Sie selbst kennen nur den Kontaktmann, von dem sie seit einem Jahr ihre Aufträge erhalten haben. Drei Aufträge hätten sie bereits erledigt, zwei davon in Deutschland. Warum und wieso sie dies und das machen mussten, wissen sie nicht.«

Kai machte sich Notizen, fragte ein paarmal nach und erfuhr dann so nebenbei, dass wahrscheinlich das Geschäft mit den Wu Min, den Namenlosen, noch andere Organisationen auf den Plan gerufen habe. Mit ihrer Aktion der Morde wurde wahrscheinlich bezweckt, die deutsche Polizei zu veranlassen, dieses lukrative Geschäft der Familie Sui zu zerschlagen, um selbst den Bedarf der Wu Min abzudecken.

»Genau wie wir in Frankfurt vermutet haben«, dachte Kai.

Die Aktion der Vermummten im Lokal wäre der dritte Auftrag für sie gewesen. Die anderen Teilnehmer dieser Aktion würden sie nicht kennen. Beide wurden für diesen Auftrag von einem Auto abgeholt, in dem die anderen Männer schon alle saßen. Die Beteiligten waren von Anfang an vermummt, sodass keiner die Gesichter des anderen erkennen konnte. Für diesen Auftrag hatte man ihnen je 2000 RMB gezahlt.

Aus dieser Schilderung und anderen Informationen schloss die chinesische Polizei, dass beide Fälle, die Frankfurter Morde und die aus dem chinesischen Lokal mit den vermummten Säbelmenschen, zusammenhängen mussten.

»Wissen Sie, der verletzte Gast, den die vermummten Männer so zugerichtet haben, ist ein chinesischer Staatsbürger, der jedoch mehr in Japan lebt als in China und dem viele Baufirmen in China und in Japan gehören«, erklärte ihm ein Polizeikollege.

Nach einer Stunde Unterhaltung, in der Kai unter anderem seine Pläne darlegte, was seine Selbstständigkeit in China anbetraf, verließ er das Präsidium und fuhr zurück ins Hotel.

Inzwischen war es Mittag geworden. Nach dem Mittagessen ging er zu Johnny an die Bar. Dort bestellte er einen Kaffee und versuchte seine Zusammenarbeit mit ihm zu einem Ende zu bringen.

»Johnny, wie sieht es aus mit uns beiden? Hast du dir meinen Vorschlag überlegt?«

»Ja. Ich habe viel nachgedacht. Ich würde gerne mit dir zusammenarbeiten«, antwortete er.

»Wann endet deine Arbeit hier im Hotel? Ich würde dich jetzt gut gebrauchen können.«

»Meine Arbeit ist in zwei Tagen fertig. Aber wenn du mich gleich brauchst, dann kann ich ja die zwei Tage beides machen. Die Bar abends und tagsüber dir helfen. Was muss ich denn arbeiten?«

»Als Erstes muss ich ein Büro finden, in dem ich meine Firma anmelden kann. Danach muss ich diese registrieren lassen und ein Bankkonto eröffnen. Zusätzlich eine Wohnung suchen, damit ich aus diesem Hotel komme, und mir ein chinesisches Telefon holen, damit ich nicht immer so teuer über mein deutsches Telefon den Kontakt mit anderen Leuten herstellen muss. Für all das benötige ich einen Dolmetscher.«

»Das verstehe ich. Ling kann mich immer vertreten, wenn du mich brauchst. Insofern können wir ruhig die nächsten Schritte zusammen planen. Als Erstes kann ich für dich Informationen einholen, wo man ein Büro anmieten kann. Einmal für dein Geschäft und dann für deine Wohnung.«

Kai begrüßte diesen Vorschlag und machte sich auf, seinen Businessplan fertigzustellen. Zwischendurch schrieb er seinen Bericht nach Frankfurt.

Die beiden Verdächtigen hätten gestanden. Sie berichteten, dass es ein Auftragsmord gewesen sei. Die Morde geschahen vermutlich aus wirtschaftlichen Gründen. Ein Kampf zwischen verschiedenen Gruppen um das Geschäft des Mädchenhandels. Hier sollte wahrscheinlich ein Konkurrent ausgeschaltet werden, so wie allgemein vermutet. Die Mörder seien Auftragskiller, hätten jedoch in alles andere, was die Organisation oder Personen anbetraf, aus Sicherheitsgründen keine Einsicht bekommen. Das Einzige, mit dem sie in Berührung gekommen seien, wäre ihr Kontaktmann, und der schien nach der Verhaftung der beiden untergetaucht zu sein.

Der ganze Fall war inzwischen an die Ausländerpolizei nach Peking weitergeleitet worden.

Damit empfahl Kai den Frankfurtern, die Akte dieses Falles zu schließen. Die Mörder wären in China dingfest gemacht worden. Alles andere liege nicht mehr in den Händen der Frankfurter Polizei.

27

»Hi, Johnny, ist Ling wieder gesund und zur Arbeit gekommen?«, begrüßte Kai am nächsten Tag Johnny an der Bar.

»Nein. Heute kann ich von meiner Arbeitsstelle noch nicht fortgehen«, kam die Antwort von Johnny.

»Das ist auch O. K. Hier an der Theke können wir ja alles Weitere besprechen«, schlug Kai vor. »Deine Arbeit fängt erst um die Mittagszeit an, so können wir morgen früh ein chinesisches Telefon für mich besorgen.«

»Geht in Ordnung«, nickte Johnny den Vorschlag ab.

Darauf Kai: »Bevor unsere Zusammenarbeit anfängt, sollten wir den Rahmen unserer Zusammenarbeit besprechen. Was hältst du von meinem Vorschlag: Als monatliches Gehalt wollte ich dir 2000 RMB bezahlen. Die Steuern und Versicherung musst du selbst tragen. Die Arbeitszeit richtet sich danach, wie ich dich brauche. Gehen meine Geschäfte gut, kann ich dir am Ende des Jahres eine Prämie geben. Unser Arbeitsverhältnis beginnt sofort. Die Beendigung dieses Arbeitverhältnisses sollte von beiden Seiten sofort möglich sein. Wenn man sich nicht mehr versteht, ist es eine ungute Sache, noch weiter zusammenarbeiten zu müssen. Bist du mit dieser Abmachung einverstanden?«

»Ich bin einverstanden und werde mir große Mühe geben, dass du mit mir zufrieden bist«, strahlte Johnny über dieses Angebot. Mit einem Handschlag wurde der Arbeitsvertrag besiegelt.

Den Abend wollte Kai wieder in »Jim's Bar« verbringen. Nachdem er sich vorher bei einem Einkauf die Füße vertreten hatte und in einem chinesischen Imbisslokal sein Abendmahl verdrückt hatte, begab er sich ins »Bermudadreieck«. »Praktisch«, dachte er, »wenn man die Bars vor der Nase hat.«

Als er die dunklen Räumlichkeiten von »Jim's Bar« betrat, fiel es ihm wieder auf, welch eine üble Spelunke diese Einrichtung war. Selbst der hellste Sonnenschein konnte den Weg in diese Räumlichkeiten nicht finden. An der linken Seite der Bar zog sich an der ganzen Wand eine Theke entlang. Vor der Theke standen Barhocker. Mitten im Raum wand sich ein krumm gezogener langer Stehtisch, an dem sich ein paar Schweizer tummelten. An der rechten Seite des Raumes befand sich auf der halben Länge der Wand ein Fenster, das zu einem Imbissladen führte. Hinter diesem Fenster stand der Billardtisch.

»Hi, Kai, du Traum aller Weiber. Komm zu uns und erzähle uns von deinem Leben als Polizist«, kam der Ruf aus der Schweizer Ecke.

»Ihr Kappen. Ihr wisst doch, dass ein Polizist wie eine Auster schweigen muss. Ich komme jedoch später zu euch«, antwortete er. An der Theke schmiss er für die jungen Mädchen, die sich dort tummelten, eine Runde Bier. Danach verlangte er sofort zu zahlen. Schon zu Hause, in Deutschland, hatte er sich angewöhnt, jede Bestellung sofort zu bezahlen. Das gewährleistete eine gewisse Sicherheit, nicht betrogen zu werden. Denn beim Anschreiben wurde eine Rechnung immer länger, sein eigener Zustand immer alkoholisierter und damit eine Kontrolle der Rechnung nicht mehr möglich.

Und dann erschien Linda. Eine kleine, zierliche Person, wohlproportioniert. Ein Bubihaarschnitt umrahmte ihr Gesicht, das von einer kleinen Stupsnase, schräg stehenden Augen und einem vollen Mund geziert wurde.

Ab diesem Moment verließen alle anderen Damen Kai. Kai mochte Linda und Linda schien den Bardamen vermittelt zu haben, dass Kai ihr gehörte, also kein Freiwild mehr sei. Kai hatte Linda vor einiger Zeit in einem Kleidergeschäft kennengelernt. Linda bediente Kai. So kamen sie ins Gespräch. Kai lud Linda zum Abendessen ein. Linda zeigte Kai die Stadt, und so kamen sie sich näher, bis sie sich fast täglich abends in der Bar trafen oder sich im Hotel vergnügten. Linda kam aus der Provinz. Ihre Englischkenntnisse eignete sie sich beim Bedienen der Kunden im Kleiderladen an.

Linda schob sich auf den Barhocker neben Kai. Kai legte ihr den Arm um die Schulter und küsste sie aufs Haar.

»Schön, dass du heute so schnell kommen konntest«, flüsterte Linda.

Kai küsste Linda hinters Ohr und flüsterte zurück: »Ich komme immer, so schnell ich kann. Was hast du heute alles gemacht?«

»Ich habe auf dich gewartet, und jetzt bist du da und ich muss nicht mehr warten.«

Kai ließ seinen Arm von Lindas Schulter über ihren Rücken gleiten und auf ihren Hüften innehalten.

»Was machen wir heute Abend? Sollen wir was unternehmen oder bleiben wir hier?«, fragte Linda.

»Am besten wir trinken hier noch ein Bier und dann möchte ich dich gerne zum Abendessen einladen.«

»Oh, da freue ich mich«, meinte Linda. »Wohin wollen wir gehen?«

»Am besten du suchst ein Lokal aus. Du kennst dich besser in der Stadt aus als ich. Bitte schau aber nach einem Lokal, wo man gut essen und ein bisschen miteinander sprechen kann, ohne dass uns bekannte Gesichter entdecken.«

»Gut. Ich weiß da das Richtige für uns.«

Eine Stunde später saßen beide in einem Lokal mit Separee. Linda bestellte zehn Gänge. Eines davon waren lebende Grillen, die in einem Glasgefäß mit Deckel serviert wurden. Über die lebenden Grillen schüttete die Bedienung einen hochprozentigen Schnaps, setzte den Deckel wieder auf das Gefäß und schüttelte die Grillen mit dem Schnapsinhalt durch. Als die Grillen völlig besoffen auf dem Boden lagen, wurde der Deckel entfernt und die Grillen wurden mit Stäbchen verspeist.

»Linda, die musst du alleine essen. Das ist nichts für meinen Mund. Ich halte mich lieber an die Scampi, den Hühnertopf, die Nudeln, das Gemüse, die Eierspeise und alles andere, was noch auf dem Tisch steht. Die lebenden Grillen, nein danke. Die Schlange, das geht ja noch, aber die dicken Frösche bestell das nächste Mal auch nicht mehr.«

Zum Essen trank Kai Bier, Linda Tee und Orangensaft. Eine Eigenschaft der chinesischen Frauen, wenig alkoholische Getränke zu sich zu nehmen, Ob nun aus der besseren Gesellschaft oder Frauen aus dem Volk.

Das gegenteilige Verhalten konnte er bei den chinesischen Männern beobachten. Die taten sich keinen Zwang in ihren Trinkgewohnheiten an. In den besten Kreisen konnte man abends beobachten, dass volltrunkene Chinesen zwischen zwei Personen aus dem Lokal geschleift wurden, deren Füße sie nicht mehr trugen. Daneben völlig nüchterne Frauen, die sich über ihre alkoholisierte Männer amüsierten.

»Linda, was würdest du sagen, wenn ich in China bleibe?«, eröffnete Kai das Gespräch.

»Bleibst du hier in Changzhou oder gehst du in eine andere Stadt? Kann ich da auch bei dir bleiben?«, fragte Linda zurück.

Darauf schilderte Kai in groben Zügen seine Zukunftspläne und wie das alles so gekommen sei.

»Linda, wenn wir jetzt zusammenbleiben wollen, dann benötigen wir eine Wohnung. Kannst du dich darum kümmern? Am besten im New District, da kenne ich mich schon ein bisschen aus«, beendete Kai seinen Bericht.

Linda, begeistert von den Zukunftsaussichten, einen ausländischen Partner zu bekommen, der seine Zukunftspläne mit ihr besprach und sie in diese mit eingebunden hatte, war außer sich vor Freude. Sie strahlte übers ganze Gesicht, nahm Kais Hand und ließ diese nicht mehr los.

»O. K. Wie groß soll die Wohnung sein? Was darf sie kosten? Möbliert oder unmöbliert?«, fragte sie.

Es wurde ein langer Abend. Alles musste besprochen, gewendet, verworfen und wieder aufgenommen werden, angefangen von der gemeinsamen Wohnung bis zu den geschäftlichen Gedanken der beiden. Bis spät in die Nacht diskutierten und fabulierten sie.

Am nächsten Morgen fuhr Kai mit Johnny in die Stadt, damit Kai sich ein chinesisches Handy zulegen konnte. Johnny brachte ihn zur chinesischen Telecom. Dort suchte er sich einen Apparat aus. Anschließend mussten sie sich in einer der vielen Reihen von wartenden Kunden anstellen, um ihren Anschluss registrieren zu lassen.

Als sie an die Reihe kamen, setzten sie sich auf die beiden Stühle vor dem Schalter. Dort teilte man ihnen eine Telefonnummer zu und Kai erhielt eine Zahlkarte. Ein Depot von 500 RMB wurde eingerichtet und Johnny erklärte Kai, dass von diesem Depot automatisch alle Gebühren abgebucht werden. An Banken oder bei Telecom-Schaltern könnte er dieses Depot mit seiner Karte immer wieder auffüllen. Dieses System, sollte Kai erfahren, wird in China auch bei Wasser-, Gas- sowie Stromabrechnungen angewendet. Ist der eingezahlte Betrag für den betreffenden Anschluss verbraucht und nicht wieder aufgefüllt, wird automatisch der Anschluss in Haus, Wohnung und Fabrik stillgelegt, ohne vorhergehende Warnung.

Kai war von dieser simplen Organisation tief beeindruckt. Auf diesem Weg fallen keine Abrechnungen und Mahnungen an, wodurch der Anbieter dieser Leistung auch nicht in Vorlage treten muss. »Ob man dies wohl auch in Deutschland einführen könnte?«, dachte Kai. »Ganz simpel, jedoch enorm effektiv.«

»Wir haben jetzt Zeit, uns ein Lokal für dich anzusehen«, meinte Johnny beim Verlassen der chinesischen Telecom. »Ein Bekannter hat mir die Adresse und die Telefonnummer des Besitzers von diesem Haus gegeben. Geht das in Ordnung?«, fragte Johnny Kai.

»Mensch, geht das hier in China schnell! Selbstverständlich können wir das tun«, kam die überraschte Antwort von Kai. Mit dem Taxi ging es in die You-Dian-Lu-Straße 21, wo der Hausbesitzer bereits auf sie wartete. Die Geschäftsräumlichkeiten lagen in der Nähe der Yan Ling Xi Lu Road, der Haupteinkaufsstraße von Changzhou. Auf der linken Straßenseite standen einstöckige Geschäftsgebäude, die etwas erhöht über sechs Stufen zu erreichen waren. Gegenüber den angebotenen Geschäftsräumen lag ein Block von Mietwohnungen. Auf der Geschäftsseite saßen verstreut drei Frauen auf Schemeln, die von den parkenden Autofahrern 5 RMB Parkgebühren verlangten.

»Diese Frauen sind wichtig«, klärte Johnny Kai auf. »Mit denen muss man freundlich sein. Die gehören zum Straßenkomitee. Dieses Straßenkomitee gibt es schon bestimmt 40 Jahre«, erklärte Johnny Kai die Wichtigkeit dieser Frauen.

Das Lokal, das sie besichtigten, gefiel Kai ausnehmend gut und er überlegte, wie man diese Räumlichkeiten noch anderweitig nutzen könne, da sie für seine Zwecke viel zu groß waren. Nachdem sie alles in Augenschein genommen hatten, begaben sie sich in die Teestube des Nachbarhauses, wo sie den Mietvertrag besprechen wollten.

»Mir gefallen die Räumlichkeiten gut. Was sollen sie denn kosten?«, fragte Kai nach einer Weile den Vermieter.

Der wiegte den Kopf und schaute in seinen Tee, als bekäme er von dort eine Antwort und fragte Kai: »Was wollen Sie in den Räumlichkeiten machen?«

»Ein Büro für Ausländer, die Probleme haben.«

»Dann werden viele Ausländer herkommen?«

»Ich hoffe, dass nicht nur Ausländer zu mir kommen, sondern auch Chinesen, die Probleme mit Ausländern haben.«

Man einigte sich auf einen Preis, der Kai viel zu hoch erschien, den er jedoch akzeptierte, denn der Standort war ideal. Mitten in der Stadt, somit für alle gut erreichbar. Zusätzlich bot sich die Lokalität auch für eine Gaststätte an, die Linda betreiben konnte.

»Die Miete möchte ich zweimal im Jahr bekommen«, meinte der Vermieter.

»Nicht jeden Monat?«, fragte Kai.

»Nein. Einmal in der Mitte des Jahres und einmal am Ende«, war seine Antwort. »Und ich möchte die Miete nicht auf meinem Konto haben, sondern du musst mir das Geld in die Hand geben.«

»O. K.«, meinte Kai. »Wenn das nicht über die Bank gehen soll, dann benötige ich über die Zahlung eine Quittung.«

»Nein. Alles muss ohne Quittung gehen«, verlangte der Vermieter.

»Das geht nicht«, meinte Kai. »Ich benötige eine Quittung für meine Buchhaltung. Ohne Quittung kann ich die Miete nicht absetzen. Auch die Regierung wird sich fragen, warum ich für diese Räumlichkeiten keine Miete bezahlen muss.«

»Na gut«, lenkte der Vermieter ein. »Dann bekommst du die Quittungen über Beerdigungen«, erklärte der Vermieter. »Ich habe eine Firma, die Menschen hilft, wenn jemand gestorben ist. Von der kann ich dir eine Quittung geben«, erklärte er weiter.

»Auch das wird nicht gehen«, erklärte Kai. »Ich glaube nicht, dass in meinem zukünftigen Geschäft so viele Menschen sterben werden, dass es diesen Betrag rechtfertigt«, war Kais letztes Wort.

Widerwillig akzeptierte der Vermieter das Verlangen von Kai. Man verabschiedete sich freundlich, tauschte Visitenkarten aus und verabredete sich für die nächste Woche, um den Vertrag zu unterschreiben und die ersten sechs Monatsmieten zu bezahlen.

Nach dieser Besprechung musste Johnny zur Arbeit und Kai verabredete sich mit Linda zum Mittagessen.

»Linda, Johnny hat mir eine Lokalität gezeigt, in die habe ich mich verliebt. In diesem Lokal könnten wir beide arbeiten. Jeder hätte sein eigenes Geschäft. Mein Vater hat mir einmal gesagt: ›Geld verdienen musst du dort, wo es wenig Konkurrenz gibt, jedoch viele Menschen das brauchen‹«, fing Kai an, Linda seine Pläne zu erörtern.

»Wie meinst du das, dass auch ich dort arbeiten kann?«, fragte Linda zurück. »Meinst du, ich soll dein Telefon bedienen und putzen?«

»Nein. Dein Geschäft wäre, ein Lokal zu betreiben, in das Ausländer in ihrer Freizeit hingehen können. Du musst nur mal nachdenken. Die Chinesen haben ihre Familien, wohin sie nach der Arbeit gehen können, die Ausländer nur die Nachtbars und Restaurants. In der ganzen westlichen Welt gibt es Clubs, in die Menschen nach ihrer Arbeit gehen können. So etwas Ähnliches wie ein Club für Ausländer, habe ich gedacht, wäre ein gutes Geschäft«, erklärte Kai seine Gedanken und schmückte die Zukunft weiter aus: »Also dass man einen Treffpunkt schafft, wo Ausländer ihren Gepflogenheiten nachgehen können, mit einem Restaurant, in dem es europäisches Essen gibt, mit einer Bar, an der man Bier zapfen kann, einer schwarzen Tafel, an der jeder Informationen für andere Ausländer weitergeben kann, einem Billardtisch, Kartentischen, ausländischen Zeitungen, die es in Changzhou nicht zu kaufen gibt, einem großen Bildschirm für Sportübertragungen und mit Öffnungszeiten, zu denen auch Frauen nach dem Einkaufen sich zum Kaffee treffen können. Mein Geschäft wäre die Beratungs- und Vermittlungsagentur, die auch Platz in diesen Räumlichkeiten haben könnte«, beendete Kai seine Gedanken.

»Das hört sich alles wie ein Märchen an, Kai. Glaubst du, dass ich das alles alleine kann?«

»Du bist ja nicht alleine. Ich bin ja auch noch da. Das Gute bei dieser Sache ist die Verbindung dieser beiden Geschäfte an dem-selben Standort. Der Vorteil, dass wir uns gegenseitig helfen kön-nen, durch unsere Anwesenheit an ein und demselben Ort. Die Bedienung des Telefons, das Öffnen und Schließen der Lokalität und die Teilung der Kosten würden uns das Leben erleichtern. Was meinst du zu diesem Vorschlag?«, fragte Kai.

»Kai, schlage mich ins Gesicht, damit ich aus einem Traum er-wache«, meinte Linda. »Mein ganzes Leben würde sich ändern. Ich wäre plötzlich mein eigener Herr und den ganzen Tag mit dem Menschen zusammen, den ich liebe«, rief Linda begeistert aus. »Aber Kai, das kostet doch alles Geld. Von wo sollen wir das ganze Geld nehmen?«

»Ich habe etwas erspartes Geld in Deutschland. Das werde ich nach China holen. Zusätzlich muss ich mir einen Kredit bei der Bank besorgen«, antwortete er. »Als Erstes müssen wir einen Finanzplan erstellen. Hast du herausfinden können, was eine Wohnung kosten würde?«, fragte Kai.

»Ja. Ich habe eine möblierte Wohnung für 1800 RMB monatlich im ›Olympic Garden‹ gefunden. Wenn du willst, rufe ich gleich die Besitzerin an, damit sie uns gleich die Wohnung zeigen kann.«

»Mach das. Dann könnte ich endlich aus dem Hotel ausziehen.«

Die Wohnung von 120 Quadratmetern besaß zwei Schlafzimmer, einen Büroraum, zwei Bäder und eine kleine Küche mit einem Vorraum, in dem sich eine Waschmaschine befand. Vor der Küche gab es den Essbereich. Der Wohnbereich lag drei Stufen tiefer. Die ganze vordere Front des Wohnzimmers bestand aus einer Glas-Schiebetüre, die auf einen Balkon führte. Alle Zimmer besaßen eine Klimaanlage, die im Sommer zum Kühlen und im Winter zum Heizen benutzt wurde.

Die Wohnung gefiel Kai, und so wurde er auch mit dieser Vermieterin schnell handelseinig. Am nächsten Tag trafen sie sich, um den Mietvertrag zu unterschreiben. Eine Kaution von sechs Monatsmieten wurde hinterlegt und die Liste der Einrichtung durchgegangen, die zum Mietvertrag gehörte.

Damit kamen Kai und Linda zu ihrer Wohnung, wobei einiges noch fehlte, um dort einziehen zu können.

Bei dem neu eröffneten Metro kauften sie Decken, Kissen, Bettwäsche, Handtücher, Gläser, Geschirr, Töpfe, Besteck, Essen und Getränke, alles, was das Herz begehrte.

Am nächsten Tag bezogen beide ihr neues Domizil.

28

Johnnys Hoteldienst ging zu Ende. Somit stand Kais Dolmetscher für alle anfallenden Arbeiten zur Verfügung.

Mit dem Vermieter der Geschäftslokalität mussten sie sich noch dreimal treffen, bevor der Vertrag unterschrieben werden konnte und die Zusage des Vermieters vorlag, eine Quittung für die Lokalitäten auszustellen und nicht für Beerdigungen.

Kai musste auch hier finanziell in Vorlage treten, so wie bei dem Mietvertrag der Wohnung.

Damit waren seine finanziellen Mittel in China erschöpft. Kai drängte es, die nächsten Schritte in Angriff zu nehmen, um an sein Erspartes in Deutschland zu gelangen. Dazu benötigte er ein Konto bei der Bank. Ohne Firma gab es kein Bankkonto und ohne Bankkonto keine Firma. Damit stand die Firmengründung an oberster Stelle.

Mit Johnny begab er sich zur Anmeldebehörde, um seine Firma registrieren zu lassen. Ein Antragsformular musste ausgefüllt werden. Als alles so weit geregelt war, kam es zu einem Disput zwischen einer Frau mittleren Alters dieser Behörde und Johnny.

»Kai, diese Frau sagt, weil du ein Ausländer bist, kannst du hier nur als Investor eine Firma eröffnen. Für dein Geschäft benötigst du 100.000 Dollar Investition.«

»Sag ihr, dass ich nur 80.000 Euro habe. Und sage ihr zusätzlich, dass sie bitte Herrn Dao anrufen soll, der mir seine Unterstützung bei den Behörden zugesagt hat.«

Nach der nächsten Diskussionsrunde zwischen den beiden gab die mittelalterliche Frau einem Büroangestellten eine Weisung, der darauf das Zimmer verließ.

Eine Viertelstunde später erschien ein kleiner, untersetzter Chinese, der Kai von der Seite her musterte, und sprach ein paar leise Worte mit der Beamtin. Danach verließ er wieder den Raum.

»Sie sind einverstanden, dass du deine Firma mit 80.000 Dollar Investition gründest. Die Registrierung kann jedoch erst nach dem Nachweis der Bankunterlagen erfolgen, da die Investition aus dem Ausland kommen muss.«

»Gut, Johnny. Sage ihnen bitte, dass ich das verstanden habe. Sie mögen jedoch alles so weit schon vorbereiten. Ich müsste zuerst ein Konto eröffnen, um das Geld aus Deutschland nach China zu transferieren, und ein Konto kann ich nur mit dem Nachweis einer eingetragenen Firma in China haben. Wie ich das anstellen soll, darüber muss ich noch nachdenken.«

Am nächsten Tag meldete sich Kai bei Herrn Tao an und bat ihn, mit ihm zu der ICBC-Staatsbank zu gehen, wo Kai mithilfe von Herrn Tao und den anderen Kontakten, die er inzwischen geknüpft hatte, drei Konten eröffnen wollte: ein Dollar-Konto, ein Euro-Konto und ein RMB-Konto. Übers Internet löste er sein Sparkonto in Deutschland auf und zahlte auf sein Euro-Konto in China 96.465,44 Euro ein. Davon wechselte er 80.000 Dollar und überwies das Geld auf sein Dollar-Konto. Nach dem Tageskurs eine Abbuchung von 68.800 Euro.

Nachdem die chinesischen Beamten den Dollar als auswärtige Zahlung zugrunde gelegt hatten, war Kai zutiefst zufrieden ob dieser Auslegung.

In dieser Zeit der Prozedur erschien der Bankdirektor, begrüßte Kai und bot ihm jegliche Unterstützung an, die benötigt werde. Sein Freund, Herr Dao, habe ihn angerufen und ihn gebeten, Kai zur Seite zu stehen. »Das lässt sich ja prima an«, dachte Kai und fragte gleich nach einem Kredit an. Das Darlehen wurde ihm in der Höhe seiner Investition gewährt und auf sein RMB-Konto gutgeschrieben. Zum Schluss ließ sich Kai den Auszug vom Dollar-Konto fotokopieren und fuhr damit und mit Herrn Tao zur Registrierstelle.

Zwei Wochen später erhielt er ein schönes, in Gold gehaltenes Dokument, das ihn berechtigte, geschäftlich in China tätig zu werden.

Auf den Namen von Linda wurde an einer anderen Stelle das Lokal angemeldet. Diese Geschäftsanmeldung gestaltete sich für einen Einheimischen viel einfacher als bei einem Ausländer. Für eine Gebühr von 50 RMB wurde das Lokal auf den Namen von Linda eingetragen. Mit Linda schloss Kai einen dritten Vertrag, in dem sie festhielten, dass Kai der Besitzer des Lokals sei und Linda Pächterin. Diese juristische Vorsichtsmaßnahme meinte Kai einbauen zu müssen. Man wusste ja nie, wie sich sein Verhältnis zu Linda weiter entwickeln würde.

Der Ausbau des Lokals wurde von einem Innendekorateur durchgeführt. Eine stabile Treppe vom Parterre in den ersten Stock gebaut. Zwei Toiletten mit allen sanitären Anschlüssen und Wänden, eine professionelle Küche mit einer starken Abzugshaube, Theke, Klimaanlage, Kais Büro mit allen Internetanschlüssen, Zapfhahn für das Bier an der Theke, Verrechnungssystem installiert sowie ein Bestell- und Kontrollsystem gekauft und mit Bar, Küche sowie Restaurant und Kasse verknüpft.

Die Anmeldung des Telefon-, Gas-, Elektrizitäts- und Wasseranschlusses wurde von Johnny erledigt.

»Kai, wir müssen 10.000 Yuan an die Elektrizitätswerke zahlen«, kam Johnny eines schönen Tages zu Kai.

»Für was möchten die so viel Geld haben?«, fragte Kai etwas uninteressiert nach. Er war gerade dabei, sein Büro einzurichten, und sortierte die Bilder, welche am besten an welcher Wand aufzuhängen seien. »Soll ich nun das Bild mit dem Pferd an diese Wand hängen oder an die Wand gegenüber meinem Schreibtisch?«, fragte er Johnny.

»Ich glaube, Linda weiß besser, wohin du die Bilder hängen sollst«, drückte sich Johnny vor dieser Entscheidung.

»Wann müssen wir das Geld bei den Elektrizitätswerken zahlen?«, fragte Kai Johnny über die Schulter hinweg.

»Wenn wir morgen Mittag gehen, wäre das gut«, antwortete dieser. »Ich habe auch mit den Leuten bei diesen Ämtern bereits verhandelt und sie haben gesagt, dass sie dir 1000 Yuan schenken. Du sollst nur 9000 Yuan mitbringen. Davon 8000 Yuan in bar und 1000 Yuan in Zigaretten.«

»Interessant«, meinte Kai, »dass man bei den Elektrizitätswerken über die Höhe der Gebühren verhandeln kann. Also morgen um 14 Uhr fahren wir hin. Wo liegt das Elektrizitätswerk denn?«, wollte Kai noch wissen.

»Das ist gleich zwei Straßen weiter von hier«, wurde ihm beschieden.

»Wenn das so nah ist, dann können wir doch laufen«, meinte Kai.

»Besser wir fahren mit dem Auto – wegen der Zigaretten«, meinte Johnny.

Am nächsten Tag nahmen sich Kai und Johnny ein Taxi. An einem ZigarettesStand kauften sie ein paar Stangen Zigaretten für 1000 Yuan und begaben sich zu einem Gebäudeblock, in dem die Verwaltung dieses Amtes lag. Ein düsteres Gebäude, in dem in einem Zimmer ein Mann saß. Gegenüber von ihm nahmen Johnny und Kai Platz.

»Jetzt kannst du dein Geld und die Zigaretten dem Mann geben«, forderte Johnny Kai auf.

Der Mann nahm das Geld und zählte es. Er zählte es ein zweites Mal und schob danach 2000, Yuan Kai über den Tisch hinweg zurück.

Kai schaute Johnny fragend an und meinte: »Warum gibt er mir 2000 Yuan wieder zurück?«

»Er schämt sich«, war Johnnys Antwort.

Kai steckte kopfschüttelnd die 2000 Yuan wieder ein. Der Beamte verließ den Raum und kam mit einer Quittung über 6000 Yuan zurück, die er Kai überreichte.

Damit verabschiedeten sich beide von dem Verwaltungsmenschen und fuhren zurück zu ihrer zukünftigen Geschäftsstelle.

»Heute ist mir etwas Merkwürdiges passiert«, bemerkte Kai abends an der Theke in »Jim's Bar« und erzählte über seinen Besuch bei dem Elektrizitätswerk. »Was meint ihr, wurde ich da betrogen?« An der Bar kam großes Gelächter unter den anwesenden Barbesuchern auf. Es erschallte ein einstimmiger Ruf: »Na klar wurdest du betrogen.«

»Von wem, meint ihr, wurde ich betrogen?«, fragte Kai in das Gelächter hinein.

»Von allen«, schallte es ihm entgegen.

Abends erzählte Kai Linda vor dem Zubettgehen von der Zahlung an dieses Elektrizitätswerk.

»Kannst du dich noch daran erinnern, wohin ihr gefahren seid?«, fragte Linda.

»Na klar, das war ja ganz in der Näher von unserem zukünftigen Restaurant.«

Am nächsten Tag fuhr Kai mit Linda zu dem gleichen Gebäude, zu dem Johnny Kai zur Gasanmeldung gebracht hatte.

»Kai, hier hast du deine Gasanmeldung getätigt?«, fragte Linda. »An diesem Gebäude steht auf Chinesisch, das ist der Wohnblock von dem Distrikt Stadtmitte. Hier ist keine Gasanmeldung«, erklärte Linda zu Kai gewandt. Beide betraten das Gebäude, um zu prüfen, ob doch irgendwo Büros der Gasgesellschaft lagen.

Das Zimmer, in dem sie gesessen hatten, war leer.

Auf dem Flur befragte Linda eine vorbeigehende Frau, wem dieses Büro gehöre, in dem tags zuvor Kai sein Geld auf Anweisung von Johnny abgeliefert hatte.

»Büro des Hausmeisters«, antwortete diese.

Kai war sprachlos.

Auf der Quittung, die Kai erhalten hatte, stand eine Telefonnummer, die Linda anrief.

Die Schimpfkanonade, die Linda am Telefon losließ, als sich am anderen Ende der Leitung endlich jemand meldete, suchte seinesgleichen.

»Warum regst du dich denn so auf?«, fragte der Mann am anderen Ende der Leitung. »Es war doch nur ein Ausländer, dem wir das Geld abgenommen haben«, erklärte er bereitwillig.

»Aber hinter diesem Ausländer steht ein Chinese«, giftete Linda.

Darauf wurde das Gespräch abrupt beendet.

Tags darauf kündigte Kai Johnny die Zusammenarbeit mit der Begründung, dass die Vertrauensbasis nicht mehr gegeben sei.

29

Die Ausbauarbeiten des Clubs sowie seiner Geschäftsräume wurden in den heißesten Monaten des Jahres durchgeführt.

Kai gab dem Innenarchitekten gewisse Vorgaben, wie er sich die Gestaltung des Clubs sowie seiner Räumlichkeiten vorstellte. Als Vorlage fürs Lokal schwebte ihm ein französisches Bistro vor. An den Wänden entlang Bänke mit roter Lederpolsterung. Über den Bänken große Spiegel zwischen Bistrolampen. Gegenüber dem Eingang befand sich die Küche. Neben der Küchenpendeltüre eine Durchreiche. Über der Klapptür zur Küche ein großes Bild aus der Sixtinischen Kapelle, die Gott und Adam von Michelangelo zeigte. Bistrotische, die bei Bedarf zu größeren Einheiten zusammengestellt werden konnten, wurden angeschafft. Eine Standuhr sowie eine Kaffeetheke komplettierten das Restaurant.

Im ersten Stock lag die runde Theke, mit Barhockern versehen, ebenfalls mit rotem Leder bezogen. Hinten rechter Hand eine Eckbank mit einem runden Stammtisch. Ein chinesischer Spieltisch sowie ein Billardtisch komplettierten die Einrichtung. Im ersten Stock befanden sich auch die Toiletten sowie Kais Büro. Ein Paternoster verband die Küche mit der Bar.

Im September sollte die Eröffnung des Lokals stattfinden. Was jetzt noch fehlte, war das Personal.

Bedienung und Barmann waren schnell gefunden. Das Problem war ein europäischer Koch, den man in ganz Changzhou nicht finden konnte. In Suzhou aber gab es ein Hofbräuhaus mit einem deutschen Koch. Dorthin begab sich Kai und bestellte sich eine Haxe mit Sauerkraut und Bratkartoffeln. Dazu trank er ein selbst gebrautes, helles Bier. Mitten beim Essen schob Kai den Teller zurück. Als die Bedienung, die er gerufen hatte, kam, reklamierte er seine Speisen. Der Koch, der daraufhin gerufen wurde, erschien, ganz in Weiß gekleidet, mit einer hohen Kochmütze. Kai schätzte ihn auf 30 Jahre. Vor Kais Tisch blieb er stehen und stellte sich als Herr Collas vor.

»Herr Collas, ich bin ganz angetan von Ihrem Essen. Hat ganz prima geschmeckt«, lobte Kai das von ihm verspeiste Menü.

»Ich dachte, Sie wollten sich über das Essen beklagen?«

»Nein, Herr Collas. Es hat mir ausgezeichnet geschmeckt. Warum ich Sie sprechen wollte, ist, ich benötige einen Koch.«

So erzählte Kai von seinem Einfall, einen Club für Ausländer zu gründen, in dem eine Küche mit europäischem Essen integriert werden sollte und die Öffnungszeiten, Speisen, Getränke und das Freizeitangebot europäischen Sitten entsprechen. Ob er Interesse habe, dort Küchenchef zu werden.

Herr Collas überlegte nicht lange und meinte: »Interesse hätte ich schon. Kann man sich die Einrichtung einmal ansehen?«

»Selbstverständlich«, antwortete Kai. »Sie können jederzeit vorbeikommen.«

Beide verabredeten, dass Herr Collas sich in zwei Tagen, also am Wochenende, die Lokalitäten anschauen und, wenn man sich handelseinig sei, einen Arbeitsvertrag mit allen Details besprechen könnte.

Am verabredeten Tag erschien Herr Collas. Kai holte ihn mit einem Taxi am Bahnhof ab. Herrn Collas gefiel der Arbeitsplatz und man wurde sich handelseinig. Nach zwei Stunden verabschiedete sich Kai von seinem zukünftigen Koch, der sich zurück an seine alte Arbeitsstelle begab.

Das war das Letzte, was Kai von Herrn Collas sehen sollte. Kurz vor Eröffnung erschien auf Kais Bildschirm ein Schreiben.

»Sehr geehrter Herr Jung, ich sitze im Moment auf dem Flughafen in Shanghai. Ich habe den erstbesten Flug außer Landes gebucht. Ich muss auf dem schnellsten Weg China verlassen, denn ich fürchte um mein Leben. Als ich meine Kündigung im Hofbräuhaus beim Besitzer dieser Einrichtung schriftlich eingereicht hatte, dachte ich mir, ihm zum Abschluss noch einen Gefallen tun zu müssen, indem ich ihm berichtete, wer ihn in seiner Küche alles betrügt. Nun sind diese Leute mit ihren Familien hinter mir her, um sich zu rächen. Denn alle diese Betrüger haben ihre Stelle verloren. Es tut mir leid, dass ich unsere Vereinbarung nicht einhalten kann. Mit freundlichen Grüßen, Collas.«

Kai war fassungslos. War dieser Collas noch ganz normal? Was hatte er davon, dass er andere Angestellte schädigte, wenn nichts für ihn dabei heraussprang?

Und wenn es stimmte, dass er seit zwei Jahren in China lebte, so musste er in dieser Zeit doch gelernt haben, wie man sich in diesem Land bewegen muss. Dass, wenn er einen Chinesen schädigen sollte, er sich mit einer ganzen Sippe anlegt.

Was war nun zu tun?

Ohne Koch keine Eröffnung.

Chinesische Köche konnte er so viele haben, wie er wollte. Für einen europäischen Club jedoch benötigte er einen europäischen Koch.

Kurz entschlossen buchte Kai ein Flug nach Frankfurt. Dort wollte er sich um einen neuen Koch kümmern.

Als Nebenprodukt gedachte er in Deutschland seine Wohnung in Frankfurt aufzulösen und seinen Arbeitsplatz sowie seine Versicherungen zu regeln.

Zwei Tage später flog Kai nach Frankfurt.

Drei Monate war er nun fort gewesen. Neugierig betrat er wieder heimatliche Gefilde.

Frankfurt empfing ihn mit Regen und 18 Grad Wärme. Eine Wohltat nach der Hitze und Schwüle Chinas.

Gleich am nächsten Tag meldete sich Kai beim Arbeitsamt.

»Was suchen Sie?«, fragte der Sachbearbeiter. »Einen Koch für China? Und das für sofort?«

»Ja«, kam die knappe Antwort von Kai.

»Mann, Sie sind hier in Deutschland. Es kann ja sein, dass so etwas in China möglich ist. Aber in Deutschland?«

»Ich bin nur eine Woche hier in Frankfurt und muss anschließend zurück nach China. Da wollte ich den Koch gleich mitnehmen«, trug Kai seine Pläne dem Mitarbeiter des Arbeitsamtes vor.

»Erzählen Sie mal, für was Sie so dringend einen Koch benötigen«, bat der Vermittler.

Kai berichtete von seinem Club. Sein Gegenüber hörte begeistert zu und versprach Kai, ihm bei der Suche behilflich zu sein.

Noch am selben Nachmittag bekam Kai einen Anruf aus Hamburg.

»Hier spricht Sepp Bohlen. Man hat mir mitgeteilt, dass Sie einen Koch für China suchen.«

»Das stimmt, Herr Bohlen. Erzählen Sie mir kurz, wie alt Sie sind, wo Sie schon gearbeitet haben und ob Sie noch in einem Arbeitsverhältnis stehen?«, fragte Kai.

»Ich bin 23 Jahre alt, habe meine Ausbildung im Alster-Hotel in Hamburg absolviert. War dann im Winter in Davos. Zum Schluss habe ich in einer Schnellimbisskette gearbeitet, wo ich kurzfristig für einen Freund eingesprungen bin. Auf die Frage, wie schnell ich Ihnen zur Verfügung stehen kann, lautet die Antwort: sofort.«

Kai erzählte ihm kurz, um was es ging, und fragte ihn, ob er die Möglichkeit hätte, dass man sich morgen treffen könnte.

Dann erschien Sepp.

Ein großer Junge mit Pickeln im Gesicht. Schlaksig, schmal gebaut, die Haare zu einer Tolle hochgestellt und mit tätowierten Waden. Lustig und ungemein sympathisch.

Kai imponierte seine schnelle Entschlusskraft, sich noch am Abend in den Zug zu setzen, um sich in Frankfurt in ein Abenteuer zu stürzen. Ein bisschen jung war er, dachte sich Kai. Aber große Wahlmöglichkeiten hatte er ja nicht.

»Herr Jung, Sie können ruhig Sepp zu mir sagen. Sie brauchen mich nicht immer beim Nachnamen anzusprechen. Alle nennen mich Sepp. Ich bin das so gewöhnt.«

Sepp und Kai wurden sich handelseinig. Sepp überreichte Kai

seinen Pass, den er auf Bitten von Kai mitgebracht hatte. Im chinesischen Konsulat bekam er einen Tag später sein Visum und drei Tage später saßen beide im Flugzeug, Richtung China.

In diesen drei Tagen fuhr Sepp wieder nach Hamburg, wo er seinen Koffer packte und sich von zu Hause verabschiedete. Kai löste seine Wohnung auf. Er hatte diese an einen Kollegen untervermietet, auf der Bank seine restliche Barschaft nach China überwiesen und einen Besuch im Präsidium absolviert.

Der Abschied von den Kollegen verlief nicht so glimpflich wie gehofft. Für seine Kollegen war Kai ein Exot und Paradiesvogel. Wie konnte man seine Zelte im gelobten Deutschland abbrechen und zu einem kommunistischen System überwechseln?

Sein Abschied wurde in der »Aschel« in Sachsenhausen gefeiert. Von Ute, seiner früheren Lebensgefährtin, und ihrem jetzigen Ehemann »Manni dem Schleimer« sah er nichts. Seine Kollegen dagegen berichteten ihm, dass beide eine Tochter bekommen hätten. Ute wäre in der Ehe nicht glücklich, denn ihr Ehemann würde sie betrügen.

»Wunderbar«, dachte Kai. »Nun bekommt sie das, was sie mir angetan hat, zurück.« Die Schadenfreude bei Kai hielt sich jedoch in Grenzen. Wenn er alles bedachte, so hatte diese Tragödie mit Ute seinem Leben doch eine ungemein interessante Wende gegeben. Eigentlich sollte er ihr dankbar sein, sonst würde er immer noch im Polizeipräsidium seinen Dienst schieben.

Wie hatte seine Mutter früher immer gesagt? »Der liebe Gott schlägt nicht mit dem Knüppel.«

30

Zurück in China, wurde Sepp bei einem Bekannten, der eine viel zu große Wohnung besaß, als Untermieter einquartiert. Am nächsten Tag begutachtete Sepp sein neues Arbeitsfeld.

»Sepp, hier wirst du nun Chef«, meinte Kai in der Küche. »Deine erste Tat wird sein, eine Speisekarte zu erstellen. Zum Einkaufen werden wir vorerst zusammen fahren, bis du dich in China ein bisschen auskennst.«

Die Eröffnung des »Club Europe« wurde groß gefeiert. Zu diesem denkwürdigen Ereignis erschienen die Presse, die Honoratioren der Stadt, Freunde von Kai, Kollegen aus seiner Zeit im deutschen Konsulat in Shanghai sowie Konsul Burkhard persönlich.

Die vielen Offiziellen zogen einen Kometenschweif von wichtigen und unwichtigen Leuten hinter sich her, die sehen und gesehen werden wollten.

Aus dem Shanghaier Hofbräuhaus spielte die Blaskapelle auf. Die Bar musste an diesem Tag 19 Fässer Bier anstechen und aus der Küche von Sepp kamen laufend belegte Brote, Soleier und Frikadellen. Aus der Nachbarschaft schlichen neugierige Chinesen durch die Räumlichkeiten. Das Straßenkomitee zeigte sich von seiner besten Seite.

Mit dieser Geschäftseinweihung legte Kai den Grundstock für seinen zukünftigen geschäftlichen Erfolg.

Die Presse berichtete von der Eröffnung des neuen Clubs und dass dies ein Treff und Kontakthof für Chinesen sowie ausländische Gäste sein sollte.

Kai, den diese Feier eine Stange Geld gekostet hatte, hoffte jedoch, dass dies eine gut angelegte Investition sei.

Die nächsten Tage und Wochen sollten dies bestätigen.

Der Club wurde tatsächlich, wie von der Presse berichtet, ein Treffpunkt. Eine Einrichtung für Jung und Alt, für Frauen und Männer, für Alleinstehende, für Familien und junge Stundenten, die ins Ausland mussten und sich bei Kai einen Einblick in Essgewohnheiten verschafften sowie die Möglichkeit, ihr Englisch in einer Konversation zu üben.

Ausländer aller Nationalitäten schlossen dort Freundschaften und es wurden Skatabende und Sportübertragungen veranstaltet.

Kai und Linda richteten eine Homepage ein, auf der sie diverse Aktivitäten ankündigten wie zum Beispiel: Ostern ein Hammelessen, ein Truthahn zum Unabhängigkeitstag der Amerikaner, Nikolausabend, Faschingsfeste, Neujahrsfeste, Oktoberfest, Skatabende usw. Die Folge war, dass sich Linda ein Reservierungsbuch zulegen musste.

Nach einem halben Jahr mieteten Kai und Linda das Teehaus im Nachbargebäude an, um des Andrangs der Gäste Herr zu werden.

Kais Tätigkeit als Ermittler und Mittler zwischen den Ausländern und den chinesischen Behörden ließ sich genauso gut an wie der Club.

So kam Sony ins Spiel. Kai benötigte einen Helfer, nachdem er sich von Johnny trennen musste.

Sony, klein, wendig und gerissen, sprach fließend Englisch. Sony war auch klug. Eigentlich zu klug, sodass er Kai mit seinen Abrechnungen beschwindelte, um an Geld zu kommen, denn er spielte für sein Leben gern bei Glücksspielen mit.

»Sony, was soll ich mit diesen Quittungen anfangen«?, bemerkte eines schönen Tages Kai zu ihm. »So viel Taxi kannst du gar nicht gefahren sein. Auf manchen Taxiquittungen stehen die gleichen Zeiten. Du kannst doch nicht zur gleichen Zeit in verschiedenen Städten gewesen sein?«, äußerte Kai, als ihm die Betrügereien doch zu plump wurden.

Anscheinend besaß Sony Bekanntschaften in Taxikreisen, die ihm die Gefälligkeit erwiesen, fingierte Quittungen auszustellen. Trotz dieses Wissens behielt Kai Sony als Mitarbeiter, denn bekannt wie ein bunter Hund, war er ihm als Informant nützlich. Ein Nachtmensch obendrein. Durch sein umtriebiges Dasein kam er an Informationen, die für Kais Aufträge ungemein wichtig waren.

Auf diesem Wege wurde Sony stiller Teilhaber in Kais Agentur.

Linda holte sich für ihr Lokal Unterstützung aus der Familie. Nach ein paar Monaten besaßen drei Familienmitglieder aus Lindas Familie Anstellungen in dem Betrieb: Mama, Papa und Lindas Tante.

Die Mama kontrollierte die Küche, Papa die Getränke und die Tante saß in der Buchhaltung.

Zu Kais geschäftlichem Erfolg in China erhielt er als Zugabe eine Familie.

Nachwort

Die Geschichte »Den Himmel täuschen, um übers Meer zu gehen« ist eine frei erfundene Geschichte, in der jedoch viele erlebte Episoden der Autorin aus China mit verwertet worden sind. Somit hätte der Roman sich sehr wohl so oder so ähnlich in China begeben können.

Durch den langen Aufenthalt der Autorin in China sowie familiäre Bande in diesem Land versucht die Autorin, in Kriminalromanen den Unterschied zwischen den Kulturen der westlichen Länder und China herauszuarbeiten.

Christen besitzen als moralische Grundsätze die Zehn Gebote der Bibel, nach denen sie sich richten sollen, um gute Menschen zu werden. Chinesen besitzen die Strategeme. Das sind 36 Regeln der Kriegskunst, wie man listig durchs Leben kommt. Uralte Regeln von chinesischen Kriegsherren, die heute noch im täglichen Leben Chinas ihre Anwendung finden.

Die Titel der folgenden Abenteuer von Detektiv »Jang Guan Long« werden je eine Regel der Strategeme tragen.
Dieses Buch trägt den Titel der ersten Regel: »Den Himmel täuschen um übers Meer zu gehen.«

Währung Umrechnungskurs 1999
1 Euro = 10 Yuan chinesische Währung (RMB)